죽음의 사냥개

애거서 크리스티 추리 문학 77

죽음의 사냥개

정성희 옮김

해문

■ 옮긴이 정성희

이화여자대학교 사범대학 영문학과 졸업.
번역서로 《러브 스토리》,《셰익스피어 이야기》,《나의 라임 오렌지 나무》,
《폭풍의 언덕》 등.

죽음의 사냥개

초판 발행일	1989년 10월 25일
중판 발행일	2012년 04월 05일
지은이	애거서 크리스티
옮긴이	정 성 희
펴낸이	이 경 선
펴낸곳	해문출판사
주 소	서울시 서초구 서초동 1328-11 도씨에빛 2차 1420호
TEL/FAX	325-4721 / 325-4725
출판등록	1978년 1월 28일 (제3-82호)
가격	6,000원
ISBN	978-89-382-0277-2 04800
	978-89-382-0200-0(세트)

차 례

죽음의 사냥개

1

내가 그 사건을 알게 된 것은 미국의 신문사 특파원으로 있는 윌리엄 P. 라이언에게서 들은 것이 처음이었다. 그가 뉴욕에 돌아가기 전날 밤 나와 그는 런던에서 저녁식사를 함께 했는데, 그때 나는 무심코 다음 날 폴브리지에 간다는 말을 했다.

그는 고개를 들고 날카로운 음성으로 물었다.

"콘월(영국 남서부 끝 쪽의 군(郡))의 폴브리지 말인가?"

콘월에 폴브리지라는 곳이 있다는 것을 아는 사람은 지금은 천 명에 하나 있을까 말까 하다. 폴브리지라고 하면 대개는 햄프셔의 폴브리지를 생각한다. 그런 만큼 라이언이 콘월의 폴브리지를 알고 있다는 사실이 내 호기심을 자극했다.

"맞았어. 자네, 그곳을 아나?"

공교롭지만 알고 있다고 그는 대답하고서, 혹시 나에게 트리언이라는 집을 아느냐고 물었다. 나는 점점 더 흥미를 느꼈다.

"알다 뿐인가. 실은 내가 가는 곳이 바로 트리언이라네. 거긴 내 형수님 댁이야."

"허어……, 이거 놀랐는데!"

나는 어금니에 뭔가 물고 있는 듯한 그런 식으로 말고 좀더 분명하게 말해 달라고 했다.

"좋아. 하지만 그렇게 하자면 아무래도 전쟁이 시작됐을 무렵의 내 체험담에서부터 시작하지 않으면 안 되겠는데 말이야."

나는 한숨이 나왔다. 지금부터 내가 이야기하려는 사건이 일어난 것은 1921년으로 거슬러 올라간다. 전쟁에 대한 것을 다시 생각나게 하는 것은 누구에게나 싫은 일이다. 겨우 그것을 잊어가고 있었기 때문이다. 더구나 라이언의 전쟁 체험담이라는 것은 상상도 못할 만큼 길어서 끝이 없다는 것을 나는 잘 알고 있다.

하지만 이제 와서 그만두라고 할 수도 없는 노릇이었다.

"아마 자네도 알고 있겠지만 나는 전쟁이 시작됐을 무렵엔 회사 일로 벨기에에 가 있었는데 말이야……여기저기 뛰어다니고 있었어. 그런데 어떤 조그만 마을이 있었는데 말이야……그냥 X 마을이라고 해두지. 아주 초라한 마을인데, 거기에 엄청나게 큰 수도원이 있었다네. 교단(教團)의 이름은 모르지만 뭐라고 할까……백의의 수녀라고나 할까, 어쨌든 그건 아무래도 좋아. 그런데 그 조그만 마을이 마침 독일군이 진격해 가는 길가에 있었거든. 그곳에 기병대 녀석들이 몰려와서는……."

나는 조마조마했다. 라이언은 걱정할 것 없다는 듯이 한 손을 들어올렸다.

"놀랄 것 없어……독일군의 잔학상을 말하려는 것이 아니니까. 그야 잔학한 짓을 했을는지도 모르지만 내 이야기는 좀 달라. 사실은 그 반대일세. 독일군은 수도원을 향해서 전진했어……그런데 그들이 그곳에 도착하자마자 한순간에 몽땅 날아가 버린 거야."

"정말이야?" 나는 다소 놀라며 물었다.

"이상한 사건이지? 물론 나도 솔직히 말하면 독일군들이 축배라도 들면서 반장난 삼아 폭발물을 들고 다녔을 거라고 생각하고 싶어. 하지만 그때 그들은 그런 것은 전혀 갖고 있지도 않았던 것 같고, 또 그런 고성능 폭약이 필요한 부대도 아니었어. 그렇다면 자네에게 묻겠는데, 수녀들이 고성능 폭약에 대해 어떻게 알았을까? 수도하는 여자들이 말이야."

"거 참 이상하군!" 나도 맞장구를 쳤다.

"나는 농부들이 그 사건에 대해 이야기하는 소리를 듣고는 그것참 재미있겠다고 생각했어. 물론 그 사람들 이야기란 다 그렇고 그런 거지만. 그들의 말대로라면 그 사건은 그야말로 기막힌, 효과 100퍼센트의 현대판 기적이 되는 거야. 그 수도원 수녀 중 하나가 젊디젊은 성녀라고 소문이 자자했었나 본데, 그 여자가 몽환상태에 들어가서 여러 가지 환상을 보곤 했다는 거야. 그래서 농부들의 말에 의하면 그 폭발은 그녀가 일으킨 기적이라는 거지. 그녀가 번개를 불러와서 불경한 독일군들을 날려버렸다고—물론 그들은 산산조각이 났지. 유효거리 안에 있었던 것은 무엇 하나 남은 게 없었어. 정말로 펄쩍 뛸 만한 기적이란 말이야, 그건.

그 진상을 자세히 알 수는 없었어—그럴 틈도 없었고 마침 그 무렵에는 기적도 흔했거든……몽스(벨기에 남서부의 도시)에 천사가 나타났다나 뭐라나 하는 이야기로. 나는 그것을 기사화해서 조금은 애달픈 느낌도 보태어 종교적 색채가 짙게 풍기게 해서 본사로 보냈지. 그것이 미국에서는 꽤 인기였어. 역시 거기서도 그 무렵에는 그런 것이 환영을 받고 있었나 봐.

그런데……이렇게 말해도 자네가 이해할는지 모르겠는데, 기사를 쓰는 동안에 점점 흥미가 더해 가더란 말이야. 진상을 밝혀보고 싶은 생각이 들더구먼. 그 현장엔 가보았었는데 별로 특이할 만한 것은 없었어. 다만 벽 두 개는 그때까지도 남아 있었는데, 그중 하나에 화약 흔적이 시커멓게 묻어 있더구먼. 그런데 그것이 커다란 사냥개의 모양을 그대로 빼다 박았더란 말이야. 근처 농부들은 그걸 굉장히 무서워하더군. '죽음의 사냥개'라면서 말이지. 해만 져도 그쪽으로는 얼씬도 하지 않는다는 거야.

미신이란 건 재미있는 것이라, 나는 그런 일을 했다는 그 여자를 만나보고 싶어지더구먼. 그 여자는 사건 당시에 죽지 않았다고 했거든. 그런데 그 여자는 다른 피난민들과 함께 영국으로 가버렸다는 거야. 나는 이리저리 애쓴 끝에 그 여자의 행방을 알아냈다네. 콘월에 있는 폴브리지의 트리언 저택으로 보내졌다는 것을 알아낸 거지."

나는 고개를 끄덕였다.

"전쟁 초기에 형수님이 벨기에에서 온 피난민들을 많이 돌보아주었다네. 아마 20명쯤 됐을 거야."

"허어, 나는 시간이 나면 그 여자를 만나보고 싶었다네. 그 여자의 입을 통해 직접 그 사건 이야기를 듣고 싶어서 말이야. 그러던 것이 바쁘고 어쩌고 해서 나도 모르게 잊어버리고 말았지. 게다가 콘월은 좀 외진 곳이어서—실은 방금 자네가 폴브리지라는 말을 꺼내기 전까지 나는 까맣게 잊고 있었다네."

"그렇다면 그걸 형수님께 꼭 물어봐야겠군. 혹 무슨 이야기를 들었을는지도 모르니까. 하긴 벨기에인들은 이미 옛날에 모두 돌아가 버렸겠지만……."

"그야 그렇겠지. 그러나 자네 형수님이 뭐라도 좀 알고 있거든 내게 알려주지 않겠나? 기다리고 있을 테니까."

"그러지, 뭐." 나는 기꺼이 대답했다.

그래서 그때는 그것으로 끝났다.

2

내가 그 이야기를 다시 떠올린 것은 트리언에 도착한 다음다음 날이었다. 그때 나는 형수님과 테라스에서 차를 마시고 있었다.

"키티, 형수님이 전에 돌봐주던 벨기에인 중에 수녀도 있었습니까?"

"설마 마리 안젤리크 수녀를 말하는 것은 아니겠죠?"

"아니, 그 여자일지도 모르죠." 나는 신중을 기했다.

"그 사람에 대한 이야길 듣고 싶은데요……."

"어머, 그러세요! 아주 굉장히 기분 나쁘게 느껴지는 여자였어요. 아직도 여기에 있는데."

"예? 이 집에요?"

"아니, 이 동네에 말이에요. 로즈 박사 댁에—로즈 박사를 알고 있나요?"

나는 고개를 저었다.

"83세쯤 되어 보이는 할아버지라면 기억하고 있는데요……."

"그분은 레어드 박사예요. 그래 참, 그분은 벌써 돌아가셨죠. 로즈 박사는 여기 온 지 5~6년밖에 안 되는데, 아주 젊고, 새로운 지식에 대해서 공부를 많이 하는 사람이에요. 그 사람은 마리 안젤리크에게 굉장한 흥미를 느꼈나 봐요. 그 여자가 환각 같은 걸 보기 때문에 의사라는 위치에서 보면 상당히 재미있는 연구 재료가 된 것 같아요. 가엾게도 그 여자는 아무 데도 갈 곳이 없었어요—게다가 사실은 내가 보기에도 진짜로 미쳤거든요. 아니, 내 표현이 지나쳤는지는 모르겠지만, 뭐랄까 감정의 기복이 심하다고나 할까. 그런데 방금도 말했지만 갈 데가 없었기 때문에 로즈 박사가 애를 써서 이 마을에 있게 해주었어요. 아마 그분은 틀림없이 그 여자에 대해서 의사들이 쓰는 연구논문인가 하는 것을 쓰고 있을 거예요.”

그녀는 잠시 입을 다물었다가 다시 물었다.

“그런데 그 여자에 대해서 뭐 좀 아시는 거라도 있으세요?”

“예, 좀 묘한 이야기를 들었거든요.”

나는 라이언에게서 들은 그대로를 이야기해 주었다. 키티 형수는 굉장히 흥미를 느끼는 모양이었다.

“도련님도 날려 보낼 수 있는 여자예요—이런 말을 하면 좀 이상하지만.”

나는 호기심이 솟구쳐서, “꼭 그 여자를 만나보고 싶은데요.” 하고 말했다.

“만나보세요, 도련님. 나도 도련님이 그 여자를 어떻게 생각할는지 궁금해요. 먼저 로즈 박사를 만나보는 것이 좋겠군요. 차 마시고 나서 마을까지 걸어가면 어때요?”

나는 하자는 대로 따랐다.

마침 로즈 박사가 집에 있었으므로 나는 자신을 소개했다. 상당히 사람 대하는 솜씨가 좋은 젊은이였는데, 나는 그의 사람 됨됨이에 어딘지 모르게 반발을 느꼈다. 상당히 강압적이었으며, 어쩐지 마음에 안 드는 사람이었다.

내 입에서 마리 안젤리크라는 이름을 듣는 순간 그는 몸이 굳어지고 긴장했다. 굉장히 흥미를 느끼고 있다는 태도를 역력히 보여 주었다. 나는 라이언에게 들은 사건에 관해서 이야기해 주었다.

“회! 많은 참고가 되었습니다.”

그는 생각에 잠긴 듯한 얼굴로 말했다. 그러고는 흘끔 나를 보고 나서 이야기를 계속했다.

“이 증상은 정말로 흥미가 있답니다. 그 여자가 여기 왔을 때에는 정신적으로 굉장한 충격을 받은 것 같았습니다. 게다가 심한 흥분상태이기도 했고요. 참으로 놀랄 만한 환각에 시달리고 있었거든요. 성격도 아주 특이합니다. 같이 한번 가보실까요? 한번 만나보는 것도 나쁘진 않을 겁니다.”

나는 기꺼이 그러자고 했다.

우리 두 사람은 같이 갔다. 우리가 찾아간 곳은 마을에서도 조금 떨어져 있는 조그만 집이었다. 폴브리지는 그야말로 그림 같은 마을이었다. 마을의 대부분은 폴 강 하구의 동쪽 연안에 있었다. 서쪽은 깎아지른 듯한 절벽으로 이어져 있어서 집을 짓기에는 마땅치 않았으나, 그래도 벼랑을 기어오르듯이 몇 채의 집이 있었다. 의사의 집은 그 벼랑의 툭 튀어나온 부분에 우뚝 서 있었다. 거기서 내려다보니 커다란 파도가 검은 바위에 부딪쳐 산산이 부서지는 것이 보였다.

우리가 찾아가는 집은 바다가 보이지 않는 안쪽에 있었다.

"저기에 이 지역을 담당하는 간호사가 살고 있지요. 마리 안젤리크 수녀와 함께 있도록 했습니다. 유능한 간호사가 곁에 있으면 안심이 되니까요."

"태도 같은 것은 평범합니까?" 나는 호기심에 이끌려 물어보았다.

"글쎄요, 이제 곧 직접 보시고 판단하시지요." 그는 미소 지으며 대답했다.

우리가 집 앞에까지 가자 땅딸막하고 인상이 좋은 간호사가 마침 자전거를 타고 외출하려던 참이었다.

"오, 안녕하세요. 환자의 상태는 좀 어떻습니까?" 의사가 말을 걸었다.

"여전해요, 선생님. 두 손을 무릎에 올려놓고 멍청하게 앉아 있을 뿐이에요. 아직 영어를 모르는 탓도 있겠지만, 제가 무슨 말을 해도 대답을 안 할 때가 많아요."

로즈는 고개를 끄덕였다. 간호사가 자전거를 타고 가버리자 그는 집 앞에 가서 문을 힘껏 두드리고는 안으로 들어갔다.

마리 안젤리크는 창가에 놓여 있는 소파에서 자고 있었다. 우리가 들어가니 그 여자는 얼굴을 돌려 우리 쪽을 바라보았다.

어딘가 좀 다른 데가 있는 듯한 얼굴이었다—창백하고 살갗이 투명한 느낌이 들며, 눈은 굉장히 컸다. 그리고 얼굴에는 한없는 슬픔이 어려 있는 듯했다.

"안녕." 의사가 불어로 말했다.

"안녕, 선생님."

"소개하겠소. 이쪽은 앤스트러서 씨입니다."

내가 머리를 숙이니까 그 여자는 엷은 미소를 머금고 고개를 끄덕였다.

"그래, 오늘은 좀 어떻습니까?" 의사는 그 여자의 곁에 앉으며 물었다.

"여전해요."

그렇게만 말하고 잠시 입을 다물고 있다가 말했다.

"꼭 꿈만 같아서……지나가는 것이 날(日)인지……달(月)인지……아니면 해(年)인지……잘 모르겠어요. 꿈만이 정말 같은 생각이 들어요."

"그럼, 여전히 꿈은 잘 꾸는군요?"

"언제나……늘 그래요……그리고 아실는지요?……그 꿈이 현실보다도 더 정말 같은 생각이 드는 거예요."

"고향 꿈을 꾸나요? 벨기에……?"

그 여자는 고개를 저었다.

"아뇨, 실제론 없는 나라……이 세상에는 없는 나라의 꿈을 꾸는 거예요. 하지만 당신은 아시지요, 선생님? 이미 여러 번 말씀드렸으니까요."

그렇게 말하고는 입을 다물더니 곧 또 엉뚱한 질문을 했다.

"그런데 이쪽 분도 의사 선생님인가요? 정신과 병원의 의사 선생님인가요?"

"아니, 그렇지 않소."

로즈는 상대방을 안심시키려는 투로 말했는데, 그렇게 말하고 벙글벙글 웃고 있는 그를 보고 나는 그의 송곳니가 유난히 뾰족하다고 느꼈다. 그리고 그것을 본 순간 문득 이 사람은 어딘지 늑대 같다는 느낌이 들었다.

그가 이어서 말했다.

"앤스트러서 씨를 만나면 당신이 좋아할 줄 알았소. 이분은 벨기에를 좀 알거든. 최근에 당신이 있었던 수도원에 대한 이야기를 들은 것 같고 해서……."

그 여자는 눈을 내게로 돌렸다. 뺨에 아주 조금 붉은 기가 도는 듯했다.

나는 서둘러 변명했다.

"아니, 뭐 별건 아닙니다. 다만 며칠 전 밤에 친구와 함께 저녁을 먹다가 수도원의 부서진 벽에 대한 이야기를 들었을 뿐입니다."

"그럼, 역시 부서지고 말았군요!"

그 놀라는 말도 나지막했으며, 우리들에게 한다기보다는 혼잣말로 중얼거리는 듯한 투였다. 그리고 다시 한 번 내 얼굴을 보고는 머뭇거리며 물었다.

"저어, 그 친구분은 어떻게······어떻게 부서졌다고 말씀하시던가요?"

"폭파되었답니다." 나는 말하고 나서 곧 덧붙여서 말했다.

"동네 사람들은 무서워서 밤에 그쪽으로는 가지도 않는다고 하더군요."

"왜 무서워할까요?"

"부서진 벽에 남아 있는 검은 흔적 때문입니다. 무슨 미신이라도 믿는 것처럼 무서워한다던데."

그녀는 몸을 대들듯이 내밀고는 말했다.

"말해 주세요. 어서······어서······말해 주세요! 그 흔적이라는 것이 어떤 모양을 하고 있대요?"

"커다란 사냥개 모양이랍니다―동네 사람들은 그것을 '죽음의 사냥개'라고 부르는 모양입니다."

"아아!"

찢어지는 듯한 고함소리가 그녀의 입에서 쏟아져 나왔다.

"그럼, 그게 정말이었군요―정말이었어. 제가 기억하고 있는 것이 정말 있었던 일이었군요. 꿈이나 환상이 아니었어요. 정말이었어요! 정말로 있었어요!"

"뭐가 있었다는 겁니까?" 의사는 낮은 소리로 물었다.

"생각이 나요. 그 계단 위에서······생각이 나요. 그때 일이 생각이 나요. 저는 늘 그랬듯이 그 힘을 사용했어요. 저는 제단으로 올라가는 계단에 서서 그 사람들에게 더 이상 다가오지 말라고 했습니다. 그냥 돌아가라고 했어요. 그 사람들은 듣지 않았습니다. 경고했는데도 가까이 온 거예요. 그래서······."

그렇게 말하면서 그 여자는 몸을 앞으로 내밀고 묘한 몸짓을 했다.

"그래서 그 사람들에게 죽음의 개를 덤벼들게 한 거예요······."

그 여자는 눈을 감고 온몸을 떨면서 소파 위로 쓰러졌다.

의사는 일어나서 찬장에서 컵을 꺼내어 반쯤 물을 따르고는 거기에 주머니에서 꺼낸 작은 병 속의 액체를 한두 방울 떨어뜨려서 그 여자에게 건네주었다.

"이걸 마셔요." 그는 명령조로 말했다.

그 여자는 얌전하게 마셨다―하지만 어딘지 모르게 기계적인 느낌이었다. 마치 뇌리에 떠오른 환상이라도 보고 있는 듯이 먼 곳을 바라보는 눈이었다.

"그래요, 모든 게 사실이었어요⋯⋯그 모두가. 둥근 도시⋯⋯수정궁(水晶宮)의 사람들⋯⋯그 모든 것. 그것이 전부 사실이었군요."

"그런 모양입니다." 로즈가 말했다.

그의 소리는 낮고 위로하는 듯했지만, 그것은 마치 그 여자에게 힘을 주고 그 여자의 생각의 실마리를 흩트려놓지 않으려는 듯이 보였다.

"그 도시에 대해서 말해 주겠습니까? 둥근 도시⋯⋯방금 그렇게 말한 것 같은데?" 그는 말했다.

그 여자는 넋이 나가버린 듯이 기계적인 어조로 대답했다.

"예⋯⋯둥근 원이 세 개 있었어요. 첫 번째 원은 '선택된 사람들'의 것, 그 다음이 여사제(女司祭)들의 것, 그리고 가장 바깥 원은 사제들의 것입니다."

"그럼, 한가운데에는 뭐가 있습니까?"

그 여자는 격렬하게 숨을 들이마시더니 말할 수 없이 죄송하다는 투로 소리를 낮추었다ㅡ.

"수정궁입니다⋯⋯."

그렇게 중얼거리듯이 말하고 그 여자는 오른손을 이마로 가져가서 손가락으로 어떤 형태를 그리는 듯했다.

그 손가락이 굳어져서 움직이지 않게 되자 그 여자는 눈을 감았다. 그러고는 몸이 약간 흔들렸는가 싶더니 갑자기 잠에서 깨어난 듯이 재빨리 앉은 자세를 고쳤다.

"무슨 일이지요? 제가 쓸데없는 말이라도 했나요?"

그 여자는 당황한 듯이 말했다.

"아니, 뭐, 별로. 당신은 지쳤어요. 쉬어야 해요. 우리는 이만 실례할 테니까⋯⋯."

우리가 방을 나올 때도 그 여자는 멍청해 있는 것 같았다.

밖에 나오자 로즈가 말했다.

"당신은 저걸 어떻게 생각하십니까?"

그는 날카로운 눈초리로 나를 흘끔 곁눈질로 바라보았다.

"머리가 아주 돌아버린 거 아닙니까?" 나는 천천히 말했다.

"그렇게 생각하시나요?"

"예, 사실이 그렇지 않습니까. 그—이상하게 확신에 차 있기도 하고 말이죠. 그 여자의 말을 듣고 있으면 그 여자가 말한 대로 정말로 그런 일이 일어난 듯한, 엄청난 기적 같은 일을 해낸 듯한 인상을 받으니까요. 그렇다고 하는 그 여자의 신념이 그야말로 진짜 같기도 하고. 그러니까……."

"그러니까 그 여자의 머리는 돌았다는 거지요? 그렇군요. 그러나 그것을 다른 각도에서 생각해 보면 어떨까요? 정말로 그 기적을 해냈다고―혼자서 건물 하나를 파괴하고 수백 명의 군인을 정말로 죽였다고 한다면……."

"의지의 힘만으로 말입니까?" 나는 웃으며 말했다.

"아니, 그렇게 말하지는 않았습니다. 광산의 폭파장치 스위치를 누르면 혼자서도 수많은 사람들을 죽일 수 있지 않을까요?"

"그야 가능하겠습니다만―그러면 기계장치가 있었다는 말입니까?"

"그래요, 기계장치가 틀림없어요. 그러나 그것도 따지고 보면 자연의 힘을 이용하거나 적당히 조절을 하는 거지요. 벼락과 발전은 근본적으로 같은 것이니까."

"그야 그렇지만 벼락을 조절하자면 기계장치를 쓰지 않으면 안 되지요."

로즈는 미소 지으며 말했다.

"이야기가 좀 옆길로 샙니다만, '윈터그린(wintergreen: 북미산 철쭉과의 상록수 잎에서 채취한 향유)'이라고 하는 물질이 있지요. 이건 본디 식물의 형태로 발생하는 겁니다. 그런데 이것을 인공적으로, 그러니까 실험실에서 화학적 합성으로 만들 수도 있는 거지요."

"그래서요?"

"즉, 내가 말하는 건 방법은 달라도 결과는 같을 수가 흔히 있다는 겁니다. 그렇습니다. 우리가 지금 하고 있는 건 합성적인 방법이지만, 이 밖에도 방법이 또 있을는지 모르지요. 예를 들면 인도의 고행자가 간단히 해내는 놀라운 도술은 다른 간단한 방법으로는 설명이 불가능하지요. 우리가 초자연적이라고 하는 것들이 반드시 초자연적이라고 할 수는 없습니다. 야만인에게는 손전등도 초자연적인 것일 테니까요. 즉, 초자연적인 것이란 법칙이 아직 이해되지 않은 자연현상에 지나지 않는다는 거지요."

"그렇다면?" 나는 대단한 흥미를 느끼며 물었다.

"인간이—남자건 여자건, 자신의 목적을 위해서 어떤 엄청난 파괴력을 마음대로 조종할 수 있을지도 모른다는 가능성을 나는 송두리째 부정할 수가 없습니다. 다만 그것을 해낼 수 있는 수단과 방법이 우리에게는 초자연적으로 생각될는지 모르지요—하지만 사실은 그런 게 아니겠죠."

나는 놀라서 그의 얼굴을 바라보았다.

그는 웃었다.

"이것은 억측에 불과합니다." 그는 가벼운 어조로 말했다.

"어떻습니까, 당신은 그 여자가 수정궁이라는 말을 하면서 그때 하던 몸짓이 이상하지 않았습니까?"

"손을 이마에 댔었지요."

"그렇습니다. 그리고 거기에다 원을 그렸지요. 그것은 가톨릭 신자가 십자를 긋는 것과 아주 닮았습니다. 그런데 좀 재미있는 이야기를 할까요, 앤스터러서 씨? 그 환자의 밑도 끝도 없는 이야기 속에 수정궁이란 말이 너무 자주 나오기에 실험을 해보았습니다. 어떤 사람에게서 수정구슬을 빌려놓았다가 어느 날 갑자기 그 여자의 눈앞에 그 구슬을 내밀어서 반응을 조사해 보았지요."

"그랬더니?"

"그랬더니 그 결과가 정말로 묘해서 뭔가가 있을 듯했단 말입니다. 온몸이 굳어지면서 말이지요. 자기 눈을 도저히 믿을 수 없다는 듯이 구슬을 들여다보는 겁니다. 그러더니 그 앞에서 무릎을 꿇고 뭐라고 두세 마디 중얼거리는가 싶더니, 그만 정신을 잃고 말았습니다."

"뭐라고 중얼거렸는데요?"

"그게 또 묘하지요, '수정! 그렇다면 믿음은 아직 살아있는 거야!'라고……."

"이상하군!"

"뭔가가 있을 것 같지 않습니까? 게다가 또 하나 묘한 일이 있습니다. 그 여자는 실신상태에서 깨어나더니 그런 일은 조금도 기억하지 못하는 겁니다. 내가 수정구슬을 보여주면서 생각나는 게 없느냐고 물어보았더니 점쟁이가 쓰는 수정구슬이 아니냐고 하더군요. 그래서 전에 이런 것을 본 적이 없느냐고 물었더니, '한 번도 없어요, 선생님.' 하고 대답하더란 말입니다. 그러나 그 여자의 눈에는 당황해 하는 빛이 역력했습니다. '뭘 그렇게 당황하지요?' 하고 내가 물었습니다. 그랬더니, '너무 이상해서 그래요. 수정구슬 같은 것은 여태껏 한 번도 본 적이 없는데, 잘 알고 있는 것 같은 생각이 들어서……무슨 일이 있었나 봐요. 기억해 낼 수만 있다면―.' 하고 말하더군요. 기억해 내려고 상당히 애는 쓰는데, 그것이 잘 안 되는 것 같아서 내가 이제 그만 생각하라고 말해 주었습니다. 그것이 2주 전의 일인데, 일부러 그동안 가만히 내버려두고 있는 겁니다. 내일 다시 실험을 해보려고 합니다만……."

"수정구슬로?"

"그렇습니다. 그 여자에게 구슬을 지켜보게 할 생각입니다. 틀림없이 흥미있는 결과가 나올 거라고 생각해요."

"어떤 결과가 나타날 것으로 생각하십니까?"

나는 호기심에 끌려 물어보았다.

별 생각 없이 그렇게 물어보았을 뿐인데 결과는 뜻밖이었다. 로즈는 순간 긴장한 듯 얼굴을 붉히더니, 입을 열었을 때 그의 모습은 어딘지 달라 보였다. 지금까지보다는 격식을 차리는 듯했으며, 완전히 직업적으로 되어 있었다.

"지금까지는 불완전하게밖에는 이해할 수 없었던 정신착란의 상태가 그것으로 다소는 해명될 겁니다. 마리 안젤리크 수녀는 가장 흥미있는 연구대상입니다."

그렇다면 로즈의 관심은 단지 의사의 입장으로서뿐일까 하고 나는 의문을 품게 되었다.

"내가 함께 가도 되겠습니까?" 나는 물었다.

그냥 지나가는 말로 그렇게 물었을 뿐인데 그는 대답하기까지 좀 망설이는 듯했다. 마음이 내키지 않는 모양이구나 하고 나는 생각했다.

"좋습니다. 내겐 별 지장 없으니까요." 그런 다음에 다시 덧붙여 말했다.

"여기 오래 머물 건 아니시지요?"

"모레까지 있을 겁니다."

그렇게 보아서 그런지 그는 그 말을 듣고는 한시름 놓는 듯했다. 그러고는 밝은 얼굴로 최근 모르모트(기니피그)를 사용해서 실험한 이야기를 꺼내는 것이었다.

3

다음 날 오후 나는 약속대로 의사와 만나 둘이서 마리 안젤리크 수녀가 있는 데로 갔다. 그날 의사는 유난히 친절했다. 어제의 인상을 싹 씻어버리려는 것이 아닌가 하고 나는 생각했다.

그는 웃으면서 말했다.

"내가 한 말을 너무 마음에 두지 마십시오. 신비학(神秘學)에 빠졌다고는 말씀하지 마십시오. 나의 가장 나쁜 점은 병을 끝까지 파헤쳐 보지 않고는 못 배기는 성미이지요."

"정말입니까?"

"예……희한한 것일수록 더 재미가 있거든요."

이렇게 말한 그는 자신의 이상한 결점을 스스로 비웃는 것 같았다.

그 집에 도착하니 어제의 그 간호사가 로즈와 좀 의논할 것이 있는 듯해서 나는 마리 안젤리크 수녀와 둘이 남게 되었다.

나는 그 여자가 나를 유심히 바라보고 있는 것을 보았다. 그러다가 그녀가 입을 열었다.

"여기 간호사 말이에요. 그 여자가 그러는데 당신은 제가 벨기에에서 왔을 때 함께 살면서 보살펴주신 아주 커다란 집의 친절한 아주머니의 시동생이라면서요?"

"예, 그렇소만."

"그분은 정말로 친절하게 대해 주셨어요. 아주 좋은 분이세요."

뭔가 생각의 실마리를 따라가고 있는 것 같아서 가만히 있었는데, 그러고 나서는 다시 물었다.

"그 선생님 말이죠, 그분도 좋은 사람이죠?"

나는 조금 당황했다.

"음, 그래요……그……그렇게 생각합니다만."

"어머!" 잠깐 입을 다물고 있더니 그녀는 말했다.

"정말 제게는 꽤 친절하게 해주셨는걸."

"그렇고말고요."

그녀는 갑자기 무서운 눈으로 나를 노려보며 말하는 것이었다.

"므슈……당신……당신은 지금 이렇게 저하고 이야기하고 있는데……당신은 저를 미쳤다고 생각하세요?"

"아니, 왜, 수녀님, 그런 적은 한 번도……."

그녀는 천천히 고개를 저으며 내 말을 가로막았다.

"제가 미쳤을까요? 제 자신도 몰라요……제가 기억하고 있는 것이나……잊어버린 것은……."

그 여자는 한숨을 내쉬었는데, 그때 로즈가 방으로 들어왔다.

그는 명랑한 목소리로 그 여자에게 인사를 하고는 용건을 설명해 주었다.

"세상에는 말이지요, 수정구슬 속에서 여러 가지를 볼 수 있는 재능을 가지고 있는 사람이 있어요. 나는 당신에게도 그런 재능이 있을 것 같은 생각이 드는군요, 수녀님."

그 여자는 난처하다는 듯한 표정을 지었다.

"아니에요, 전 그런 건 못해요. 미래에 대한 점을 치다니……나쁜 짓이에요."

로즈는 허를 찔려서 놀라고 말았다. 수녀가 그런 생각을 하고 있다는 것은 뜻밖이었기 때문이다. 그는 재치있게 이야기의 핵심에서 벗어났다.

"그야 미래를 들여다보아서는 안 되지요. 당신이 말한 대로 말이오. 그러나 과거를 들여다본다는 것은……그건 이야기가 좀 다르잖습니까?"

"과거를?"

"그래요. 과거에는 여러 가지 이상한 일이 있지요. 어느 순간에 기억이 되살아나서 잠깐 보였다가, 그만 다시 사라져 버리는 겁니다. 그렇게 되면 당신으로선 힘드니까 수정구슬 안에서 무엇을 찾아내려고 해서는 안 됩니다. 잠깐이면 되니까 손에 쥐어봐요—그래, 그래. 들여다봐요……똑바로. 그래……그렇게……한참. 생각이 나는 거야, 그렇지? 생각이 나지요? 내가 하는 말이 들리지요? 그럼, 내 질문에 대답할 수 있습니다. 들리는 겁니까?"

마리 안젤리크 수녀는 웃음이 나올 만큼 공손한 태도로 시키는 대로 수정구슬에 손을 들었다. 그러고는 뚫어져라 구슬을 쳐다보고 있었는데, 차츰 눈이 초점을 잃고 물건의 모습을 보지 못하게 되더니 고개를 떨어뜨렸다. 잠이 든 모양이었다.

의사는 그 여자의 손에서 가만히 수정구슬을 빼앗아 탁자 위에 올려놓았다. 그 여자의 눈꺼풀을 들여다보았다. 그런 다음 내 곁에 와서 앉았다.

"깨어날 때까지 기다려야 합니다. 그렇게 오래 걸리지는 않을 겁니다."

그가 말한 대로였다. 5분쯤 지나니까 마리 안젤리크 수녀의 몸이 움직였다. 그러고는 황홀한 듯 눈을 떴다.

"제가 어디에 와 있는 거지요?"

"여기—집에 있는 겁니다. 잠깐 잠이 들었지. 꿈을 꾼 거 아닙니까?"

그 여자는 고개를 끄덕였다.

"예, 꾸었어요."

"수정궁 꿈?"

"예."

"말해 봐요."

"절 미쳤다고 생각하시죠, 선생님? 하지만 제 꿈속에선 수정궁은 신성한 상징인걸요. 신념을 위해서 돌아가신 수정궁의 지도자 제2의 그리스도도 나타났어요. 그를 따르는 자는 쫓기고……박해받았습니다……그러나 신앙은 오래 계속되었습니다."

"신앙이 계속되었다고?"

"예……보름달이 1만 5천 번이나 반복되는 동안……다시 말하자면 1만 5천 년 동안 말이에요."

"보름달은 얼마 동안이나 계속되지?"

"보통 달이 열세 번 나타나는 시간입니다. 예, 1만 5천 번째 보름달이 떠오를 때였어요……전 수정궁 속에서 제5궁의 여사제(女司祭)였습니다. 제6궁이 나타나기 시작할 무렵이었습니다……."

그 여자는 눈살을 찌푸렸고, 그 얼굴에는 공포의 그림자가 어른거리고 있었다.

"빨랐어요." 그녀가 중얼거렸다.

"너무 빨랐어요. 잘못되었던 거예요……아아! 그래요, 기억하고말고요! 제6궁이었습니다!"

그 여자는 일어서려다가 다시 허물어지듯이 주저앉더니 두 손으로 얼굴을 감싸고서 중얼거리듯이 말했다.

"아니, 내가 무슨 소릴 하고 있는 걸까요? 앞뒤가 안 맞는 말만 하고. 그런 일은 전혀 없었는데."

"자, 걱정할 거 없습니다."

그러나 그 여자는 괴로운 듯 당황한 얼굴로 그를 바라보고 있었다.

"선생님, 전 모르겠어요. 어째서 그런 꿈을 꾸게 되는 걸까요? 그런 밑도 끝도 없는 일이……? 제가 처음 신앙생활에 들어간 것은 16살 때였습니다. 여행 같은 것은 해본 적이 한 번도 없었습니다. 그런데도 여러 마을이나 모르는 나라 사람들에 대한 것이나, 본 적도 없는 그들의 습관을 꿈에서 보는 거예요. 왜 그럴까요?"

그 여자는 두 손을 머리에 얹었다.

"최면술에 걸린 적은 없었소? 혼수상태에 빠진 일은 없었습니까?"

"최면술에 걸린 적은 한 번도 없었습니다. 혼수상태라는 말씀을 하셨는데, 성당에서 기도를 드리고 있으면 영혼이 몸에서 빠져나가 몇 시간이고 죽은 것 같은 상태가 되는 일은 흔히 있었답니다. 원장님 말씀으로는 그것이 축복된 상태라고 하시며……하나님의 은총을 받은 상태라고 하시는 것이었습니다. 아, 그래!"

그녀는 숨을 죽이고 말했다.

"생각났어요. 우리들은 그런 상태를 '은총을 입은 상태'라고 말했었습니다."

"좀 실험을 해보고 싶은데요, 수녀님." 로즈가 사무적인 어조로 말했다.

"그렇게 하면 지금처럼 생각날 듯하면서 생각나지 않는 일이 없어질는지도 모르지요. 다시 한 번 수정구슬을 보도록 해요. 그다음에 내가 여러 가지 물어

볼 테니까 거기에 대답하면 됩니다. 당신이 지칠 때까지 계속해 보십시다. 말에 대해서가 아니고 수정구슬에 신경을 집중해야 합니다."

나는 수정구슬을 싸놓은 보자기를 풀고서 다시 한 번 구슬을 마리 앤젤리크 수녀에게 건네주었는데, 그 여자가 너무 황송한 듯한 자세로 그것을 받는 것을 보고는 뜨끔했다. 새까만 벨벳 위에 놓여 있는 구슬을 가느다란 두 손을 펴서 감싸듯 했다. 그 여자의 놀랍도록 깊어 보이는 눈이 가만히 그것을 바라보았다.

잠깐 침묵이 지나간 다음에 의사가 말했다.

"사냥개."

마리 안젤리크 수녀는 곧 대답했다.

"죽음."

4

나는 그 실험에 대한 것을 일일이 설명할 생각은 없다. 의사는 일부러 불필요하거나 무의미한 말을 이것저것 했다. 그런 반면 같은 말을 몇 번씩이나 다시 물어보기도 했다. 같은 대답이 나올 때도 있었고 다른 대답이 나올 때도 있었다.

그날 밤 우리는 벼랑 위에 있는 의사의 집에서 실험 결과에 대한 이야기를 주고받았다.

그는 기침을 한번 하고 나서 메모가 되어 있는 수첩을 좀더 손 가까이 끌어다 놓았다.

"여기에 나와 있는 결과는 상당히 재미가 있어요—아니 아주 기묘합니다. '제6궁'이라는 말에 대한 대답은 파괴, 보랏빛, 사냥개, 권력 등 여러 가지로 변한 끝에 다시 파괴라고 나오고, 마지막에는 다시 권력이라고 나왔습니다. 나중에—이건 당신도 눈치를 챘는지 모르겠지만, 나는 질문하는 방법을 거꾸로 해보았지요. 그랬더니 다음과 같은 결과가 나오더군요. '파괴'라는 말에는 '사냥개'라고 대답했고, '보랏빛'에는 '권력', '사냥개'에는 다시 한 번 '죽음', 그리고 '권력'에는 '사냥개'였습니다. 이건 모두가 연관성이 있는 겁니다. 그런데 다시 한 번 '파괴'라고 했더니 '바다'라고 나왔습니다. 이건 전혀 관계가 없다고밖에는 생각이 안 되지요. '제5궁'에 대해서는 '청색', '사상(思想)', '새(鳥)'로 나오고, 그다음 다시 '청색'이 나왔어요. 그리고 마지막에 가서 '마음과 마음의 접촉'이라는 상당히 의미심장한 답이 나왔고, '제4궁'에서는 '황색'에서 '빛'이라 나오고, '제1궁'에서는 '피'라고 대답한 점으로 보아서 나는 그 궁에도 각각 빛이 있어서 제5궁에는 '새', 제6궁에는 '사냥개'라는 식으로 특별한 상징이 있는 듯해요. 그러나 그중에서도 제5궁이 이른바 정신감응(精神感應)—즉, 마음과 마음의 접촉을 나타내고 있는 듯한 생각이 드는 겁니다. 제6궁은 파괴력을 나타내고 있는 것이 분명하고요."

"'바다'는 무엇을 나타내고 있을까요?"

"정직하게 말하라면 모릅니다. 나중에 다시 한 번 물어보니까 '배(船)'라는 평범한 답이 나왔습니다만. 제7궁에는 처음에 '목숨' 하고 나왔으나 두 번째는 '사랑' 하고 나왔습니다. 제8궁에 대해서도 반응이 없었고. 그러니까 '궁'은 모두 일곱 개인 모양이지요."

"그러나 제7궁까지는 가지 못했지요. 제6궁에서 파괴되어 버렸으니까."

나는 문득 생각이 나서 말했다.

"흠! 그렇게 생각하십니까? 이런 것이……미친 짓 같은 잠꼬대가 무척 진지한 화제가 되었군요. 사실 이것은 의학적으로 보았을 경우에만 재미있는 것이니까요."

"정신과 의사에게는 틀림없이 재미가 있겠지요."

의사는 눈을 가늘게 뜨고서 말했다.

"그러나 나는 이것을 공표할 생각은 없습니다."

"그럼, 어쩌실 생각으로……?"

"아주 개인적인 겁니다. 물론 병의 상태에 관한 메모는 하고 있습니다만."

"그렇군요." 하고 말은 했지만 나는 그때 처음으로 나 자신은 마치 장님과도 같이 아무것도 보지 못했다는 느낌이 들었다. 나는 일어섰다.

"그럼, 이만 실례합니다, 박사님. 내일은 런던으로 돌아가야 하니까요."

"그렇군요!"

나는 그렇게 말하는 의사의 목소리에서 어딘지 안도하는 느낌이 들어 있는 듯한 생각이 들었다.

나는 가벼운 어조로 계속했다.

"연구가 성공하시길 빌겠습니다. 다음에 만나뵐 때엔 죽음의 사냥개에게 나를 물게 하지는 마십시오."

나는 그의 손을 잡고 있었는데, 그런 말을 했을 때 그의 손이 흠칫하는 듯이 느껴졌다. 그러나 그는 곧 평정을 되찾았다. 그러고는 싱글벙글 웃었는데, 입술이 젖혀져서 길고 뾰족한 송곳니가 다 드러났다.

"권력을 사랑하는 인간에게 있어서 이것은 원하든 원치 않든 주어진 권력이 되는 겁니다. 어떤 인간의 생명이든지 그것을 손 안에 쥘 수 있다는 것은 말이지요." 그는 이렇게 말하고는 얼굴 전체로 웃었다.

5

내가 직접 이 사건에 관계한 것은 그것이 마지막이었다.

그 뒤 로즈 의사의 수첩과 일기가 내 손에 들어왔다. 아주 조금밖에 기입되어 있지 않았지만 여기에 그것을 옮겨 두겠다―하긴 그것이 정말로 내 것이 된 것은 그 한참 뒤였다는 것은 알아주실 줄 알지만……

8월 5일― MA 수녀가 '선택한 사람들'이라고 한 것은 그 종족을 일으킨 사람들을 가리키고 있는 것을 알았다. 그 사람들은 최고의 명예가 주어졌고, 성직자보다도 높은 자리에 있었던 것 같다. 이 점을 초기의 기독교도들과 비교해 볼 것.

8월 7일― MA 수녀를 설득하여 최면술을 걸기로 했다. 최면상태까지는 갈 수 있었으나 영교(靈交)는 실패.

8월 9일― 현대의 문명 같은 것은 비교도 안 될 정도의 문명이 과연 과거에 있었을까? 만일 그렇다면 이상한 일이다. 더구나 그 수수께끼를 푸는 열쇠를 단지 나만이 쥘 수 있게 된다면…….

8월 12일― 최면술을 걸었을 때 MA 수녀는 암시에 대해서 반응이 전혀 없었다. 그런데도 혼수상태로 들어가는 것은 간단하다. 아무래도 이해가 안 된다.

8월 13일― 오늘 MA 수녀는 '하느님의 은총을 받은 상태'에서는 다른 것에게 육체를 지배당하지 않도록 하기 위해 문이 잠겨진다고 분명히 말했다. 재미있기는 한데……도무지 알 수가 없다.

8월 18일― 그렇다면 제1궁은 역시(이 부분은 글자가 지워져서 알 수 없음)……그럼, 제6궁에 도달하기까지는 몇 세기쯤 걸릴까? 그러나 '권력'으로 가는 지름길이 있다고 한다면…….

8월 20일― MA 수녀가 간호사와 함께 이리로 오기로 이야기가 되었다. 인내심을 가지고 모르핀 요법으로 치료를 받을 필요가 있다고 그 여자에게 말해 놓았다. 나는 미친 것일까? 아니면 죽음을 좌우하는 권력을 쥔 초인일까?

(기록된 것은 이것으로 끝났다.)

6

다음에 옮겨놓은 편지를 받은 것은 분명히 8월 29일이라고 생각된다. 형수님의 주소로 되어 있으나, 나한테 보낸 편지였으며, 외국인풍의 글씨체로 왼쪽으로 비스듬히 기울어진 필적이었다. 나는 조금은 호기심을 가지고 봉투를 뜯었다. 거기에는 이렇게 쓰여 있었다.

안녕하세요

당신을 두 번 뵀을 뿐이지만 믿을 수 있는 분이라고 생각했습니다. 제가 꾸고 있는 이 꿈이 옳은 꿈인지 아닌지 알 수 없습니다만, 요즈음에 와서는 그것이 점점 분명해지고 있습니다. 게다가 아무리 생각

해 보아도 그 죽음의 사냥개는 결코 꿈이 아닙니다……당신에게 말씀 드릴 무렵(이것도 현실인지 아닌지 저로서는 잘 알지 못합니다만) 수정궁을 지켜주시는 하느님이 사람들에게 제6궁을 나타내시는 것이 너무 빨랐습니다—그 때문에 그 사람들의 마음에 악마가 들어가고 말았습니다. 그들은 마음대로 사람을 죽일 수 있는 힘을 가지게 되었습니다. 그리고 옳고 그른 구별도 없이 사람을 죽였지요. 권력의 달콤한 술에 고주망태가 되어 있었던 겁니다.

우리들은 그것을 보았을 때……아직 온전하고 깨끗한 상태였던 '우리들'은 두 번 다시 원(圓)을 완성시켜서는 안 된다. '영원한 삶의 궁전'에 가서도 안 된다는 걸 깨달았습니다. 수정궁의 다음 수호자가 될 사람은 행동으로 옮기라는 명령을 받았습니다. 낡은 것이 사라지고 끝없는 세월이 지난 다음에 새로운 것이 다시 태어나도록 그 수호자는……원이 닫히지 않도록 조심하면서……; '죽음의 사냥개'를 바다에 풀어놓자. 바다는 개의 모양으로 부풀어 올라서 육지를 송두리째 삼켜버리고 말았습니다.

전에도 한 번 저는 이런 일이 있었던 것을 기억합니다……벨기에의 제단 계단 위에서…….

로즈 박사에 대한 것 말인데요. 그 사람도 우리 동료 중 한 사람이었습니다. 그는 제1궁에 대한 것을 알고 있으며, 제2궁이 어떤 형태의 것인가도 알고 있습니다—하긴 그 의미는 선택받은 소수 이외에게는 감춰져 있어서 알 수도 없습니다만. 그는 저에게서 제6궁에 관한 것을 알게 되겠지요. 저도 지금까지는 그가 알지 못하게 해왔습니다— 그러나 저는 차츰 약해져 가고 있답니다. 인간이 적절한 시기가 오기 전에 권력을 쥐는 것은 좋지 않습니다. 인간의 손에 죽음을 좌우하는 힘을 맡겨도 좋을 만한 그런 세계가 될 때까지는 아직도 몇 세기의 세월이 지나가지 않으면 안 되지요.

당신은 선과 진실을 사랑하는 분입니다. 부디 저를 구해 주십시오— 더 늦기 전에.

나는 자신도 모르게 편지를 떨어뜨렸다. 내가 서 있는 대지가 여느 때와는 달리 흔들흔들하는 듯한 느낌이 들었다. 그러나 곧 나는 마음을 바로잡았다. 이 여자의 더할 수 없이 순수한 신앙심에 나는 마음 밑바닥에서부터 동요를 느꼈다. 한 가지만은 분명하게 알고 있는 것이 있었다. 로즈 박사는 병 증세에 대해 지나치게 열성을 쏟은 나머지 의사로서의 직권을 남용하고 있다는 것이었다. 나는 당장에라도 달려가고 싶었다. 그리고―.

그 편지와 함께 도착한 우편물 속에 키티 형수에게서 온 편지가 있는 것을 알았다. 나는 서둘러 봉투를 뜯었다―거기에는 이렇게 쓰여 있었다…….

엄청나게 무서운 일이 일어났어요. 도련님은 벼랑 위에 있는 로즈 박사의 그 작고 조용한 집을 기억하시겠지요? 그 집이 저녁 무렵에 무엇에게인지 벼랑 밑으로 밀려 떨어져서 그 의사와 가엾은 수녀 마리 안젤리크가 세상을 떠났답니다. 해변에 부서져 떨어진 잔해는 참으로 소름끼치는 광경이었어요. 모든 것이 묘하게 높직하게 쌓여 있는데……그것이 멀리서 보면 마치 커다란 사냥개처럼 보이는 거예요…….

편지는 내 손에서 밑으로 떨어졌다.

그 밖에도 몇 가지 우연의 일치인가 하고 생각되는 것이 있었다. 그와 같은 날 밤에 로즈라는 이름을 가진 사람이 갑자기 죽었다. 벼락을 맞았다고 하는데, 그는 내가 조사해 본 바로는 로즈 의사의 유복한 친척이었다. 그러나 알려진 바에 의하면 그 근처 일대에 벼락은 전혀 없었으나, 단지 한두 명이 꼭 한번 천둥소리를 들었다고 했다. 그 시체에는 '기묘한 형태를 한' 화상의 흔적이 있었다. 그는 재산 전부를 조카인 로즈 의사에게 물려준다는 유언장을 남겼다.

그런데 만일 로즈 의사가 마리 안젤리크 수녀에게서 제6궁에 대한 비밀을 몽땅 다 들었더라면 어떻게 되었을까?

나는 두고두고 그를 무법자 같은 사람이라고 생각하게 되었다—자신에게 혐의가 돌아오지 않을 자신만 있다면 아무런 망설임도 없이 숙부의 목숨을 빼앗지 않으리라고 장담 못한다. 그러나 내 머리에서는 마리 안젤리크 수녀의 편지 속에 있었던 한 구절이 달라붙어서 떨어지지 않았다—'원이 닫혀지지 않도록 조심하면서……'라는 말이다.

로즈 의사는 그런 조심은 하지 않았을 것이다—아니, 아마 필요한 준비는 고사하고 그럴 필요조차도 느끼지 않았을 것이다. 그렇다고 하면 그가 쓴 힘이 원을 한 바퀴 돌고서 다시 돌아와서는……

그러나 물론 그런 것은 어리석다고밖에 할 수 없는 이야기다! 모든 것이 아주 자연스럽게 설명이 된다. 로즈 박사가 마리 안젤리크 수녀의 환각을 믿은 그 자체가 그의 머리 또한 어딘지 균형을 잃었다는 증거가 될 뿐이지 않은가.

그러나 그렇게 생각하면서도 나는 과거에 인간이 살았으며, 현대문명을 훨씬 앞지르는 문명을 갖고 있으면서 바다 밑으로 가라앉아 버린 대륙을 꿈꿀 때가 있다.

아니면 마리 안젤리크 수녀의 뇌리에 되살아난 것은 거꾸로—그런 가능성을 얘기하는 사람 말마따나, 그 원형의 도시라는 것은 과거의 것이 아니고 미래의 것일까?

어처구니가 없다—물론 그 모두가 단지 환상에 불과한 것은 분명하다!

집시

1

친구 디키 카펜터가 이상하리만큼 집시를 싫어한다는 사실을 맥팔레인이 알게 된 것은 그동안 여러 번 있었던 일이다. 그 이유는 모른다. 하지만 디키 와 에스터 로스의 약혼이 깨어졌을 때 이 두 남자 사이에는 일시적이기는 하지만 틈이 생긴 적이 있었다.

맥팔레인은 1년쯤 전에 에스터의 여동생 레이첼과 약혼했다. 그에게 로스 집안의 딸은 둘 다 소꿉친구였다. 그는 만사에 신중하고 결단이 느린 성격이 므로 레이첼의 애띤 얼굴과 순진해 보이는 갈색 눈에 점점 이끌려가고 있는 마음을 스스로 인정하려고 하지 않았었다. 에스터만큼 미인은 아니다─분명히. 그러나 에스터보다도 속이 깊고 마음씨도 곱다.

디키가 언니인 에스터와 약혼한 뒤에 두 남자는 전보다 한층 친해진 듯했 다. 그런데 그 약혼이 불과 3~4주 만에 그만 깨어져 버렸으므로 디키는─외곬 인 디키는, 완전히 맥을 못 추게 되었다. 그때까지 그의 젊은 인생은 모든 게 상당히 순조로웠다. 해군에 들어간 것도 기막히게 들어맞았다.

그는 선천적으로 바다를 좋아했다. 소박하고 마음먹은 대로 행동하는 타입 에다, 어딘지 바이킹 같은 구석이 있었으며, 깊은 생각을 해야만 하는 신경의 섬세함 같은 것은 도무지 찾아볼 수 없는 성미였다. 영국의 젊은이 중에서도 특히 정서적인 것은 그것이 어떤 것이든 싫어하며, 마음의 움직임을 말로 나 타내는 것이 가장 질색인, 말솜씨라고는 없는 남자였다.

고집 센 스코틀랜드인이며, 켈트인 특유의 상상력을 속에 품고 있는 맥팔레 인은 상대가 서툰 솜씨로 띄엄띄엄 이야기하는 것을 담배 연기를 길게 내뿜어 가며 말없이 들었다. 그러는 동안에 상대의 마음이 풀리게 될 거라고 생각했 기 때문이다.

그러나 그가 기대하고 있었던 상대방의 화제는 예상치 못한 것이었다. 하여간 처음에는 에스터 로스에 관한 것은 눈곱만큼도 비치지 않았다. 어릴 때 무서웠던 이야기라고밖에는 생각되지 않는 것들뿐이었다.

　"그것은 모두 내가 어릴 때 꾼 꿈이 그 시작이었어. 정확히 말해서 가위눌린 것도 아니야. 그 여자가……집시 말이야. 그것이 아무리 오래된 옛날 꿈을 꿀 때에도 반드시 그 꿈속에 나타나는 거야. 재미있는 꿈―즉, 파티라든가 불꽃놀이라든가 아이들 마음에 재미있어 할 꿈을 꿀 때도 그래. 그런 꿈이라면 아무리 오래 꾸어도 싫증이 나는 게 아니거든. 그러는 사이에 문득 느끼는 거야―아니, 저절로 아는 거야. 눈을 들어보면 그녀가 언제나처럼 거기에 서서 가만히 나를 바라보고 있다는 것을……무엇인진 모르지만 내가 모르는 것을 자기는 알고 있다는 듯한 슬픈 눈으로 말이야. 언제나 그랬었어! 언제나 나는 무서워서 큰 소리를 지르며 눈을 떴는데, 그럴 때는 언제나 '할멈'이 이렇게 말했지―'어이구, 디키 도련님이 또 집시 꿈을 꾸었군요.'라고"

　"그래서 진짜 집시와 만나는 것이 겁이 난 거로군?"

　"진짜를 만난 것은 한참 뒤에 가서지. 그것이 또 묘하단 말이야. 그때 나는 기르던 강아지를 쫓아가고 있었어. 그놈이 달아났거든. 정원에 있는 나무문을 지나 숲속 오솔길로 달려갔어. 그 당시 우리 집은 뉴 포레스트에 있었어. 그래서 따라가다 보니까 숲이 끝나고 제법 큰 개울에 나무로 다리를 놓은 빈터 같은 곳이 나오더구면. 그런데 그 다리 바로 옆에 집시가 혼자 서 있는 거야―새빨간 스카프를 머리에 쓰고 말이야……그 모습이 꿈에서 본 것과 똑같은 거였어. 그래서 난 갑자기 겁이 났지. 여자가 가만히 나만을 바라보고 있더란 말이야―꿈에서 바라보던 바로 그런 얼굴로 내가 모르는 것을 알고 있고, 가엾어하는 것 같은 얼굴로 말이야.

　그런 다음에 여자는 나를 보고 고개를 끄덕이고는 아주 조용하게 이렇게 말하는 거야―'나 같으면 그쪽으로는 안 갈 텐데.'라고. 어째서 그랬는지 모르지만 나는 죽는 것보다 더 무서웠어. 그래서 그녀의 곁을 지나서 다리 위로 뛰어갔어. 틀림없이 판자가 썩어 있었을 거야. 좌우간 다리가 무너지면서 나는 순식간에 개울에 빠지고 말았지. 물살이 상당히 급해서 나는 자칫 떠내려갈

뻔했어. 정말 거의 죽기 직전이었지. 그것만은 절대로 잊을 수가 없어. 게다가 그 모든 것이 그 집시 때문이라는 생각이 들어서 말이야……."

"하지만 그녀는 친절하게도 자네에게 경고해 주었잖아."

"그야 자네니까 그렇게 말할 수 있겠지."

디키는 그렇게 말하고는 잠시 입을 다물고 있다가 다시 말했다.

"이렇게 내가 꾼 꿈 이야기를 하는 것은 그 뒤에 일어난 일과 관계가 있어서가 아니고……적어도 나는 그렇지 않다고 생각해. 말하자면 그것이 일의 발단이었기 때문이야. 이렇게 말하면 자네도 내가 말하는 '집시의 육감'이라는 것이 어떤 것인지 알겠지? 지금부터 로스 집안에 온 첫날밤에 대한 이야기를 하겠는데, 그때 나는 서해안에서 돌아온 직후였어. 다시 잉글랜드로 돌아올 수 있었다는 것은 멋진 일이었다네. 로스 집안과 우리 집과는 오랜 친구 사이였거든. 딸들하고는 내가 일곱 살쯤 되었을 때부터 만나보지 못했지만 아들인 아서는 나의 친한 친구였자—그가 죽은 뒤에도 에스터는 가끔 편지를 보내오기도 했고 신문을 보내주기도 했어. 그녀의 편지는 정말 재미있는 것이어서, 그것을 읽고 나면 나는 힘이 절로 났지. 답장을 쓸 때에는 언제나 좀더 글재주가 있었으면 하고 생각했었어. 정말 그녀와 만나고 싶었어. 편지만으로—그 밖에는 아무런 접촉도 없이, 상대방 여자에 대한 것을 송두리째 안다는 것은 어쩐지 이상한 생각이 들었거든.

그래서 귀국하자마자 제일 먼저 로스 저택을 찾아갔지. 내가 찾아갔을 때 에스터는 외출 중이었는데 저녁때에는 돌아온다고 하더구먼. 식사 때 나는 레이첼 옆에 앉았었는데, 기다란 식탁을 여기저기 둘러보고 있는 사이에 왠지 묘한 느낌이 들기 시작한 거야. 누군가가 나를 가만히 지켜보고 있는 것 같아서 말이지. 그렇게 생각하니까 기분이 아주 나빠지더군. 그러다가 그녀가 눈에 보였어……."

"그녀라니?"

"해워스 부인 말이야—지금부터 내가 말하려는 사람이야."

맥팔레인은 자신도 모르게, "나는 에스터 로스 이야긴 줄 알았지." 하고 말하려고 했으나 그것이 입 밖으로 나오지는 않아서 디키는 계속했다—

"그녀에게는 어딘가 딴 사람과는 전혀 다른 점이 있었어. 그녀는 로스 노인 옆에 앉아 있었는데, 고개를 다소곳이 숙이고 굉장히 고지식한 태도로 그의 이야기에 귀를 기울이고 있었어. 그물처럼 짠 얇은 명주를 목에 두르고 있었지. 찢어져서 그랬다고 생각되지만 어쨌든 그것이 조그만 불꽃처럼 그녀의 머리 뒤에 삐죽 나와 있는 거야. 나는 레이첼에게 말했어. '저기 있는 여자분은 누구지? 머리가 검고, 새빨간 스카프를 두른 사람 말이야.'

'앨리스테어 해워스 말인가요? 그분은 새빨간 스카프를 하고 있는데, 머리칼은 금발이에요. 아주 예쁜 금발이라고요.' 하고 그녀가 대답하더군.

정말 그랬어. 머리칼이 곱고 엷은 노란색으로 빛나고 있었어. 하지만 나는 절대로 검정이라고 단언할 수 있었어. 그러나 보는 눈에 따라서는 색이 다르게 보이다니 이상한 생각이 들더군. 식사가 끝난 다음 레이첼이 소개해 줘서 우리는 정원을 여기저기 산책했지. 우리는 걸으면서 영혼 재생에 관한 이야기를 했단 말이야……."

"자네의 전문분야로군, 디키!"

"물론 그렇지. 지금도 기억하고 있는데, 그때 나는 사람들을 만나게 되면, 마치 그전에 만난 적이 있는 것처럼 문득 떠오르는 것이 있었는데, 그 이유를 설명하기란 아주 힘들다고 이야기했지. 그랬더니 그녀는, '그러니까, 애정을 가질 수 있는 사람인가 아닌가 하는 거겠죠?'라고 하더군. 그런 말투가 어쩐지 우습게 들렸어─부드럽기도 하면서 어딘지 모르게 뜨겁고 말이야. 나는 그 말을 듣고 문득 짐작이 가는 것이 있었는데, 그것을 아무리 해도 생각해 낼 수가 없는 거야. 그런 뒤에 한동안 둘이서 이야기했는데, 로스 노인이 테라스에서 우리들을 불러서는 에스터가 돌아와서 나를 기다리고 있다고 하더군.

그런데 해워스 부인이 내 팔에 손을 끼고서 말하는 거야. '안에 들어가시는 건가요?' 나는, '예, 그러는 게 좋을 것 같아서요.'라고 대답했는데……그랬더니……그랬더니……."

"그랬더니……?"

"아주 이상한 말을 하더구먼. 해워스 부인이 말이야. '나 같으면 들어가지 않겠어요.'라고 했단 말이야."

디키는 그런 다음에는 잠깐 입을 다물고 있다가 말했다.

"소름이 쫙 끼쳤다네. 정말로 쫙 끼쳤지. 그래서 자네에게 아까의 그 꿈 이야기를 한 거야. 그런데 들어봐. 그녀가 그 말을 하는 투가 똑같았단 말이야— 부드러우면서도 뭔지는 모르지만 내가 모르는 것을 알고 있는 것도 같고 아름다운 여성이 나를 바깥 정원에 잡아두고 싶어하는 그런 투가 아니었어.

목소리는 정말로 부드러웠지만······마음속 깊이에서 나를 가엾어하는 것 같아서 말이야. 마치 어떤 일이 일어날 것인지 알고 있는 듯한 말투였거든. 하지만 분명히 실례되는 행동인 줄 알았지만 나는 그녀에게 등을 돌리고 그곳을 떠났어. 그러고는 뛰듯이 집 쪽으로 갔다네. 그러는 게 안전하다는 생각이 들었거든. 그때 나는 내가 처음부터 그녀를 겁내고 있었던 것을 알았어. 로스 노인의 모습이 보였을 때 겨우 안심이 되는 거야. 옆에는 에스터도 있었고······."

그렇게 말하다 말고 그는 머뭇거렸는데, 잠시 뒤에는 좀 모호한 투로 중얼 거렸다.

"두말 할 것도 없었어—그녀를 본 순간에 말이야. 첫눈에 반한 거지."

맥팔레인의 뇌리에 에스터 로스의 모습이 언뜻 지나갔다. 전에 한번 그녀에 대해서, '6척 장신의 완벽한 유태인형 미인'이라고 표현하던 말을 들은 적이 있었다. 그녀의 유난히 키가 크고 날씬한 몸매, 대리석처럼 창백한 얼굴, 홀쭉한 코, 새까맣게 반짝이는 머리와 눈을 떠올리고 보니 그 표현이 더없이 딱 알맞은 듯했다. 그러고 보니 디키같이 어린애처럼 단순한 남자가 아주 푹 빠져버리는 것도 무리가 아니라는 생각이 들었다. 맥팔레인은 에스터 같은 타입의 여성을 보고서 가슴이 뛰는 경우는 조금도 없었지만, 그래도 상당한 미모는 인정했다.

"그리고 그 뒤에 우리는 약혼을 했지." 디키는 이야기를 계속했다.

"곧바로 말인가?"

"아니, 1주일쯤 지나서 말이야. 그러고 또 2주일쯤 지나서 그녀는 결국 그 결혼에 별로 마음이 내키지 않는다는 것을 알게 되었다고 하는 거야."

그렇게 말한 그는 쓰디쓰게 웃었다.

"그건 내가 배로 돌아가기 전날 밤이었지. 그날 나는 마을에서 숲을 지나 돌아가는 중이었는데……문득 그녀의 모습이 보이더군—해워스 부인 말이야. 그녀는 커다란 두건 같은 새빨간 모자를 쓰고 있었어—물론 아주 잠깐이었지만. 나는 기절할 만큼 놀랐어! 꿈 이야기는 아까 했으니까 알아들었을 거야. 그런 다음 우리 두 사람은 한동안 걸었지. 에스터가 들으면 곤란할 이야기를 한 것은 아니고 말이야……."

"정말이야?"

맥팔레인은 의아한 눈으로 상대방을 바라보았다. 이상하게도 인간이란 것은 자신도 느끼지 못하는 것을 입에 담게 된다.

"그리고 내가 집에 돌아가려고 하는데 그녀가 불러 세우더니, '잠깐이면 돼요. 나 같으면 그렇게 서둘러 돌아가진 않겠어요.' 하고 말하더군. 그 말을 듣고 나는—순간 생각이 떠올랐어. 뭔가 나쁜 일이 기다리고 있다는 것을 말이야. 그리고……집에 닿자마자 에스터가 기다리고 있었는데, 얘기하더군. 사실은 마음이 내키지 않는다는 것을 알게 되었다고 하면서……."

맥팔레인은 가엾다는 듯이 혀를 찼다. 그러고는, "그래, 해워스 부인은?" 하고 물었다.

"그 뒤론 한 번도 만난 적이 없어. 그런데 오늘 밤—"

"오늘 밤?"

"응. 조니 의사의 진찰실에서 만났다네. 난 다리를 보여 주려고 갔었단 말이야—그 어뢰를 맞아서 다친 다리 있잖나. 요새 또 조금씩 아파오거든. 의사는 수술을 하는 게 낫다고 하더군—아주 간단하다고 하면서. 그런 뒤에 내가 병원을 나가려고 하는데 흰 가운 위에 새빨간 점퍼를 걸친 간호사와 만나게 되었단 말이야. 그랬는데 그 간호사가, '나 같으면 수술 같은 거 안 받을 텐데.' 그러더라고. 그래서 살펴보니까 그것이 해워스 부인인 거야. 그러나 두말없이 가버려서 불러 세울 틈도 없었어. 다른 간호사를 만나서 그녀를 물어보았는데, 거기엔 해워스라는 이름을 가진 간호사는 없다는 거야. 참 묘한 일도 다 있지……."

"그녀가 틀림없었나?"

"물론이지. 정말이야. 게다가 그녀는 굉장한 미인이라서—."

그는 잠깐 입을 다물고 있다가 다시 말했다.

"나는 물론 수술을 받을 거라네. 그런데……그런데……어쩌다가 그대로 죽어버리게 되면……."

"바보 같은 소리!"

"그야 바보 같은 소리겠지. 그래도 역시 이렇게 집시 이야기를 자네에게 털어놓게 되어 잘됐다고 생각해. 좀더 할 이야기가 있을 것 같은 생각도 들긴 하지만 아무리 해도 생각이 나질 않으니……."

2

맥팔레인은 거친 들판의 가파른 비탈길을 올라갔다. 언덕 꼭대기 근처에 있는 집 문에 들어서서는 긴장된 모습으로 초인종을 눌렀다.

"해워스 부인 계신지요?"

"예, 계십니다. 잠깐 기다리세요."

하녀가 천장이 낮고 길쭉한 방에 그를 남겨두고 나갔다—창 너머로 거친 들판의 황량한 풍경이 바라보였다. 그는 약간 얼굴을 찌푸렸다. 어쩐지 자기가 영락없는 바보짓을 하고 있는 듯한 생각이 들어서였다.

그때 그는 움찔했다. 머리 위에서 낮은 노래 소리가 들려온 것이다.

'집시 여자가
거친 들판에 살고……'

그 소리가 뚝 그쳤다.

맥팔레인의 가슴은 조금 두근거렸다. 문이 열렸다.

스칸디나비아인으로 잘못 볼 만큼 아름다운 금발을 보고서 그는 가슴마저 철렁했다. 디키에게서 들은 게 있어서 집시 같은 검은 머리를 상상하고 있었기 때문이다—순간 그는 디키가 한 말과 그렇게 말할 때의 그 기묘한 말투가 생각났다.

"하지만 저 여자는 굉장한 미인인데—"

흠이 없는 미인이란 절대로 없는 법인데, 앨리스테어 해워스는 아주 완전무결하리만큼 더할 수 없는 미인이었다.

그는 마음을 가라앉히고 그녀 쪽으로 걸어갔다.

"아마 저를 모르실 줄 압니다만, 로스 씨 댁에서 이곳 주소를 듣고 찾아왔습니다. 실은……저는 디키 카펜터의 친구입니다."

그녀는 1~2분 가만히 그를 바라보았다. 그런 다음에 그녀가 말했다.

"전 지금 나가려던 참이거든요, 들판 쪽으로 함께 가시지 않겠어요?"

그녀는 프랑스식 창문을 밀어서 열고는 언덕의 비탈로 나갔다. 그는 그 뒤를 따라갔다. 둔감한 듯하고도 약간 넋이 나간 듯한 얼굴을 가진 남자가 등의자에 앉아서 담배를 피우고 있었다.

"남편이에요. 우리, 들판에 다녀올게요, 모리스. 그리고 점심식사에는 맥팔레인 씨와 함께 돌아올게요. 그렇게 해주시겠지요?"

"매우 감사합니다."

느린 걸음으로 걸어가는 그녀의 뒤를 따라 언덕을 오르면서 그는 마음속에서 중얼거렸다.

"무엇 때문에—대체 무엇 때문에 저런 남자와 결혼했을까?"

앨리스테어는 바위산을 향해 걸어갔다.

"여기에 앉으시지요. 그리고 말씀해 보세요—무슨 일로 오셨는지."

"알고 계시지 않습니까?"

"나쁜 일이 일어날 거라는 것은 알아요. 그럼, 정말로 나쁜 일이군요? 디키에 관한 거죠?"

"그는 간단한 수술을 받았습니다. 결과는 아주 좋았죠. 그런데 틀림없이 심장이 약했던 모양입니다—마취에서 깨어나지 못한 채 죽고 말았거든요."

그녀의 얼굴에서는 그가 기대하고 있던 그런 움직임은 거의 찾아볼 수 없었다—언제나 그런 것처럼 그 울적해 보이는 표정이 어렴풋이 스쳐갔을 뿐이었다. 그리고 그녀가 중얼거리는 듯한 소리가 들렸다.

"또……기다려야지……오래……아주 오랫동안……." 그리고 눈을 뜨고는 그에게 말했다.

"그래, 무슨 말씀을 하시고 싶은 건가요?"

"한 가지만. 실은 그에게 수술을 받지 말라고 경고해 준 사람이 있습니다. 간호사였는데, 그 친구는 그 사람이 당신이라고 생각했습니다. 틀림없을까요?"

그녀는 고개를 저었다.

"아뇨, 나는 아니에요. 하지만 사촌동생 중에 간호사로 있는 아이가 있기는 해요, 좀 어둑한 데서 보면 나하고 아주 비슷하답니다. 아마 그랬을 거예요."

그렇게 말하고는 다시 한 번 그를 올려다보았다.

"하지만 그런 건 문제가 안 되잖아요?"

그런 다음 갑자기 눈을 크게 뜨고 바짝 긴장했다.

"어머! 이상하네! 모르고 계셨어요?"

맥팔레인은 당황했다. 그녀는 아직도 가만히 그를 보고 있었다.

"아시는 줄 알았는데……아니, 그럴 수밖에 없겠네. 당신도 가지고 있는 것 같아서……."

"뭘 말입니까?"

"타고난 재능—아니, 저주일까요. 그거야 어찌되었던 상관없지만 말이에요. 틀림없이 갖고 있다고 생각하는데요. 저 바위의 움푹 들어간 곳을 보세요. 아무 생각 마시고 그냥 보시기만 하면 돼요. 자!"

그녀는 그가 조금 흠칫하는 것을 보고는 물었다.

"보셨지요? 뭔가를 보셨지요?"

"틀림없이 생각 탓일 겁니다. 아주 잠깐이지만 보였습니다. 하나 가득—피가!"

그녀는 고개를 끄덕이며 말했다.

"그럴 줄 알았어요. 거긴 옛날 태양신의 신자들이 산 제물을 죽이던 곳이에요. 나는 누구에게서 듣기 이전부터 알고 있었어요. 그 사람들의 감정까지 알때도 있답니다—마치 그곳에 함께 있었던 것처럼. 그리고 나는 이 거친 들판에 오면 왠지 우리 집에 돌아온 듯한 느낌이 드는 거예요. 나에게 그런 선천적인 재능이 있는 것은 당연해요. 사실 저는 퍼거슨(로버트 퍼거슨. 1750~1774. 스코틀랜드의 시인. 미쳐서 죽음)의 일가이거든요. 우리 일가 사람들은 투시력이 있답니다. 게다가 우리 어머니는 아버지와 결혼하기 전에는 영매였답니다. 어머니는 크리스틴이라는 분이었지요. 제법 유명했었답니다."

"그 '선천적인 재능'이라는 것은 무슨 일이 일어나기 전에 그것을 미리 알 수 있는 힘을 말하는 겁니까?"

"예, 미래도 과거도 그래요—다 같거든요. 예를 들면 당신이 내가 어째서 모리스와 결혼했을까 하고 이상히 여기고 있는 것도 나는 다 알고 있답니다. 아니, 맞아요. 당신은 그렇게 생각했었어요! 그런데 그것은 무엇인가 무서운 일이 그 사람 위에 덮어씌워져 있는 것을 나는 늘 알고 있기 때문이랍니다— 그를 살려주고 싶었거든요. 여자란 그런 거지요. 나의 능력으로 일어나지 못하게 해야 한답니다—그렇게 할 수만 있다면. 디키는 도와줄 수 없었답니다. 게다가 그는 그런 걸 믿으려 들지도 않았지요. 그는 무서워하고 있었거든요. 무척이나 젊었었으니까."

"스물 둘이었습니다."

"그리고 나는 서른입니다. 하지만 내가 말하는 것은 그런 것이 아니에요. 나눗셈에는 여러 가지 방법이 있지요. 길이, 높이, 너비—하지만 시간으로 나누는 것이 가장 서툰 방법이에요."

그렇게 말하고서 그녀는 입을 다물고 오랫동안 묵묵히 생각에 잠겨 있었다. 눈 아래 보이는 집에서 낮은 징소리가 들려서 두 사람은 문득 정신이 들었다.

식사 때에 맥팔레인은 모리스 해워스의 모습을 가만히 지켜보았다. 아내를 지극히 사랑하고 있는 것은 틀림없었다. 그리고 그것을 받아들이는 그녀의 부드러운 태도에는 모성애적인 것이 조금은 섞여 있다는 것도 그는 알았다. 식사가 끝나자 그는 작별인사를 했다.

"저는 저 아래 여인숙에 하루 이틀 머물 생각입니다. 다시 찾아봬도 괜찮겠습니까? 내일이라도……?"

"물론이지요. 하지만……"

"하지만, 뭡니까?"

그녀는 한쪽 손으로 성급하게 눈을 비볐다.

"모르겠어요. 나……난 왠지 다시는 뵙지 못할 것 같은 생각이 들어서요. 그뿐입니다……안녕히."

그는 천천히 비탈길을 내려갔다.

무의식중에 차가운 손이 심장을 죄는 듯한 느낌이 들었다. 물론 그녀의 말에 다른 뜻이 있을 리는 없다……하지만…….

차가 한 대 갑자기 모퉁이를 돌아 나왔다.

그는 울타리에 찰싹 달라붙었다—간신히 깔리는 것을 면했다. 그의 얼굴엔 핏기가 사라지고 묘한 흑빛이 퍼져 있었다.

3

"아이고, 신경이 녹초가 되어버렸네."

다음 날 아침 눈을 떴을 때 맥팔레인은 이렇게 중얼거렸다.

어제 오후에 있었던 일을 가만히 생각해 보았다. 자동차에 관한 것, 여인숙으로 오는 지름길, 갑자기 안개가 몰려와 길을 잃고 근처에 위험한 늪이 있다는 말을 들은 것이 있어서 고생하던 것, 여인숙 굴뚝의 비 덮개가 떨어져 나간 것 모두 별것 아닌 일들뿐이었다. 별것 아닌—하지만 그것은 해워스 부인이 한 말이나, 그녀가 알고 있다고 확신을 한, 그가 어렴풋이 느낀 것을 떠나서의 이야기였다…….

그는 갑자기 기세 좋게 이불을 걷어 젖혔다—만사는 젖혀놓고 비탈길을 올라가서 그녀를 만나지 않으면 안 된다. 그렇게 하면 주문(呪文)이 풀리게 되겠지. 즉, 무사히 그곳까지 가게 된다면 말이다—맙소사, 나 같은 바보가 또 어디 있지…….

아침식사는 거의 목으로 넘어가지 않았다. 10시가 되자 그는 비탈길을 오르기 시작했다. 10시 반에는 해워스 저택의 초인종을 눌렀다. 그리고—그때야 비로소 그는 후유하고 크게 숨을 몰아쉬었다.

"해워스 부인 계십니까?"

전에도 문을 열어주던 바로 그 중년여자가 나왔는데, 오늘의 그녀 얼굴은 아주 딴판이었다—말할 수 없는 슬픔에 빠져 있었던 것이다.

"아이고! 손님! 그럼, 아직 모르고 계셨군요?"

"뭘 말이오?"

"불쌍한 앨리스테어 마님. 강장제 탓이랍니다. 매일 밤 잡수셨거든요. 가엾게도 선장이신 주인님은 아주 넋을 잃고 계셔서—마치 미친 사람 같아요. 너무 어두워서 주인님이 다른 약병을 찬장에서 꺼내서……의사 선생님을 불러 왔지만 이미 손쓰기엔 늦어서……."

그것을 들은 순간 맥팔레인은 문득 어제 그녀가 한 말이 생각났다.

"무엇인가 무서운 일이 그 사람 위에 덮어씌워져 있는 것을 나는 늘 알고 있기 때문이랍니다……나의 능력으로 일어나지 못하게 해야 한답니다……그렇게 할 수만 있다면……."

아아! 그러나 인간은 운명의 여신을 속일 수는 없었다—사람을 구할 수 있는 투시력이 거꾸로 사람을 죽이게 되는 이상한 운명의 만남이었던 것이다.

중년의 하녀가 계속해서 말했다.

"가엾게도! 정말 마음씨 곱고 얌전하시고, 어려운 사람을 보시면 가슴 아프게 생각하시는 분이었답니다. 다른 사람의 마음을 상하게 하는 일은 조금도 하지 못하시는 분이었는데."

그녀는 잠시 말을 멈춘 뒤에 다시 말했다.

"2층에 올라가서 마님을 보시겠어요? 마님이 말씀하시던 품으로 보아서 당신은 아주 옛날부터 알고 지내시던 사이가 틀림없을 것 같은데. 아주아주 옛날부터라고 마님이 말씀하셨거든요……."

맥팔레인은 이 중년 하녀의 뒤를 따라 2층으로 올라가서, 응접실 바로 위가 되며 어제 노랫소리가 들리던 방으로 들어갔다. 창의 제일 윗부분에는 스테인드글라스가 끼워져 있어서 침대 머리맡에다 붉은 광선을 던지고 있었다—머리에 새빨간 스카프를 두른 집시 여자……바보 같이, 또 신경이 착각을 일으킨 것이다.

그는 마지막으로 보게 되는 앨리스테어 해워스의 얼굴을 오랫동안 바라보고 있었다.

4

"어떤 여자분이 찾아오셨는데요."

"예?" 맥팔레인은 넋이 나간 듯한 눈으로 여인숙 여주인을 보았다.

"아이고, 이런, 실례했습니다, 라우즈 부인. 하도 여러 유령을 만나다 보니까……."

"아무리……? 그야 해가 지면 저 들판에 소름끼치는 것이 여러 가지 나오는 모양이긴 합니다만. 흰 옷을 입은 여자라든가, 악마의 대장장이라든가, 선원과 집시의 유령 등등이 말이에요."

"뭐라고요? 선원과 집시?"

"그렇답니다. 내가 젊었을 때에는 꽤 화젯거리가 되었었답니다. 그 두 사람은 옛날 사랑하던 사이였는데 방해를 받았다나 봐요─하지만 오래전부터 나돌아 다니지는 않게 되었답니다."

"나돌아 다니지 않는다고요? 그럼……어쩌면……또 나돌아 다니기 시작한 것은 아닌가요."

"어머! 대체 무슨 말씀을 하시는 거예요! 그 젊은 여자분은……."

"젊은 여자라뇨?"

"손님을 만나려고 기다리고 계신 분 말이에요. 응접실에 계세요. 로스 양, 이라고 했는데."

"예?"

레이첼이다! 원근(遠近)이 바뀌어 바로 눈앞에서 초점이 맞은 것 같은 묘한 느낌이었다. 지금까지 그는 다른 세계를 들여다보고 있었던 것이다. 레이첼에 관한 것은 잊고 있었다─그녀는 이 현실의 세계에서만 살고 있기 때문이리라. 그것이 다시 한 번 원근의 기묘한 뒤바뀜으로 그는 3차원밖에 없는 세계로 되돌아온 것이다.

그는 응접실의 문을 열었다. 레이첼이었다─언제나처럼 순진해 보이는 갈색 눈을 가지고 있다. 그때 갑자기 꿈에서 깨어난 사람처럼 기쁨에 찬 현실이 따뜻한 파도처럼 그의 가슴 가득히 복받쳐 올라왔다.

나는 살아 있다……살아 있는 거야! 사람이 확인할 수 있는 인생은 단 하나밖에 없다—그리고 이것이 바로 그거야!

"레이첼!"

그는 이렇게 부르며 그녀의 턱을 들어 올려 그 입술에 입을 맞추었다.

등불

분명히 그것은 고풍스러운 집이었다. 그 일대 전체가 낡고 퇴색해 있었으며, 대사원(大寺院)이 있는 마을 같은 데에서 흔히 느낄 수 있는, 묘하게 거만스럽고 유서 깊은 느낌을 주고 있었다. 그러나 19번지의 집은 그중에서도 유난히 세월을 느끼게 하는 인상을 주었다—감탄할 만한 위엄을 보이고, 특히나 고색창연한 정취를 풍겨주며 솟아 있어 차가운 느낌마저 들게 했다. 냉엄하고 의연하며, 오랫동안 사람이 살지 않던 집이 으레 그렇듯이 자못 황량한 느낌마저 주면서 다른 건물들 위에 군림하고 있었다.

다른 고장에서라면 이미 '유령의 집'이라는 딱지가 붙었겠지만 웨이민스터 마을은 유령을 싫어했으며, 마을 사람들도 '지방의 오래된 저택'에 으레 붙어 다니는 것이야 어쩔 수가 없지만, 그것 말고는 유령에게 경의를 표하는 일도 거의 없었다. 그런 연유로 19번지의 집도 유령의 집이라고 불린 적은 한 번도 없었다. 하지만 그러면서도 몇 년이나 지나도 이 집은 '세놓음—팔 수도 있음'은 변함이 없었다.

말 많은 부동산 영감과 함께 마차를 타고 와서 랭카스터 부인은 마음에 드는 듯한 태도로 이 집을 바라보았다. 부동산 영감은 19번지의 집을 건물대장에서 지워버리게 되는지도 모른다 싶어서 전에 없이 들떠 있었다. 문 열쇠구멍에 열쇠를 꽂아 넣으면서도 연신 이 집의 장점을 떠벌이고 있었다.

"비워둔 지가 얼마나 됐나요?"

쉴 새 없이 떠벌여대는 부동산 영감의 입방아를 무정하게 가로막으며 랭카스터 부인이 물었다.

레이디시(레이디시 앤드 포플로 사무실의)는 좀 뜨끔했다.

"음……그러니까……얼마 전부터 그리됐지요." 그는 얼버무렸다.

"그래요?" 랭카스터 부인은 쌀쌀맞게 말했다.

희미한 불빛 아래 홀은 으스스한 느낌마저 들었다. 좀더 공상적인 여성이라면 몸서리를 쳤을는지도 모르지만, 랭카스터 부인은 다행인지 불행인지 보통이 넘는 현실파 여자였다. 키는 크고, 풍성한 암갈색 머리에는 흰 머리칼이 하나둘 섞여 있고, 조금 차가워 보이는 푸른 눈을 갖고 있었다.

그녀는 다락방에서부터 지하실까지 둘러보고는 가끔 요령있게 질문을 했다. 한 바퀴 둘러본 다음에 그녀는 그 일대를 내려다볼 수 있는 앞쪽 방으로 되돌아와서 단호한 태도로 부동산 영감과 마주앉았다.

"이 집은 대체 어떻게 된 거예요?"

레이디시는 불의의 일격을 받고 놀랐다.

"그야 가구가 들어 있지 않은 집은 아무래도 다소는 서글프게 느껴지는 법이지요."

그는 힘없는 소리로 변명을 했다.

"농담이시겠지요? 이만한 집 치고는 집세가 터무니없이 싼 거 아니에요—마치 공짜 같군요. 거기엔 무슨 이유라도 있을 텐데요? 이거 '유령의 집'이지요?"

레이디시는 겁이 나서 약간 뜨끔했으나 아무 말도 안 했다.

랭카스터 부인은 날카로운 시선으로 그를 뚫어지게 보았다. 잠시 뒤에 그녀는 다시 입을 열었다.

"물론 바보 같은 일이지요—나는 유령이라든가 그런 건 믿지도 않고, 또 이집을 빌리는 데 그런 것이 장애가 되지도 않아요. 하지만 말이에요, 곤란한 건 하인들이 미신을 잘 믿고 무슨 소리만 들으면 대번에 겁을 낸단 말이에요. 뭔가……뭔가 이 집에서 나오는지 분명하게 말해 주시면 좋겠습니다만."

"나는……그……잘 모르고 있어서요."

부동산 영감은 더듬거리며 말했다.

"그럴 리가 없지요." 부인이 차분하게 말했다.

"나 역시 영문도 모르고 싸다고 해서 빌릴 수는 없으니까. 무슨 일인가요? 살인이라도 있었나요?"

"아니, 천만의 말씀입니다."

그야말로 이 일대의 집값에 영향을 끼치게 될 그녀의 추측에 가슴이 철렁하여 레이디시는 말했다.

　"실은……실은……겨우 어린애입니다."

　"어린애?"

　"그렇습니다." 그는 마지못해 설명을 계속했다.

　"나도 사실은 잘 모르는데요. 물론 소문은 여러 가지입니다만……분명히 30년쯤 전에 윌리엄스라는 남자가 여기 살았었지요. 그에 대한 건 아무것도 모릅니다―하인도 없고 친구도 없는데다가, 낮에는 절대로 외출하는 법이 없었으니까요. 그에게는 어린애가 하나 있었는데, 조그만 사내아이였지요. 여기에 2개월쯤 있다가 그는 런던으로 갔습니다만, 그 도시에 발을 들여놓자마자 그는 무슨 혐의인가로 경찰이 수배중인 남자라는 것이 드러나고 말았지요―무슨 짓을 했는지는 잘 모르겠습니다만. 그러나 엄청난 짓을 한 게 틀림없었을 겁니다. 그래서 모든 게 틀렸다고 생각되자마자 그는 권총으로 자살해 버린 겁니다. 그런데 어린애만은 그 뒤에도 혼자 남아서 여기서 살았답니다. 한동안은 먹을 것도 있어서 그 애는 다음 날이나 또 다음 날이나 아버지가 돌아오기만을 기다리고 있었던 거지요. 그런데 운 나쁘게도 그 애는 무슨 일이 있어도 집 밖으로 나가면 안 된다, 어느 누구와도 말을 해서는 안 된다고 아버지가 다짐을 해두었던 모양입니다. 창백한 얼굴에 병약해 보이는 아이였지요. 아버지와의 약속을 거역한다는 건 생각도 할 수 없었겠지요. 밤에 텅 빈 집에서 무섭고 외로워서 훌쩍거리며 울고 있는 것을 아버지가 없는 걸 모르고 있었던 근처 사람들도 들었다고 하더군요."

　레이디시는 잠시 말을 멈췄다가 다시 말했다.

　"그러다가……그……그 아이는 굶어죽고 말았답니다."

　비가 오기 시작했다고 누구에게 가르쳐 주는 듯한 말투였다.

　"그러니까 여기에서 나온다는 것은 그 아이의 유령이군요?"

　"하지만 뭐 별로 대단한 것은 아닙니다."

　레이디시는 상대방을 안심시키려고 다급히 말했다.

　"애를 본 것도 아니고―보이지는 않습니다. 다만 소문에 의하면, 물론 어리석다고밖에 할 수 없는 이야깁니다만……들리는 것이 틀림없다는 겁니다. 그 애의……울음소리가 말이지요."

랭카스터 부인은 현관문 쪽으로 걷기 시작했다.

"집은 아주 마음에 들어요. 아까 그 집세라면 다른 곳에서는 꿈도 못 꾸지요. 잘 생각해 보고 연락하겠어요."

"정말 몰라보게 밝아지지 않았어요, 아버지?"

랭카스터 부인은 정말로 마음에 든다는 듯한 눈으로 새로 꾸민 집을 둘러보았다. 화려한 융단, 깨끗이 손질한 가구류, 자질구레한 장식품 덕분에 이 19번지의 집이 가지고 있었던 음산한 느낌이 완전히 바뀌어 버렸다.

그녀가 말을 건 상대는 고양이처럼 등이 굽고 신경이 섬세해서 어딘지 모르게 신비스러운 얼굴을 한, 야위고 허리까지 굽은 노인이었다. 윈번 노인은 딸과는 닮은 데가 하나도 없었다—사실 아무리 생각해도 딸이 현실 하나만을 고집하는 점과, 그의 공상가 타입의 망망한 느낌만큼 심한 대조를 보이는 것도 없었다.

"그렇구나." 그는 미소를 띠면서 대답했다.

"이런 정도라면 아무도 유령의 집이라고 생각할 사람이 없겠지."

"아버지, 바보 같은 소리 하지 마세요! 오늘 막 이사 왔는데."

윈번은 미소 지으며 말했다.

"알았다. 너한텐 유령 같은 건 없으니까."

"그리고 부탁이에요. 제프 앞에서는 아무 말 하지 마세요. 그 애는 굉장히 공상적인 성격이거든요."

제프는 랭카스터 부인의 어린 아들이다. 가족은 윈번과 과부가 된 딸, 그리고 제프라—이렇게 셋이다.

창문에 또 비가 뿌리고 있었다—투둑투둑……하고

"들어봐라—마치 조그만 발걸음 소리 같지 않니?" 윈번이 말했다..

"그것보다는 빗소리 같은데요."

랭카스터 부인은 미소를 띠고서 말했다.

"하지만 저건……저건 역시 발걸음 소리야"

아버지는 몸을 내밀고 귀를 기울이며 외치듯이 말했다.

랭카스터 부인은 참으로 어이없다는 듯이 웃는다.

"저건 제프가 계단을 내려오는 소리예요"

윈번도 하는 수 없이 웃었다. 두 사람은 홀에서 차를 마시고 있었는데 그는 계단을 등지고 앉아 있었다. 그 말을 듣고 그는 계단 쪽으로 의자의 방향을 바꾸었다.

제프리는 아이들이 처음 와보는 곳에 오면 무서워하는 것처럼 조금씩 조용히 계단을 내려오고 있었다. 계단은 떡갈나무로 되어 있었으며, 융단은 깔지 않았다. 그는 내려와서 어머니 곁에 섰다.

윈번은 순간 가슴이 철렁했다. 아이가 마루를 걸어올 때에 누군가가 제프의 뒤를 따라오는 것처럼 계단에 다른 발걸음 소리가 분명히 들렸기 때문이다. 질질 끌고 있는 듯한, 어딘지 묘하게 괴로운 듯한 발걸음 소리였다. 하지만 그는 그런 바보 같은 일이 있을 수 있겠느냐는 듯이 어깨를 으쓱했다.

"틀림없이 빗소리야" 그는 생각했다.

"난 저 카스테라를 먹고 싶어요"

자신이 흥미를 느끼고 있는 것을 말하려고 할 때에 보이는, 참으로 무심한 듯한 얼굴로 제프가 그렇게 말했다.

어머니는 아이가 정말로 먹고 싶은 것 같아서 얼른 꺼내 주었다.

"얘야, 이 새 집이 어때?" 그녀가 물었다.

"참 좋아요" 제프가 카스테라를 입속 가득히 넣으며 말했다.

"정말……정말……정말로"

그는 정말 만족하고 있다는 것을 그렇게 말했는데, 그런 다음에는 갑자기 입을 다물고는 아주 잠깐이었지만 카스테라를 누구에겐가 안 보이게 하려는 듯한 몸짓을 했다.

마지막 한 입을 다 먹은 다음에는 봇물이라도 터진 듯이 재잘거리기 시작했다—

"응, 엄마, 이 집에는 다락방이 있다면서? 제인이 그랬어요. 그러니까 지금부터 가봐도 되죠? 비밀문이 있을지도 모르잖아. 제인은 없다고 그랬지만 나는 꼭 있다고 생각해요. 하지만 여러 가지 파이프가 있었어요—수도 파이프래요(황홀한 표정으로 바뀌었다). 그럼, 파이프에서 놀아도 돼요? 그리고……음, 그래, 보일러도 봐도 되죠?"

그는 완전히 신이 나서 '보일러'를 '보오일러'하고 발음했는데, 원번은 아이가 더없이 좋아하며 하는 말을 들어도 자신은 아무런 감동도 느끼지 못하는 점과, 배관공사 청부업자에게서 올 한 묶음의 청구서밖에 머리에 떠오르지 않는 것을 생각하면 좀 부끄러운 느낌마저 들었다.

"다락방을 구경하는 건 내일로 하자, 얘야." 랭카스터 부인이 말했다.

"블록 놀이를 가지고 와서 예쁜 집이랑 기관차를 만들어보렴."

"그런 건 싫어."

"보일러를 만들면 되지." 원번이 말했다.

제프리의 얼굴이 밝아졌다.

"파이프로……?"

"그래, 파이프를 많이 가지고 말이야."

제프리는 신이 나서 블록 놀이를 가지러 뛰어갔다.

비는 아직도 오고 있었다. 원번은 가만히 귀를 기울이고 있었다.

흠, 아까 들린 것은 역시 빗소리가 틀림없구먼. 하지만 어째서 꼭 발걸음 소리처럼 들렸을까……

그날 밤 그는 묘한 꿈을 꾸었다.

마을 안을 걷고 있는 꿈이었다—상당히 큰 마을인 것 같았다. 꿈속에서 아이들은 낯선 그를 보더니, "그 애 데리고 왔어요?" 하고 소리치며 뛰어왔다. 꿈속에서 그는 그것이 누구를 말하는지 알고나 있는 듯이 슬프게 고개를 저었다. 아이들은 그것을 보더니 얼굴을 돌리고서 훌쩍거리며 몹시 울어댔다.

마을도 아이들도 사라지고 나서 문득 눈을 떠보니 그는 침대 안에 있었다. 하지만 훌쩍거리며 우는 소리는 아직도 들리고 있었다. 잠은 분명히 깨었는데 소리는 아직도 확실하게 들리는 것이었다. 바로 아래 방에서 제프리가 자고 있는 것이 생각났지만, 아이가 서러운 듯이 우는 소리는 위쪽에서 들려오고 있었다. 그가 일어나서 성냥을 켜니 그 순간 울음소리가 그쳤다.

윈번은 꿈 이야기나 그다음에 있었던 일들도 딸에게는 말하지 않았다. 그 소리가 잘못 들은 것이 아니라는 것에는 확신이 있었고, 사실 그 얼마 뒤 낮에도 한번 들은 적이 있었다. 그때는 바람이 굴뚝을 때려서 상당히 시끄러운 소리를 내고 있었는데, 의문의 그 소리는 따로 들려왔다―분명히 그 소리라는 것을 알 수가 있었다. 슬픈 듯한, 가슴이 찢어지듯이 훌쩍이는 낮은 울음소리였다.

그 소리를 들은 것이 그 혼자만이 아니라는 것도 나중에는 알게 되었다. 하녀가 시중드는 아이에게 말하는 소리를 그는 언뜻 들었던 것이다.

"저어, 제프리 도련님의 응석을 너무 받아주면 안 돼. 오늘 아침에도 도련님이 꽤 심하게 울고 있더구나."

그러나 제프리는 아침식사 때나 점심식사 때나 내려와서 신나게 재잘거리며 먹어댔던 것이다. 그것을 보고 윈번은 운 것이 제프리가 아니고, 질질 끄는 듯한 발걸음 소리를 내며 여러 번 그를 놀라게 한 또 다른 아이라는 생각이 들었다.

아무 소리도 듣지 못한 것은 랭카스터 부인뿐이다. 아마 그녀의 귀는 다른 세계에서 나는 소리는 들리지 않도록 조절되어 있는 모양이다.

그런데 어느 날 그런 그녀도 놀라지 않을 수 없게 되었다.

"엄마―." 제프리가 그녀에게 응석을 부리며 졸랐다.

"그 애하고 놀게 해줘요."

랭카스터 부인은 책상에서 편지를 쓰다가 미소 띤 얼굴을 들었다.

"어느 집 아이인데, 얘야?"

"이름은 몰라요. 다락방 마루에 앉아서 울고 있었는데, 나를 보더니 도망갔어. 부끄러웠나 봐(약간 경멸하는 어조였다). 큰애 같진 않았는데. 내가 어린이 방에서 블록 놀이로 집을 짓고 있었는데 그 아이가 문 이쪽에 서서 내가 하는 것을 보고 있었어요. 나하고 놀고 싶은가 봐. 그래서 내가 말했지. '여기 와서 너도 해봐.'라고요. 그래도 그 아이는 아무 말도 안 하고 그냥 보고만 있었단 말이에요. 자기 앞에 초콜릿도 많이 있었는데 엄마가 손대지 말라고 했는지 화난 얼굴을 하고 있었어요."

그렇게 말하고는 그때 일이 생각났는지 한숨을 쉬었다.

"그래서 제인에게 그 애가 누구냐고 물어보았는데, 이 집에 나 말고 다른 애는 없다며 바보 같은 소리라고 화만 내는 거예요. 제인은 아주 질색이야."

랭카스터 부인이 일어섰다.

"제인이 말한 대로야. 남자아이는 없어."

"하지만 나는 봤는데. 응, 엄마, 그 애하고 놀게 해줘요, 응? 아주 쓸쓸하고 슬픈가 봐. 난 그 애를 도와주고 싶어."

랭카스터 부인은 다시 무슨 말인가를 하려 했는데 그녀의 아버지가 고개를 저었다.

"제프." 그가 상냥하게 말을 걸었다.

"불쌍하게도 그 애는 정말로 쓸쓸하단다. 너라면 위로해 줄 수 있을지도 몰라. 하지만 어떻게 위로해 주는가 하는 것은 네가 생각해 내야 된다—퍼즐처럼. 알았니?"

"나, 조금 있으면 큰애가 되니까 모두 내가 해야 되는 거죠?"

"그래, 이제 곧 큰애가 되고말고."

제프가 방을 나가니 랭카스터 부인이 기다렸다는 듯이 아버지 쪽으로 돌아섰다.

"아버지, 바보 같은 소리 제발 하지 마세요. 아이를 부추겨서 하녀들의 쓸데없는 이야기를 믿게 하시다니!"

"하녀는 그 아이에게 아무 말도 한 거 없다." 노인이 조용히 말했다.

"그 애는 본 거야—내가 귀로 들은 것을. 만일 내가 그 애만 한 나이였다면 볼 수 있었을지도 모르지."

"아니, 그런 바보 같은! 그럼, 왜 제게는 보이지도 들리지도 않나요?"

윈번은 미소 지었다—묘하게 지친 듯한 미소를. 그러나 대답은 하지 않았다.

"왜죠?" 딸은 다시 물었다.

"게다가 어째서 그 애에게 너라면 그……그……위로해 줄 수 있을 거라는 말을 하셨어요? 그런……그런 엉터리가 어디 있어요?"

노인은 측은해하는 눈을 그녀에게로 돌렸다.

"어째서 안 된다고 하는 게냐? 너, 이런 말을 알고 있니?

'어둠에서 헤매는 아들을
운명의 여신은 무슨 등불로 이끌어주시는가?'

'이심전심의 등불이다.' 하고 하늘에서 대답했다.

알겠니? 제프리에게는 그것이 있는 거야—이심전심의 등불이 말이야. 아이들은 모두 가지고 있지. 어른이 되어가면서 점점 그것이 없어져 버리지. 아니, 그것을 없애고 있을 뿐이지. 아주 나이가 들어버리면 희미하게 빛이 되돌아오는 수도 있지만, 뭐니뭐니해도 이 등불은 아이 때가 가장 밝은 빛을 내지. 그렇기 때문에 제프리라면 도와줄 수 있을지도 모른다고 생각하는 거다."

"저는 이해할 수가 없어요." 랭카스터 부인은 힘없이 중얼거렸다.

"나도 마찬가지야. 그……그 아이는 괴로운 거야. 그리고……그리고 자유롭게 해주기를 바라고 있는 거야. 하지만 어떻게 하지? 나는 몰라. 그러나 생각하면 소름이 끼치는구나. 가슴이 찢어질 듯이 우니……그 애가 말이야."

둘이 그런 이야기를 하고 나서 한 달쯤 지나 제프리는 큰 병에 걸렸다. 북풍이 휘몰아치는 날이었다. 그는 애초부터 허약한 아이였다. 의사는 고개를 저으며 중태라고 했다. 그리고 윈번에게는 좀더 자세히 이야기해 주며 회복될 가망이 전혀 없다고 했다. 그리고 덧붙여서 말했다.

"그 아이는 어떻게 돼도 크게 자랄 때까지 살지는 못했을 겁니다. 오래전부터 폐가 못 쓰게 되어 있었거든요."

랭카스터 부인이 그—또 한 아이의 존재를 느낀 것은 제프를 병간호하고 있을 때였다. 처음엔 훌쩍이며 우는 소리가 바람소리와 구별이 안 되었지만 귀를 기울여보니 점점 분명해져서 틀림없는 울음소리가 들렸던 것이다. 그리고 나중에는 근처가 죽은 듯이 조용해질 때마다 그녀의 귀에 들려왔다―나지막하게, 안타까운 듯, 슬픔에 싸여, 아이가 훌쩍이며 우는 소리가.

제프는 병세가 차츰 악화되어 고열에 시달리면서 몇 번씩이나 그 사내아이 이야기를 헛소리로 했다.

"그 아이를 도와주고 싶어. 살려주고 싶어, 정말로." 그는 소리쳤다.

고열이 계속된 뒤에는 혼수상태가 왔다. 제프리는 조용히 누운 채 거의 숨소리도 안 들렸고 탈진한 듯했다. 지금은 오로지 옆에서 가만히 지켜볼 수밖에 없었다.

이윽고 조용히 밤이 왔다. 바람 한 점 없고 맑게 갠 평온한 밤이었다.

갑자기 아이의 몸이 움직였다. 눈을 떴다. 하지만 그것은 엄마를 지나 열려 있는 문 쪽으로 향했다. 무슨 말인가를 하려고 해서 엄마는 몸을 굽혀 몰아쉬는 숨결과 함께 새어나오는 그 애의 말을 들어보려고 했다.

"그래, 지금 갈게." 제프는 속삭이듯이 말하고 숨을 거두었다.

엄마는 갑자기 무서워져서 방을 가로질러 노인 곁으로 갔다. 두 사람 가까이 어딘가에서 또 한 아이가 웃고 있었다. 신바람이 나는 듯한, 흐뭇해하는 듯한, 승리를 자랑하는 듯한 해맑은 웃음소리가 온 방 안에 메아리쳤다.

"전 무서워요―무서워요." 그녀가 신음하듯 말했다.

그는 그녀를 감싸듯이 안아주었다. 갑자기 휙 하고 바람이 불어와서 두 사람은 뜨끔했지만, 그것은 순식간에 지나가 버리고 근처는 다시 전처럼 죽은 듯이 조용해졌다.

웃음소리가 끝나자 희미한 소리가 두 사람 쪽으로 다가왔다―거의 알아들을 수 없을 정도로 희미한 소리였다.

그것이 점점 커지더니 뒤에 가서는 분명하게 들을 수 있었다. 발걸음 소리―가벼운 발걸음 소리, 재빨리 떠나가는 소리.

또닥또닥……또닥또닥……하고 뛰어가는―그 귀에 익은 끌리는 듯한 발걸음 소리가. 그런데, 틀림없어―이번에는 다른 발걸음 소리가 갑자기 거기에 섞여서 더욱 빠르고 더욱 가벼운 걸음으로 움직여 갔다.

엄마와 노인은 똑같이 문 쪽으로 서둘러 갔다.

밑으로, 밑으로, 밑으로……조그만 아이들의 보이지 않는 다리가 또닥또닥……또닥또닥……하고 두 사람의 바로 옆을 지나, 문을 지나 밖으로 나갔다.

랭카스터 부인은 혼비백산해서 눈을 들었다.

"두 명이에요—둘!"

갑작스러운 공포에 질려서 그녀는 방 한쪽에 놓아둔 어린이용 침대를 돌아보았다. 하지만 아버지는 부드럽게 그녀를 잡으며 다른 쪽을 가리켰다.

"저 소리—." 그는 짤막하게 말했다.

또닥또닥……또닥또닥……희미하게, 점점 희미해져 갔다.

그리고 이윽고……들리지 않게 되었다.

아서 카마이클 경의 기묘한 사건

(저명한 심리학자인 고 에드워드 카스테어스 의학박사의 메모에 의함)

　여기 써놓은 비극적인 괴사건을 두고 볼 때에 나는 거기에 확실한 견해가 두 가지 있다는 것을 충분히 알고 있다. 나 자신의 의견은 한 번도 흔들린 적이 없다. 나는 사람들의 권유로 그 이야기를 빠짐없이 기록했는데, 사실 과학이 있는 이상 그렇게 기이하고 설명할 방법이 없는 사실을 망각으로 흘려보내어서는 안 된다고 믿고 있다.

　내가 처음 이 사건에 손을 댄 것은 친구인 세틀 박사에게서 전보 한 통을 받음으로써 시작된다. 카마이클이라는 이름이 쓰인 것 말고는 전보의 내용은 잘 알 수가 없었으나, 나는 부탁받은 대로 패딩턴발 12시 20분 열차로 헤레퍼드셔의 월든(패딩턴은 런던 시내 서쪽에 있는 역 이름)으로 향했다.

　카마이클이라는 이름은 아주 모르는 바도 아니다. 월든의 고 윌리엄 카마이클 경과는, 그의 만년 11년간엔 전혀 만난 적이 없었으나 약간이지만 알고 지내기는 했었다. 분명 그에게는 아들이 하나 있었는데 그가 현재의 카마이클 준남작이며, 나이는 23세쯤으로 청년이 되어 있을 것이다. 윌리엄 경의 재혼에 얽힌 다소의 소문은 들은 기억도 조금 있지만, 그것도 후처인 카마이클 부인에게 좋을 게 없을 거라는 희미한 느낌이 남아 있을 뿐이고 이렇다 할 기억이 있는 것은 아니었다.

　역에는 세틀이 마중을 나와 주었다.

　"잘 와주었네." 그는 내 손을 힘껏 잡으며 말했다.

　"천만에. 아마 내 전공과 관계가 있는 일이 있는 모양이지?"

　"그렇다네."

"그렇다면 정신병 환자인가?" 나는 생각나는 대로 말해 보았다.

"뭐, 이상한 점이라도……?"

이미 그때는 둘이서 내 짐을 챙겨서 역에서 3마일쯤 떨어진 월든으로 가는 두 바퀴 마차를 타고 가는 중이었다. 세틀은 1~2분 동안은 대답을 하지 않았다. 그런 뒤에 갑자기 봇물이 터지듯이 쏟아놓았다.

"도저히 짐작도 할 수 없는 일이라네. 금년에 23살이 되는 젊은이가 있는데 어느 모로 보아도 이상한 구석이라고는 없단 말이야. 인상도 좋고 정도 가는 젊은이인데―그래서 자만심도 좀 있기는 하지. 머리도 뛰어나게 좋다고 할 수는 없겠지만 보통 상류계층의 영국 청년으로는 그런대로 괜찮은 편이지. 그런데 어느 날 밤 평소와 다름없이 건강한 몸으로 잠자리에 들었는데, 그다음 날에 백치처럼 되어서 마을 안을 기웃거리고 돌아다니게 되고 말았다네. 가족이나 친구들도 알아보지 못하고 말이야."

"흠!"

나는 흥미를 느끼며 말했다. 그런 증상이라면 재미있게 될 것 같아서였다.

"기억을 완전히 상실한 거로군? 그런데 그렇게 된 것은……?"

"어제 아침. 그러니까 8월 9일이지."

"더구나 그런 상태가 된 원인이 될 만한 것은 하나도 없었단 말이지? 자네로서는 짐작되는 쇼크도 없었나?"

"그렇다네."

나는 문득 의혹을 느꼈다.

"하나도 숨기는 것은 없겠지?"

"아……아니야."

그가 우물거리는 것을 보고 나는 더욱 강한 의혹을 느꼈다.

"나는 하나도 빼놓지 않고 다 알아야만 된다네."

"아서와는 상관없는 일이야. 관계있는 것은……집에 대한 거니까."

"집에 대한 거……?" 나는 놀라서 반문했다.

"그런 종류의 일은 자네도 지금까지 적지 않게 취급해 왔을 것이 아닌가, 카스테어스? 그전에 자네가 흔히 말하던 '유령의 집'을 조사한 적이 있었지?

그런 걸 어떻게 생각하나?"

"대개 열이면 아홉은 엉터리지. 다만 나머지 하나가 말이야—그래, 나는 틀에 박힌 유물론적 시각으로는 아무래도 설명이 안 되는 형상과 맞부딪친 적이 있었어. 나는 초자연적인 것을 믿는다고 할 수 있지."

세틀은 고개를 끄덕였다. 마차는 때마침 커다란 저택의 정원 문을 들어서는 중이었다. 그는 채찍을 들어 언덕 허리에 서 있는 야트막한 지붕에 흰 칠을 한 건물을 가리켰다.

"저것이 문제의 그 집이야. 그리고—저 집 안에 무엇인가가 있어—소름끼치고, 무서운 것이. 우리는 모두 그것을 느끼고 있어. 나는 미신을 믿는 사람은 아닌데 말이야……."

"어떤 모습을 하고 있나?"

그는 똑바로 앞을 바라본 채 말했다.

"아무것도 모르는 편이 좋다고 생각하네. 알겠나, 가령 자네가, 아무런 예비지식도 없이 아무것도 모르고 이곳에 와도 말이야……역시 보게 되니까……그……."

"알겠네. 그게 더 낫겠지. 다만 가족에 대해서는 좀더 상세히 말해 주면 좋겠네만."

"윌리엄 경은 재혼했어. 아서는 전처의 아들이야. 재혼한 것은 9년 전인데, 지금의 부인에게는 약간 의문 같은 것이 있지. 영국인은 영국인이지만 혼혈인데 아시아인의 피가 섞여 있는 것이 아닌가 해."

그는 그렇게 말하고는 입을 다물었다.

"세틀, 자네는 카마이클 부인을 싫어하는 모양이군?"

그는 솔직히 그것을 시인했다.

"응, 싫어해. 그 여자를 보면 언제나 어쩐지 불길한 느낌이 들어서 어쩔 수가 없다네. 그런데 말이야, 아까 그 이야기의 계속인데, 이 후처에게도 아이가 생겼어—역시 사내아이인데 이제 여덟 살이지. 윌리엄 경이 3년 전에 세상을 떠났으니까 작위(爵位)나 저택은 아서가 상속받았지. 그 뒤에도 계모와 이복동생은 월든에서 아서와 함께 살았다네. 이건 꼭 말해 두어야겠는데, 그 소유지를 꾸려나간다는 게 여간 일이 아니야. 아서의 수입도 거의 전부가 그 유지비로 날아가 버리는 형편이라네. 윌리엄 경이 후처에게 남긴 것이라고는 1년에 몇백 파운드뿐인데, 다행히 아서와 계모 사이가 좋아서 그도 그녀도 함께 사는 것이 신이 나서 죽겠는 모양이야. 그런데……."

"응?"

"두 달 전 아서는 예쁜 여자와 약혼했다네―필리스 패터슨 양과 말이야."

그런 다음 생각에 잠겼다가 약간 소리를 낮추어서 말했다.

"두 사람은 다음 달에 결혼하기로 되어 있었어. 그래서 패터슨 양은 지금 여기 묵고 있다네. 그러니 그녀가 얼마나 기막혀 하는지 상상이 되겠지……?"

나는 말없이 고개만 끄덕였다.

마차는 이미 건물 바로 앞에까지 와 있었다. 오른쪽으로는 파란 잔디가 밋밋한 경사를 이루고 있었다. 그때 갑자기 나는 더없이 멋진 광경을 보았다. 젊은 여자가 잔디 위를 천천히 집 쪽으로 걸어가고 있었다. 모자를 쓰지 않았으므로 고운 금발이 햇빛을 받아 더욱 아름답게 보였다. 그녀는 장미꽃이 들어 있는 커다란 바구니를 안고 있고, 예쁜 회색빛 페르시아 고양이가 한 마리가 그녀가 걸어가는 발에 붙어서 재롱을 떨고 있었다.

나는 물어보듯이 세틀을 쳐다보았다.

"응, 저 여자가 패터슨 양이야." 그가 말했다.

"가엾군." 나는 말했다.

"하지만 저렇게 장미꽃을 들고 고양이가 재롱부리는 장면은 정말로 그림처럼 아름다운데."

무슨 소린가가 들린 것 같아서 나는 재빨리 고개를 돌려 보았다. 세틀의 손에서 말고삐가 흘러 떨어지고 얼굴은 새파랗게 질려 있었다.

"왜 그래?" 나는 큰 소리로 물었다.

그는 겨우 정신을 차리고서 말했다.

"아무것도 아니야, 아무것도 아니란 말이야."

그런 뒤 이윽고 우리들은 목적한 집에 닿았다. 그리고 그를 따라서 녹색 응접실에 들어가니 차 준비가 되어 있었다.

우리들이 들어가자 아직도 여성으로서의 매력을 지닌 중년 여인이 일어나서 손을 내밀면서 걸어왔다.

"부인, 이쪽은 제 친구인 카스테어스 박사입니다."

그녀의 음울하면서도 단정한 태도를 보고 나는 세틀이 그녀에게는 동양인의 피가 섞여 있는 것 같다고 하던 말이 생각났는데, 이 매력적이고 품위 있는 여인이 내민 손을 잡았을 때 내 마음속에서 어째서 본능적인 혐오감이 솟아올랐는지 지금도 설명할 수가 없다.

"대단히 귀찮은 일로 일부러 오시게 해서 정말로 죄송합니다, 카스테어스 박사님."

그녀는 낮으면서도 음악적인 소리로 말했다.

나는 틀에 박힌 대답을 했다. 그리고 그녀는 차를 권했다. 그러고서 2~3분 있으니까 아까 바깥 잔디밭에서 본 젊은 여자가 들어왔다. 고양이는 어디론가 가고 이미 없었지만 손에는 아직 장미가 들어 있는 바구니를 들고 있었다.

세틀이 나를 소개하자 그녀는 가만히 곁으로 다가왔다.

"어머! 카스테어스 박사님이세요. 세틀 선생님께 말씀은 많이 들었습니다. 선생님이라면 틀림없이 아서를 어떻게 해주실 줄 압니다."

볼은 푸르고, 정직해 보이는 눈은 가장자리에 검은 기미가 끼어 있었으나 패터슨 양은 분명히 꽤 예쁜 아가씨였다.

"아가씨, 정말 조금도 절망하실 것은 없습니다."

나는 안심시키려고 말했다.

"그런 기억상실이라든가 사람이 변했다고 하는 것은 아주 단시일 내에 낫는 경우가 많으니까요. 내일이라도 본래대로 회복이 될지도 모릅니다."

그녀는 고개를 저었다.

"그이의 경우에는 사람이 변했다고는 도저히 믿어지지 않아요. 변한 것이 아니고 아서가 아닌 거예요. 다른 사람인 거예요. 전……."

"자아, 필리스 차를 들어요."

카마이클 부인이 부드러운 소리로 말했다.

그러나 필리스에게 향한 부인의 눈을 보고 나는 그녀가 장래의 며느리에게 애정 같은 것은 거의 가지고 있지 않다는 것을 알았다.

패터슨 양은 차를 사양했다. 나는 다음 말을 꺼내기 위한 기회를 삼으려고, "고양이에게 우유를 주지 않아도 됩니까?" 하고 물었다.

그녀는 좀 의아하다는 듯이 나를 보았다.

"저어……, 고양이라고요?"

"예. 조금 전에 뜰에서 아가씨와 함께 있었던—."

내가 그렇게 말하자 찰그랑하는 소리가 났다. 카마이클 부인이 주전자를 넘어뜨려 뜨거운 물이 바닥에 쏟아졌다. 나는 주전자를 주워 주었는데, 필리스는 할 말이 있는 듯한 눈으로 세틀을 바라보았다. 그는 일어섰다.

"그럼, 환자를 보러 가기로 할까, 카스테어스?"

나는 곧 그의 뒤를 따라갔다. 패터슨 양도 함께 따라왔다. 이층에 올라가더니 세틀은 주머니에서 열쇠를 꺼냈다.

"그는 가끔 몽유병 같은 발작을 일으킬 때가 있어서 말이야. 내가 없을 때에는 문에 자물쇠를 잠그기로 했다네." 그는 설명했다.

그가 그 열쇠로 문을 열자 우리들은 방 안으로 들어갔다.

저녁 햇살의 황금빛을 온몸에 받으며 창가 의자에 청년이 혼자 앉아 있었다. 발까지 의자에 올려놓고는, 무릎을 세우고서 턱을 괸 자세가 기묘할 정도로 고요하다. 처음에 우리는 그가 우리가 들어온 것을 전혀 모르는 줄만 알았는데, 어느새 그는 눈도 깜짝 않고 눈 속 깊은 곳에서 우리들의 동정을 가만히 살피고 있는 것을 문득 느꼈다. 나와 시선이 맞닿으니 그는 눈을 내리깔고 깜박였다. 그러나 몸은 움직이지 않았다.

"오, 아서. 패터슨 양과 내 친구가 자네 문안을 왔다네."

세틀이 쾌활하게 말했다.

그러나 의자에 앉은 청년은 눈만 껌벅했을 뿐이다. 그리고 1~2분 지나서 나는 그 청년이 또다시 우리들의 동정을 가만히 살피고 있는 것을 알았다—몰래 훔쳐보듯이.

"차를 마시고 싶지 않은가?"

세틀은 어린애에게 말하듯이, 그리고 여전히 큰 소리로 쾌활하게 물었다.

그는 탁자 위에 우유가 가득 들어 있는 찻잔을 놓았다. 나는 놀라서 눈이 동그래졌지만 세틀은 싱글벙글 웃고 있었다.

"이상하게도 그가 입에 대는 음료수는 우유뿐이란 말이야."

그런데 아서는 별로 서두르지도 않고 등을 구부리고 있던 자세에서 손발을 하나씩 뻗듯이 하면서 일어서더니 탁자 쪽으로 어슬렁어슬렁 걸어갔다. 나는 문득 그의 움직임엔 전혀 소리가 나지도 않았고, 걸어도 발소리 하나 들리지 않는다는 것을 알았다. 탁자 있는 데까지 오더니 그는 한쪽 발을 앞으로 또 한쪽 발은 뒤로 해서 힘껏 뻗었다. 이 운동을 실컷 하고 나더니 이번에는 하품이다. 이런 커다란 하품은 본 적도 없다. 마치 얼굴이 온통 입이 된 것 같은 느낌이었다.

그런 다음에야 겨우 우유에 관심을 보이더니 거기에 입이 닿을 때까지 탁자 위에 쪼그리고 앉았다.

세틀은 나의 묻고 있는 듯한 눈을 보고는, "손을 전혀 쓰지 않는 거야. 정말 원시적인 상태로 되돌아간 듯한 느낌이야. 좀 이상하지?" 하고 말했다.

나는 필리스 패터슨이 내 쪽으로 조금 뒷걸음치는 것을 알았으므로 달래듯이 그녀의 팔을 잡아주었다.

겨우 우유를 다 핥고 나더니 아서는 다시 한 번 기지개를 켜고서 아까와 같이 조용히 발걸음 소리 하나 내지 않고 창가의 의자로 돌아갔다. 그러고는 먼저처럼 등을 구부리고 앉아서는 우리들을 보고 눈을 깜박이는 것이었다.

패터슨 양은 우리들을 복도로 끌어냈다. 온몸을 떨고 있었다.

"아아, 카스테어스 박사님." 그녀가 외쳤다.

"저건 그이가 아니에요. 저기 있는 것은 아서가 아니에요! 느낌으로도 알아요—분명하게 알 수 있어요……."

나는 어이없다는 듯이 고개를 저었다.

"인간의 두뇌는 여러 가지 나쁜 짓을 한답니다, 패터슨 양."

솔직히 말하자면 나도 이 환자에게는 어처구니가 없었다. 이상한 징후가 나타나 있었다. 카마이클 청년을 만나는 것은 이번이 처음이었는데, 걸음새나 눈을 깜박이는 모양이 어딘지 이상하고, 뭐라고 꼭 집어서 말할 수는 없지만 그것을 보고 나는 누군가를, 아니 무엇인가를 연상하지 않을 수 없었다.

그날 밤의 식사 분위기는 아주 숙연한 것이었으며, 그 답답한 대화도 카마이클 부인과 내가 겨우 이끌어가고 있는 꼴이었다.

여자들이 다른 방으로 물러가고 나자 세틀은 카마이클 부인을 어떻게 생각하느냐고 내게 물었다.

"솔직히 말해서 별로 이렇다 할 원인도 이유도 없지만 나는 저런 여자는 질색이야. 자네가 말했듯이 그녀에게는 확실히 동양인의 피가 섞여 있네. 게다가 강한 마력을 지니고 있는 것 같아. 특별히 강한 자력을 가진 여자야."

세틀은 무슨 말인가를 하려다가 그만 입을 다물고 말았다. 그러고 나서 1~2분 뒤에 겨우 다시 말했다.

"그녀는 둘째 아들을 지나치게 사랑하고 있어."

우리들은 저녁식사 뒤에도 다시 한 번 녹색 응접실에 모였다. 마침 커피를 다 마시고 모두들 그날의 이야기를 어쩐지 어색하게 주고받고 있으려니까 문 밖에서 안에 들여보내 달라는 듯이 애처로운 소리로 고양이가 울기 시작했다.

아무도 관심을 갖는 것 같지 않았지만 나는 본래 동물을 좋아하기 때문에 1~2분 뒤에 일어섰다.

"불쌍한데 들여놓아도 괜찮겠습니까?" 내가 카마이클 부인에게 물었다.

그녀는 얼굴이 굉장히 창백해진 듯했으나 약간 고개를 끄덕이는 듯도 했으므로 나는 승낙한 것으로 생각하고 문 있는 데까지 가서 문을 열었다. 그런데 바깥 복도에는 아무 것도 없었다.

"이상한데. 분명히 고양이 울음소리가 들렸는데……."

내가 자리로 돌아오자 모두들 내 얼굴을 보고 있는 것을 알았다. 나는 왠지 좀 쑥스럽게 되었다.

우리들은 조금 일찍 침실로 물러나왔다. 세틀은 내 방에까지 따라왔다.

"필요한 건 다 준비되어 있지?" 그는 방 안을 둘러보며 물었다.

"응, 고마워."

그러나 그는 무슨 할 이야기가 있는데 선뜻 꺼내지 못하고 있는 눈치로, 그대로 어물거리고 있었다.

"그건 그렇고, 자네는 아까 이 집에 뭔가 으스스한 것이 있다고 했지? 하지만 아직은 별로 아무렇지도 않은 것 같은데." 내가 말했다.

"그렇다면 밝은 느낌이라는 이야긴가?"

"이런 상태이니 그렇다고 할 수야 없지. 어디로 보나 깊은 슬픔의 그림자로 덮여 있으니. 그렇다고 뭐 꼭 이상한 점이 있다는 건 절대로 아니고."

"잘 자게." 세틀이 한마디하고는, "좋은 꿈이라도 꾸게." 하고 덧붙이면서 나갔다.

꿈은 분명히 꾸었다. 패터슨 양이 데리고 있던 회색 고양이가 내 머리에 꽤나 강한 인상을 준 것이 틀림없다. 나는 밤새 애처로운 고양이 꿈만을 꾸었던 것 같다.

나는 깜짝 놀라서 눈을 떴는데, 그 순간 어째서 고양이에 대한 것이 이렇게 머리에 달라붙어 떨어지지 않았는지 알았다. 내 방 밖에서 그것이 끊임없이 울고 있었기 때문이다. 그렇게 울어댔는데도 잠을 잤으니. 나는 양초에 불을 붙여 문께로 다가갔다. 울음소리는 여전히 들리는데 바깥 복도에는 아무것도 없었다. 나는 문득 생각이 났다. 불쌍하게도 고양이는 어딘가에 갇혀 밖에 나오지 못하고 있는 것이다. 왼쪽은 막다른 곳이며, 거기에는 카마이클 부인의 방이 있었다. 그래서 나는 오른쪽으로 갔다. 그런데 대여섯 걸음도 못 가서 이번에는 뒤쪽에서 울음소리가 들려왔다. 나는 빙글 돌아다보았다. 그러자 또 울음소리가 들렸다—이번에는 분명히 오른쪽이다.

뭐였을까—아마 복도를 지나간 찬바람 탓이었겠지만, 나는 몸서리를 치고서 서둘러 방으로 돌아왔다. 이미 근처는 조용했으므로 나는 곧 또 잠에 빠졌다—그리고 잠을 깬 것은 여름 햇살이 눈부신 다음 날이었다.

옷을 갈아입으며 창밖을 바라보니 어젯밤 내 잠을 설치게 한 놈이 보였다. 잿빛 고양이가 잔디 위를 소리도 없이 천천히 걷고 있었다. 그리 멀지 않은 곳에 새들이 떼를 지어 바쁘게 재잘거리기도 하고 부리로 날개 손질을 하기도 한다. 음, 저것을 노리고 있구나 하고 나는 생각했다.

그런데 참으로 묘한 일이 일어난 것이다. 고양이는 똑바로 걸어가서 몸의 털이 새들에게 닿을 듯이 새떼의 한가운데를 지나갔다—그러나 새들은 날아가지도 않는 것이었다. 나는 영문을 몰랐다—도저히 이해할 수가 없었다.

너무나 강렬한 인상을 받았으므로 나는 아침 식탁에서 그 말을 하지 않을 수 없었다.

"댁에선 참으로 이상한 고양이를 기르고 계시는군요?"

나는 카마이클 부인에게 말했다.

찻잔이 접시 위에서 딸깍딸깍 소리를 내기에 바라보니 필리스 패터슨이 입을 벌린 채 가쁜 숨을 몰아쉬면서 나를 한참 바라보고 있었다.

잠깐 동안 침묵이 흘렀다. 그때 카마이클 부인이 굉장히 기분 나쁜 듯한 태도로 말했다.

"박사님이 잘못 보신 것은 아닌지요? 여기는 고양이 같은 것은 한 마리도 없답니다. 고양이를 기른 적도 없는걸요."

서툰 짓을 한 것이 분명했으므로 나는 얼른 화제를 바꿨다. 그러나 내심 나는 당황하고 있었다……

왜 카마이클 부인은 이 집에 고양이가 없다고 하는 것일까? 어쩌면 그건 패터슨 양이 기르는 고양이인데, 부인에게는 숨기고 있는지도 모른다. 요즈음 같은 세상에 그리 드문 일도 아니지만, 부인은 틀림없이 고양이를 싫어하는 체질이겠지……

그거야 어찌되었든지 그것으로 이해가 되는 설명이라고는 할 수 없었지만, 당장엔 그것으로 만족하는 도리밖에 없었다.

아서는 여전히 똑같은 상태였다. 하지만 이번에는 그를 충분히 관찰하여 어제 저녁때보다도 세밀하게 연구할 수가 있었다. 내 제안으로 되도록 오랫동안 그를 가족들과 함께 있도록 유도했다. 그의 경계심이 느슨해지면 그만큼 관찰할 기회가 많아질 것이라고 생각했기 때문인데, 실은 그뿐만이 아니라 일상생활의 궤도에 올려놓으면 그의 지성의 번득임을 다소라도 눈뜨게 해줄지도 모른다고 생각했기 때문이다. 하지만 그의 태도엔 여전히 아무런 변화가 없었다. 조용하고 얌전하며 멍청해 있는 듯했지만, 사실은 가만히 빠짐없이 동정을 살피고 있는 것이었다. 한 가지 내가 확인하고 놀란 점이 있었는데, 그것은 그가 계모에게 깊은 애정을 보이는 것이었다. 패터슨 양은 거들떠보지도 않고 될 수 있는 대로 부인 곁에 앉으려고 했다. 그리고 한번은 그 애정의 표현으로 얼굴을 가만히 그녀의 어깨에 대고 문지르기도 하는 것이었다.

이 증상에는 나도 머리가 아팠다. 그리고 문제가 되고 있는 여러 가지를 한꺼번에 풀 수 있는 무엇인가가 있기는 한데, 지금까지 그것을 무심히 지나쳐 버리고 있다는 생각이 들었다.

"이거 아주 묘한 증상인데." 나는 세틀에게 말했다.

"응. 정말 그래—어떤 것을 연상시키는구먼."

그는 그렇게 말하고는 나를 쳐다보았다—그러나 어쩐지 훔쳐보는 듯한 눈이라고 나는 생각했다.

"어때, 그 사람—뭐 생각나는 거 없나?" 그가 물었다.

그런 말을 들으니 바로 어제 아서에게서 받은 인상이 생각나서 기분이 나빠졌다.

"뭘 말인가?" 나는 물었다.

그는 고개를 저었다.

"내 짐작 탓일는지도 몰라." 그는 중얼거리듯 말했다.

"내 지레짐작 탓이야."

그러고 나서 그는 다시는 그 말을 꺼내려고 하지 않았다.

틀림없이 이 문제에는 뭔가 의문의 베일이 덮여 있었다. 나는 그 의문을 풀 수 있는 단서를 놓치고 말았다는 당혹감에서 벗어날 수가 없었다. 게다가 아주 작은 점에서도 의문이 있었다. 즉, 그 회색 고양이—하찮은 문제였다. 하지만 어쩐 일인지 그것이 내 마음에 걸려서 견딜 수가 없는 것이다. 고양이의 꿈—끊임없이 우는 소리가 들리는 듯했다. 때로는 멀리에서 그 아름다운 고양이가 얼핏 보이는 때도 있었다. 그리고 그 고양이에게 무슨 수수께끼가 얽혀 있다는 생각이 나를 말할 수 없이 초조하게 했다. 어느 날 오후, 나는 문득 생각이 나서 하인들에게서 정보를 캐보기로 작정 했다.

"내가 본 고양이에 대해서 뭐 아는 거 없소?" 나는 물었다.

"고양이 말씀입니까, 손님?" 하인은 흠칫 놀라는 듯했다.

"전에는 있었지요? 지금은 어디 있소? 고양이 말이오?"

"전에는 마님이 기르셨습니다, 손님. 아주 멋진 놈이었는데, 없애지 않으면 안 되게 돼서—예쁜 고양이었는데, 참 불쌍했습니다."

"회색 고양이었소?" 나는 차분한 말투로 물었다.

"예, 그렇습니다, 손님. 페르시아 고양이었습니다."

"그러니까 죽여버렸다는 말이로군?"

"예, 그렇습니다."

"죽인 게 분명하지요?"

"예! 그건 틀림없습니다, 손님. 마님은 수의사에게 보내지 않으시고, 마님이 직접 처분해 버리셨습니다. 아직 1주일도 안 되었지요. 저쪽 밤나무 밑에 묻었습니다."

그렇게 말하고 그는 방을 나갔는데, 뒤에 남은 나는 생각에 잠기고 말았다.

카마이클 부인은 왜 고양이를 기른 적도 없다고 그렇게 강경하게 말했을까?

이 고양이에 대한 반응은 뜻밖에도 깊은 내력이 있구나 하고 나는 직감적으로 느꼈다. 그래서 세틀을 찾아서 데리고 갔다.

"세틀, 자네에게 물어보고 싶은 것이 하나 있어. 자네는 이 집에서 고양이를 보거나 울음소리를 들은 적은 없나?"

그는 그런 소리를 들어도 놀라는 기색이 없었다. 오히려 짐작하고 있었던 것 같았다.

"우는 소리를 들은 적은 있어—본 적은 없지만."

"하지만 내가 온 첫날, 패터슨 양과 함께 잔디밭 위에 있었잖아!"

그는 나를 말없이 쳐다보았다.

"패터슨 양이 잔디밭을 걸어가는 것은 보았지만, 그밖에는 아무것도 못 보았다네."

나는 알 것도 같았다.

"그렇다면 그 고양이는……?"

그는 고개를 끄덕였다.

"나는 자네가……, 아무런 예비지식 없이 우리 모두의 귀에 들리는 것이, 들리는지 어떤지 알고 싶었던 거야."

"그럼, 자네들 모두 울음소리는 듣고 있군?"

그는 다시 고개를 끄덕였다.

"이상한데……." 나는 골똘히 생각하며 중얼거렸다.

"고양이가 어떤 한 장소에 집착한다는 것은 들어본 적이 없어."

내가 하인에게서 들은 것을 말해 주니까 그는 깜짝 놀란 얼굴을 했다.

"그건 처음 들었어. 몰랐다네."

"그럼, 그게 무슨 이유일까?" 나는 생각다 못해 물어보았다.

그는 고개를 저었다.

"하나님만이 아시겠지. 하지만, 카스테어스—난 걱정일세. 그, 그놈의 소리
는……마치 위협하는 것처럼 들리거든."

"위협한다고?" 나는 발끈해서 말했다.

"누구를?"

그는 두 팔을 벌렸다.

"그건 몰라."

그날 밤에도 저녁식사를 끝낸 뒤에야 나는 그가 한 말의 뜻을 겨우 알았다.

처음 여기 왔을 때처럼 그때도 우리들은 녹색 응접실에 앉아 있었는데, 그
때 들려왔던 것이다—문 밖에서 바로 그 높은 소리로 끈덕지게 울고 있는 고
양이의 울음소리가. 그런데 이번에는 틀림없이 화가 난 소리였다—뒤를 길게
끄는 위협하는 듯한 소리였다. 잠시 울음소리가 끝났는가 했더니 문 바깥쪽
놋쇠 고리를 발톱으로 긁듯이 덜컥거리는 소리가 세차게 들렸다.

세틀은 벌떡 일어났다.

"저건 틀림없이 진짜 고양이다." 그는 소리쳤다.

그는 문께로 달려가서 기세 좋게 문을 열었다. 아무것도 없었다.

그는 이마를 문지르며 되돌아왔다. 필리스는 새파란 얼굴로 떨고 있었으며,
카마이클 부인도 시체처럼 파란 얼굴이 되었다. 마치 어린애처럼 쪼그리고 앉
아서 머리를 계모의 무릎에 편안하게 기대고 있는 아서만이 태평스러웠다.

우리가 계단을 올라갔을 때에 패터슨 양이 내 팔을 잡고 말했다.

"카스테어스 박사님, 그게 뭘까요? 어떻게 된 걸까요?"

"지금은 아직 모르지만, 아가씨, 틀림없이 밝혀내겠습니다. 겁내실 거 없습니다. 당신은 조금도 위험하지 않으니까."

그녀는 믿을 수 없다는 얼굴로 나를 보았다.

"그렇게 생각하시나요?"

"걱정할 것 없습니다."

나는 잘라 말했다. 회색 고양이가 그녀의 발에 매달려서 응석부리던 장면을 기억하고 있었으므로 절대로 걱정할 것 없다고 생각했다. 고양이가 위협하고 있는 것은 그녀가 목표는 아니었기 때문이다.

나는 한참 동안 잠을 이룰 수가 없었다. 겨우 어렴풋이 잠이 들었다가 깜짝 놀라 눈을 떴다. 무엇인가를 찢는 듯한 소리가 났기 때문이다. 나는 침대에서 뛰어나와 복도로 달려갔다. 동시에 세틀도 건너편 방에서 뛰어나왔다. 소리는 왼쪽에서 난 것이다.

"자네도 들었나, 카스테어스? 들었지?" 그는 소리쳤다.

우리들은 급히 카마이클 부인의 방 입구로 달려갔다. 우리와 엇갈려 지나간 것은 아무것도 없었지만, 소리는 이미 그쳐 있었다. 우리가 가지고 있던 촛불이 부인 방문을 비추고 있을 뿐이었다. 우리는 서로 얼굴을 마주보았다.

"저것이 무슨 소린지 알겠지?" 그는 중얼거리듯이 물었다.

나는 고개를 끄덕였다.

"고양이가 발톱으로 무엇인가를 찢어발기는 소리지."

나는 몸이 조금 떨려왔다. 그때 갑자기 소리치며 가지고 있던 촛불을 밑으로 내렸다.

"이것 봐, 여길, 세틀."

내가 여기라고 한 곳은 벽에 바짝 붙여서 놓아둔 의자였다—그 쿠션이 길게 몇 갈래나 잡아 찢겨져 있었던 것이다.

둘이서 자세히 살펴보았다. 그가 나를 쳐다보기에 나는 고개를 끄덕거려 대답했다.

"고양이 발톱이야." 그는 숨을 헐떡이며 말했다.

"틀림없어." 그의 눈은 의자에서 닫힌 문으로 옮겨갔다.

"위협당하고 있는 건 그 여자야. 카마이클 부인이야!"

그날 밤 나는 더 잘 수가 없었다. 사태는 어떻게든지 손을 써야만 할 단계에 와 있었다. 내가 알고 있는 한 이 상황을 해결할 열쇠를 쥐고 있는 사람은 단 한 사람밖에 없었다. 나는 카마이클 부인이 뭔가를 숨기고 있다고 생각하지 않을 수가 없었다.

다음 날 아침 내려갔을 때에 그녀의 얼굴은 죽은 사람의 그것이었으며, 식사도 제대로 하지 못했다. 그러면서도 몸을 지탱하고 있는 것은 워낙 의지가 굳기 때문이 아닌가 하는 생각이 들었다. 아침식사가 끝난 뒤에 나는 그녀에게 할 이야기가 있다고 했다. 그러고는 단도직입적으로 말을 꺼냈다.

"카마이클 부인, 나는 부인이 아주 위험해질 거라는 생각을 하고 있는데, 거기엔 그럴 만한 이유가 있습니다……."

"정말인가요?" 그녀는 놀랄 만큼 차분하게 말했다.

나는 계속 말했다.

"이 집 안에는 부인에게 적의를 품은 인물이—아니, 유령이 있습니다."

"무슨 그런 농담을 다—." 그녀는 사뭇 깔보는듯이 낮은 소리로 말했다.

"마치 제가 그런 쓸데없는 것을 믿고 있는 것 같군요."

"부인의 방 밖에 놓여 있던 의자를 어젯밤에 여지없이 할퀴어놓았는데요."

나는 쌀쌀하게 말했다.

"정말이세요?"

그녀는 눈썹을 치켜세우고 사뭇 놀랍다는 얼굴이었으나, 그런 소리를 해도 그녀가 이미 다 알고 있다는 것을 나는 알 수가 있었다.

"누군가의 바보 같은 장난이겠지요."

"아니, 그렇지 않습니다." 나는 좀 화를 내면서 말했다.

"그러니 말씀해 주셔야겠습니다. 부인을 위한 것이니까요……."

그렇게 말하고 나는 잠깐 입을 다물었다.

"무슨 말을 하라는 건가요?"

"이번 문제 해결에 도움이 될 만한 것을 말해 주십시오."

나는 진지하게 말했다.

그녀는 웃었다.

"저는 아무것도 몰라요. 정말로 아무것도."

위험이 닥쳐오고 있다고 아무리 여러 번 되풀이 경고해 주어도 그녀는 말하려고 하지 않았다. 그러나 나는 그녀가 우리 중 어느 누구보다도 많은 것을 알고 있고, 우리가 전혀 모르고 있는 어떤 단서 같은 것도 쥐고 있는 것이 분명하다고 확신했다. 그리고 그녀에게 입을 열게 하는 것이 불가능하다는 것도 알았다.

그러나 그녀에게 틀림없이 위험이 닥칠 것을 알고 있었으므로, 가능한 한 조심을 하자고 나는 마음먹었다.

다음 날 저녁 그녀가 자기 방으로 돌아가기 전에 세틀과 나는 부근을 면밀하게 살펴보았다. 그러고는 의논한 결과 교대로 복도를 지키기로 했다.

내가 먼저 지키기로 했는데, 무사히 끝났으므로 3시에 세틀과 교대했다. 어젯밤의 수면부족으로 나는 곧 잠이 들고 말았다. 그런데 참으로 묘한 꿈을 꾸었다.

문제의 회색 고양이가 침대 발치에 앉아서 무엇인가를 호소하는 듯한 눈으로 내 눈을 들여다보고 있는 꿈이었다. 그리고 꿈속이니까 가능한 것이겠지만 고양이가 따라오라고 하는 것 같았다. 내가 그러마라고 하니까 고양이는 앞장서서 커다란 계단을 내려가서는 건물의 반대쪽 모서리에 있는, 한눈에도 서재라고 알 수 있는 방으로 곧장 나를 안내했다. 고양이는 그 방의 한쪽 구석에 멈춰서더니 앞발을 들어서 책꽂이 아래쪽 시렁에 올려놓고 또 한 번 아까와 같이 호소하는 듯한 눈으로 나를 쳐다보았다.

그러다가—고양이도 서재도 사라져서, 눈을 떠보니 이미 아침이었다.

세틀의 불침번 시간도 무사히 끝났다. 그런데 그는 내 꿈 이야기를 듣고는 굉장히 흥미를 느끼는 것이었다. 내가 부탁해서 그는 서재로 나를 안내해 주었는데, 거기는 꿈속에서 본 방과 모든 것이 똑같았다. 고양이가 마지막에 슬픈 듯한 눈으로 나를 쳐다보던 장소까지 확실히 지적할 수가 있었다.

둘 다 어처구니가 없어 버티고 선 채 말을 못했다. 나는 문득 생각이 나서 쪼그려 앉아서는 고양이가 지적한 곳의 책 제목을 들여다보았다. 그랬더니 그

부분에만 책이 꽂혔던 자리가 비어 있었다.

"여기 있던 책을 누가 뽑아갔군." 나는 세틀에게 말했다.

그도 그 책꽂이 앞에 쪼그리고 앉아서 살펴보았다.

"아니, 이것 좀 봐. 안쪽에 못이 나와 있어서 책을 꺼내다가 걸려서 찢어진 모양이야."

그러면서 조그만 쪽지를 그는 가만히 떼어냈다. 사방 1인치쯤 되는 종이쪽지였다―그런데 거기에는 의미심장한 글자가 인쇄되어 있었다.

'고양이 ×××'라고 쓰여 있었던 것이다.

우리는 서로 얼굴을 마주보았다.

"어쩐지 섬뜩한데." 세틀이 말했다.

"정말 소름끼쳐."

"여기 있었던 책이 어떤 것이었는지 무슨 수를 쓰든지 알아내야겠어. 방법이 없을까?"

"어딘가에 도서목록이 있을는지도 몰라. 어쩌면 카마이클 부인이 알고 있을지도―."

나는 고개를 저었다.

"그 여자는 아무 말도 안 해 줄 거야."

"그럴까?"

"그렇고말고. 우리는 어둠 속에서 더듬고 있는데, 그녀는 다 알고 있는 거야. 그런데도 제멋대로 생각하고 아무 말도 안 하려고 해. 말하느니 차라리 어떤 위험이라도 감수하겠다는 거겠지."

그날은 아무 일 없이 지나갔는데 나는 그것이 폭풍전야의 고요 같은 생각이 들어서 견딜 수가 없었다. 그런 한편 이 문제는 머지않아 해결된다는 생각도 들었다. 즉, 지금은 어둠 속이지만 이제 곧 광명이 비칠 것이라는 느낌이었다. 데이터는 모두 준비되어 있고, 남은 것은 그것을 이치에 맞도록 결합시킬 실마리만 찾아내면 되었기 때문이다.

그리고 사실 그대로 되었다. 참으로 기묘한 모양으로

그것은 우리들이 언제나처럼 저녁식사가 끝난 뒤 모두가 녹색 응접실에 앉아 있을 때의 일이다. 어쩌다 보니 새 화제가 없어서 잠시 침묵이 흐르고 있었다. 사실 방 안은 소리 하나 없었는데, 조그만 쥐 한 마리가 마루 위를 달려서 지나갔다—그것은 그 순간에 일어났다.

아서 카마이클이 의자에서 펄쩍 뛰었다. 그의 날쌘 몸이 화살처럼 재빨리 쥐를 쫓아갔다. 쥐가 장식장이 놓인 틈새로 사라지자 그는 그 자리에 웅크리고 앉아서 온몸을 떨다가는 가만히 지키기 시작했다.

소름이 쫙 끼치는 광경이었다. 나는 이렇게 온몸이 저려오는 순간을 한 번도 겪은 적이 없었다. 저번에 아서가 소리 없이 걷는 걸음걸이를 본 것이나, 이번의 날렵한 그 행동에서 내가 무엇을 연상하려 했는지 이제는 생각할 여지도 없었다. 그리고 미친놈 같은, 믿을 수도 없는, 터무니없는 해석이 순간적으로 머리에 떠올랐다. 있을 수 없는 일, 생각할 수 없는 일이라고 부정도 해보았다. 그러나 아무래도 머리에서 지워버릴 수가 없었다.

그 뒤에 어떤 일이 일어났는지는 거의 기억이 없다. 모든 것이 희미해져서 거짓말이라고밖에는 생각되지 않았다. 우리들은 다만 왠지 모르게 2층으로 올라가서 자기 자신의 공포를 확인하는 결과가 나오는 것은 아닌가 하는 생각이 들어서 상대의 시선을 꺼리듯 하며 잘 자라는 인사를 주고받은 일만은 기억하고 있다.

새벽 3시가 되면 나를 깨우기로 하고 먼저 세틀이 카마이클 부인의 방 밖에서 지키기로 했다. 나는 특별히 카마이클 부인의 신변을 생각한 것은 아니다—내 나름대로 어쩔 수도 없는 억측을 부지런히 하고 있었던 것이다. 그것은 있을 수 없는 일이라고 자신을 타일렀다—불가능하다고. 그러나 마치 홀린 것처럼 내 마음은 어느새 또 그 생각으로 돌아가고 만다.

그런데 갑자기 방의 정적이 깨졌다. 세틀이 큰 소리로 나를 부르고 있었다. 나는 복도로 뛰어나갔다.

그는 부인 방의 문을 힘껏 두드리기도 하고 몸으로 부딪치기도 하고 있었다.

"저 여자 머리가 돌았어! 자물쇠를 다 채우고!" 그는 소리쳤다.

"하지만—."

"아니야! 놈이 안에 있어. 그래! 그 여자에게 말이야! 저 소리가 안 들리나?"

자물쇠가 채워진 문 저쪽에서는 길게 뒤를 끄는 고양이의 으르렁거리는 소리가 들려왔다. 그리고 이어서 비명이 울렸다—그리고 다시 한 번. 카마이클 부인 목소리가 틀림없다.

"문이야! 이걸 부숴버려야만 해. 어물거리다가는 늦어." 나는 소리쳤다.

둘은 온몸의 힘을 모아 문에 어깨를 부딪쳤다. 문은 요란한 소리를 내며 부서졌다—그리고 우리는 구르듯이 방 안으로 들어갔다.

부인은 피가 흥건한 침대에 쓰러져 있었다. 이런 무서운 광경은 단 한 번도 본 적이 없었다. 심장은 아직도 움직이고 있었지만, 상처는 깊고 목의 피부가 갈기갈기 찢겨져 있었다. 나는 몸을 떨면서 조그만 소리로 말했다.

"발톱이야—." 공포와 오한으로 온몸이 와들거렸다.

나는 정성껏 상처를 치료해 주고 붕대까지 다 감고 나서 이 상처의 정확한 종류는 특히 패터슨 양에게는 덮어두는 것이 좋겠다고 말해 놓았다. 그리고 병원의 간호사를 보내 달라는 전보문을 써서 전보국이 문을 여는 대로 보낼 수 있도록 해두었다.

이미 창문에는 새벽의 여명이 비치고 있었다. 나는 저 아래쪽 잔디밭을 내려다보았다.

"옷 갈아입고 밖으로 나가세."

나는 갑자기 세틀에게 말했다.

"부인은 이제 괜찮을 걸세."

그도 곧 옷을 갈아입었으므로 우리는 함께 뜰로 나섰다.

"이제 어쩔 셈인가?"

"고양이 시체를 파내는 거야." 나는 짤막하게 말했다.

"확인해 봐야지—."

연장 창고에 괭이가 있었으므로 굵은 밤나무 밑을 파기 시작했다. 힘들여 파낸 보람은 있었다. 별로 기분 좋은 작업은 아니었지만. 고양이가 죽은 지 1주일쯤 지났다. 그러나 내가 보고 싶었던 것은 보았다.

"이 고양이가 틀림없어. 처음 여기 왔을 때에 본 바로 그 고양이야."

내가 말했다.

세틀은 코를 킁킁거렸다. 들쩍지근한 아몬드 냄새가 아직도 남아 있었다.

"청산가리야." 그가 말했다.

나도 고개를 끄덕였다.

"무슨 생각을 하고 있나?" 그가 의아하다는 듯이 물었다.

"자네와 똑같은 생각을!"

내 추측은 그에게 있어서 별로 새로운 것은 아니다―그도 같은 생각을 하고 있다는 것을 나는 알 수 있었다.

"있을 수 없는 일이야―절대로 있을 수 없는 일이지."

그는 중얼거리듯이 말했다.

"모든 과학……자연법칙에 역행하는 일이야."

그의 말끝이 떨리고 있었다.

"어제 저녁의 그 쥐 말인데, 하지만―아아! 그럴 리가 있나."

"카마이클 부인은 아주 이상한 여자야. 그녀에게는 마력이 있어―사람에게 최면술을 거는 힘이 있단 말일세. 그녀의 조상은 동양인이야. 그 힘을 저 아서 같이 약하고 사랑스러운 인간에게 무슨 목적으로든 못 썼겠나. 게다가, 생각해 보게, 세틀, 만일 앞으로도 아서가 그녀에게 재롱이나 떨고 도저히 손도 댈 수 없는 백치로 그냥 있다고 생각해 보게. 재산은 사실상 고스란히 그녀와 그녀가 낳은 아들―그녀가 지나치게 사랑하고 있다고 자네가 말한 그 아들의 몫이 되고 말겠지. 더구나 아서는 머지않아 결혼하려고 했었잖나."

"그렇다면 이제 앞으로는 어쩔 셈인가, 카스테어스?"

"별로 묘안은 없네. 하지만 카마이클 부인이 보복당하지 않도록 가능한 한 돕는 수밖에 없겠지."

카마이클 부인은 조금씩 나아지고 있었다. 상처는 예상 밖으로 빨리 아물어 가고 있었다.

나는 그때처럼 후속 수단이 떠오르지 않아서 쩔쩔맨 적은 없었다. 우리들을 마음대로 농락하고 있는 그 마력은 아직 털끝 하나 다치지 않고 방치되어 있으며, 당장은 별일이 없는 날을 보내고 있지만 언제 무슨 일이 터질는지 몰랐다. 그러니 우리로서는 때가 오기를 기다릴 수밖에는 달리 방법이 없었다. 다만 한 가지 나도 마음속으로 작정해 놓은 것이 있었다. 그것은 부인이 움직일 수만 있게 되면 그녀를 윌든에서 다른 곳으로 데리고 가야겠다는 생각이다. 무서운 악령에게서 달아나는 방법은 그거밖에 없다. 이렇게 며칠이 지났다.

나는 부인을 옮길 날을 9월 18일로 정했다. 뜻밖에 위기가 닥친 것은 14일 아침이었다.

서재에서 세틀과 부인에 대해서 이것저것 의논하고 있는데 거기에 온통 법썩을 떨며 하녀가 뛰어들어 왔다.

"아이고! 선생님들! 빨리, 빨리! 아서 도련님께서, 연못에 빠졌습니다. 조각배를 타려다가 배가 흔들려서 그만 빠지셨어요! 제가 창문에서 봤어요!"

나는 그 이상 들을 것도 없이 부랴부랴 뛰어나갔는데 세틀도 뒤따라왔다.

"하지만 걱정하실 건 없습니다. 아서는 헤엄을 잘 쳐요."

그녀는 큰 소리로 말했다.

그러나 어쩐지 나는 가슴이 뛰었으므로 더욱 빨리 뛰었다. 연못 수면에는 잔물결 하나 일지 않았다. 빈 조각배만이 한가로이 떠 있었다—그리고 아서의 모습은 보이지 않았다.

세틀은 윗도리와 구두를 벗었다.

"내가 물속으로 들어갈게. 자네는 다른 배를 타고 노를 가지고 바닥을 찾아 보게. 별로 깊지 않으니까." 그는 말했다.

꽤 오랫동안 찾아본 듯했으나 아무것도 없었다. 시간은 자꾸 가고 이쯤에서 포기할까 하는데 겨우 발견되었다. 아무리 살펴봐도 완전히 숨이 멎었다고 생각되는 아서의 몸뚱이를 물가로 끌어냈다.

내가 죽기 전에는 이때의 필리스의 얼굴에 떠오른 절망과 고뇌의 빛은 결코 잊을 수가 없을 것이다.

"설마……설마……"

그녀의 입을 통해 나오는 소리는 말이 되지 않았다.

"자, 자, 아가씨. 곧 숨이 돌아올 테니까 걱정하지 마시고." 내가 말했다.

그러나 나는 내심 거의 희망이 없다고 생각했다. 30분이나 바닥에 가라앉아 있었으니까. 세틀에게 모포나 그 밖에 필요한 것을 가져오게 하고서 나는 인공호흡에 착수했다.

우리는 거의 한 시간 이상이나 열심히 응급조치를 했으나 되살아날 기미는 보이지 않았다. 나는 세틀에게 인공호흡을 맡기고 필리스 곁으로 갔다.

"아무래도 잘될 것 같지 않습니다. 아서는 나로서도 살릴 수가 없군요."

나는 조용히 말했다.

"아서." 그녀는 필사적으로 외쳤다.

"아서! 내게로 돌아와요! 아서!—돌아와요, 돌아와 줘요."

그녀의 목소리는 조용한 주위에 메아리치며 사라졌다. 그때 나는 갑자기 세틀의 팔을 거머쥐고 말했다.

"보게!"

아서의 얼굴이 엷은 홍조를 띠기 시작한 것이다. 나는 그의 심장에 귀를 대 보았다.

"인공호흡을 계속해! 숨소리가 다시 들리기 시작했어!"

나는 소리쳤다.

이렇게 되면 1분 1초가 급하다. 놀랄 만큼 단시간 안에 아서는 눈을 떴다.

그 순간 나는 그의 동태가 달라진 것을 직감했다. 그것은 지성이 있는 눈— 인간의 눈이었다.

그 눈이 필리스에게서 멈췄다.

"오오, 필!" 그는 조그만 소리로 말했다.

"필 아니야? 내일 올 줄 알았는데."

그녀의 마음은 아직 말을 할 수 있는 단계에까지 가지 않았으므로 미소만 지을 뿐이었다.

그는 점점 의아하다는 듯이 주위를 둘러보았다.

"그런데……저어……여기가 어디지? 그리고……기분이 나쁜데!……웬일이 야? 아니, 세틀 박사님!"

"자네는 조금만 늦었으면 익사할 뻔했어—정말이야."

세틀은 복잡한 얼굴로 대답했다.

아서 경은 얼굴을 찌그렸다.

"다시 살아난 뒤에는 기분이 아주 나쁘다고 들었는데요. 그런데 내가 어째서 이 꼴이 됐지? 잠이 든 채 걸어다녔었나?"

세틀은 고개를 저었다. 그러고는, "집으로 데리고 가야지?" 하고 내게 말했다.

아서가 가만히 나를 보고 있으므로 필리스가 소개했다.

"카스테어스 박사님이세요—집에 와 계세요."

우리는 양쪽에서 그를 부축하고서 집을 향해 걷기 시작했다. 그랬더니 그는 무엇인가가 생각난 듯이 갑자기 눈을 떴다.

"박사님, 전 12일까지 회복 안 되는 거 아닙니까?"

"12일?" 나는 천천히 말했다.

"8월 12일을 말하는 거요?"

"예, 다음 주 금요일까지."

"오늘은 9월 14일이야." 세틀이 느닷없이 말했다.

그의 얼굴에는 당황하는 기색이 역력했다.

"하지만, 전 오늘이 8월 8일인 줄 알았는데. 그럼, 전 병이 났었군요, 분명히."

필리스가 부드러운 목소리로 당황한 듯 입을 열었다.

"그래요—아주 중병이었어요."

그는 얼굴을 찌푸렸다.

"아무래도 알 수 없군. 어젯밤 잠자리에 들 때는 아무렇지도 않았는데……, 그것도 사실은 어제가 아닌 게 분명한데. 꿈을 꾸었어—그래 꿈이야."

그는 생각해 내려고 더욱 눈썹을 찡그렸다.

"뭐야—그게 뭐였더라. 무슨 무서운 일이……아니, 누군가가 내게 그랬거든 그래서 난 화가 나서—절망하고……그리고 그다음에는 내가 고양이가 된 꿈을 꾸었어. 응, 고양이야! 우습군. 하지만 우스운 것이 아니었어. 우습기는커녕, 무서워서……그런데 왜 생각이 안 날까? 생각해 내려고 하면 모두 사라져 버리니."

나는 그의 어깨에 손을 얹었다.

"생각해 내려고 하지 마시오, 아서 경. 그런 정도로—그만 잊어버리시오."

나는 진지한 어조로 말했다.

그는 당황한 얼굴로 나를 보고는 고개를 끄덕였다. 필리스가 한시름 놓았다는 듯이 한숨 쉬는 소리가 내 귀에까지 들렸다. 우리들은 집에 닿았다.

아서가 갑자기 말했다.

"아니, 그런데 어머니는 어디 계시지?"

"어머니는……, 병환이 나셨어요"

필리스가 약간 더듬거리며 말했다.

"그래? 어디 계시지? 방에?"

그의 목소리는 정녕 걱정스러운가 보다.

"그렇소" 나는 말했다.

"하지만 지금은 방해하지 않는 게―."

거기서 말이 끊기고 말았다. 응접실 문이 열리고 화장 가운을 걸친 카마이클 부인이 홀에 나타난 것이다.

그녀의 눈은 아서에게 빨려 들어간 듯 움직이지 않았다. 마음속 깊이 죄의식에 사로잡힌 공포의 표정을 내가 본 적이 있다면, 그때 그녀의 눈에 나타난 그 표정일 것이다. 그녀의 얼굴은 미칠 것만 같은 공포로 도저히 인간의 얼굴이라고는 생각되지 않았다. 그녀의 한 손이 목으로 뻗쳤다.

아서는 어린애 같은 애정을 보이면서 그녀에게로 걸어갔다.

"어머니! 어머니도 몸이 안 좋으시다고요? 그래, 얼마나 괴로우세요?"

그녀는 눈을 부릅뜬 채 뒷걸음질을 쳤다. 다음 순간 운이 다한 영혼의 비명을 울리고 열린 문 밖으로 나자빠지고 말았다.

나는 뛰어가서 그녀의 곁에 쪼그리고 앉아 세틀을 손짓해 불렀다.

"조용히! 그를 가만히 이층으로 데리고 갔다가 다시 한 번 내려와 주게. 부인은 이미 죽었어."

5~6분 지나니 그는 돌아왔다.

"어떻게 된 거지? 사인은?" 그가 물었다.

"쇼크사야. 아서를―되살아난 진짜 아서를 본 쇼크지. 아니, 난 이렇게 말하고 싶군. 하나님의 심판이라고"

"그렇다면……." 그는 말하려다가 입을 다물어 버렸다.

"'목숨에는 목숨을'이지." 나는 의미심장한 말을 했다.

"그런데—."

"응, 그야 뜻밖의 묘한 사고 덕분에 아서의 영혼이 육체로 되돌아왔지만, 아서 카마이클이 살해되었다는 점에는 변함이 없으니까."

그는 반쯤 공포에 젖은 눈으로 나를 쳐다보았다.

"청산가리로 말인가?" 그는 낮은 소리로 물었다.

"응, 그래."

세틀도 나도 우리들이 믿고 있는 것을 한 번도 입 밖에 낸 적은 없다. 말해 보아야 믿지 않을 것이기 때문이다. 쉽게 생각해 버리면 아서 카마이클은 기억상실증에 걸렸던 것뿐이며, 카마이클 부인은 일시적인 조울증(躁鬱症) 발작으로 자신의 목을 할퀴어 찢었으며, 회색 고양이의 유령도 단지 헛것이었다는 이야기가 된다.

그러나 내 생각에서 결코 움직일 수 없는 사실이 두 가지 있다. 하나는 복도의 의자 쿠션이 찢겨져 있었던 일, 또 하나는 더욱 중대한 의미를 가진 것이다. 도서목록이 발견되어 상세히 조사해 본 결과 책꽂이에서 없어진 책이라는 것은 오래된 기묘한 책으로서, 인간을 동물로 변하게 하는 가능성에 관한 내용이었다.

또 하나 있다. 고맙게도 아서는 아무것도 모른다. 그 몇 주일 사이의 비밀을 필리스도 가슴속에 묻어두고 말하지 않았으며, 또 마음 깊이 사랑하여 그녀가 부르는 소리에 응답하여 저 세상의 문턱에서 되돌아온 남편에게 앞으로도 절대 말하지 않을 것을 나는 확신하고 있다.

목련꽃

1

빈센트 이스턴은 빅토리아 역(런던 버킹검 궁전 남쪽의 역)의 시계탑 아래에서 기다리며 초조한 기색으로 자주 시계를 올려다보았다.

"대체 얼마나 많은 사내 녀석들이 여기서 오지 않는 여자를 기다렸을꼬!"

그는 탄식처럼 중얼거렸다.

그러나 그의 마음속을 후벼 파는 한 가지 생각이 있었다. 데오가 끝내 오지 않는다면─그녀가 마음을 바꿨다면! 여자들이란 그런 짓을 떡 먹듯이 하잖는가.

과연 나는 그 여자에 대해 확신이 있었던가? 언제 한 번이라도 그 여자한테 확신이 서 본 적이 있었는가? 아니, 대체 그녀에 대해 아는 게 제대로 있기나 한 걸까? 그녀는 초장부터 날 어리둥절하게 했잖은가 말이야.

그 여자한테서는 언제나 두 가지 다른 여자의 모습이 보였지. 하나는 리처드 대럴의 아내로서 사랑스럽고 웃기 잘하는 여자─그리고 또 하나는 헤이머스 클로즈(일종의 주택단지)에 있는 정원에서 자기 옆을 따라 걸었던 그 말없고 속을 알 수 없는 여자. 마치 목련꽃처럼─그녀를 생각하면 그는 언제나 목련이 생각났다.

그것은 그들이 미친 듯이 열정에 떨면서도 한편으로는 조심조심 첫 키스를 나누었던 것이 목련나무 아래였기 때문이리라. 그 순간 공기는 목련 향기로 달콤하게 물들어 있었고, 벨벳처럼 부드럽고 향기로운 꽃잎이 한두 개 떨어져 그를 향해 들고 있는 그녀의 얼굴─목련 꽃잎처럼 부드러운 크림색의 말없는 그 얼굴 위에 가만히 머물고 있었다.

목련꽃─이국적이며 은은한 향내가 나고 신비로운 그 꽃잎.

그게 바로 2주일 전이었다. 내가 그녀를 처음 만난 다음 날─그리고 지금 그는 그녀가 자신에게 영원히 달려와 주길 기다리고 있는 것이다.

그의 마음속으로 다시금 의심이 회오리쳤다.

그녀는 오지 않을 것이다. 대체 뭘 보고 그녀의 말을 믿었던가? 그녀로서는 너무나 많은 것을 포기하는 것일 텐데—아름다운 대럴 부인이 그런 일을 벌인다면 결코 조용하지만은 않을 것이다. 대번에 왁자지껄 소문이 퍼질 것이다. 끝 간 데 없이 퍼질 그 소문은 사람들의 머릿속에서 결코 쉽게 잊히지 않으리라. 그야 이런 일을 좀더 원만하고 조용히 해결하는 방법도 있긴 하다. 예를 들어 점잖게 이혼하는 방법 같은 것—.

하지만 두 사람은 그 방법에 대해서는 한 번도 생각해 보지 않았다. 아니, 적어도 그의 편에서는 그랬다. 혹시 그녀는 생각해 보았을까? 하지만 대체 뭘 생각하고 있는지 알 수가 있어야지. 자기하고 도망치자는 말을 할 때도 그는 겁쟁이처럼 쭈뼛거리며 말을 꺼냈었다. 그도 그럴 법했다. 대체 자기가 뭐길래! 뭐 하나 잘난 것도 없는 사람이잖은가. 트란스발(남아프리카공화국 동북부의 주)의 흔해 빠진 오렌지 재배업자 아닌가. 그녀처럼 휘황한 런던 생활을 한 여자가 그 따위 생활을 할 게 뭐냐고! 하지만 그녀를 원하는 마음이 너무도 필사적이었기 때문에 그는 도저히 간청하지 않고는 배기질 못했던 것이다.

그리고 그녀는 그 간청을 조용히 받아들였다! 아무런 망설임이나 반대도 없이—마치 그의 간청쯤이야 식은 죽 먹기처럼 간단하다는 태도였다.

"내일은 어떻소?"

그는 입이 딱 벌어진 채 믿을 수 없는 심정으로 물었다.

그러자 그녀는 남들을 대할 때면 재기발랄하게 웃곤 하던 그 음성과는 너무도 다른 낮고 애련한 목소리로 약속했던 것이다.

처음 그녀를 보았을 때 그는 그녀를 다이아몬드에 비교했었다. 불빛을 반짝이며 사방에서 들어오는 빛을 반사시키는 그 신비한 물건—하지만 처음 손길이 닿고 첫 키스를 나누는 순간 그녀는 마치 기적처럼 변해 버렸다. 은은하고 부드러운 진주—목련꽃송이처럼 핑크빛이 감도는 크림색 진주로.

어쨌든 그녀는 약속했다. 그리고 그는 지금 그녀가 약속을 지키길 기다리고 있는 것이다.

그는 다시 한 번 시계를 올려다보았다. 빨리 오지 않으면 기차를 놓치고 말

것이다.

그러자 날카로운 반박의 소리가 울렸다. 그녀는 오지 않을 거야! 뻔한 거 아냐? 그걸 기대하다니 이만저만한 얼간이가 아니군그래. 약속이 다 무어란 말이야. 이제 방으로 돌아가면 편지 한 장이 와 있을 테지. 구구한 설명에다 반박에다―여자들이 자기가 용기 없음을 변명할 때 쓰는 온갖 문구를 늘어놓은 편지가.

그는 분노가 치밀었다. 그와 더불어 쓰디쓴 절망감이 솟았다.

바로 그때 그는 보았다.

엷은 미소를 띤 채 플랫폼에 있는 그를 향해 걸어오고 있는 그녀를―그 느린 걸음걸이에는 추호의 망설임이나 안절부절못해 하는 기색이 없었다. 마치 영원이라도 붙잡아 맨 사람 같은 느린 걸음이었다. 복장은 몸에 딱 붙는 부드러운 검정색 드레스로, 머리에 올려놓은 작은 검정 모자가 그녀의 크림색 살결의 얼굴을 한층 우아하게 돋보이게 해주고 있었다.

그는 자기도 모르게 그녀의 손을 덥석 잡고는 얼간이처럼 중얼거렸다.

"정말 와주었군―정말 와주었어. 마침내 왔다고!"

"그야 물론이죠."

그 침착하고 차분한 목소리라니! 환장할 만큼 침착했다.

"난 당신이 안 오는 줄로만 알았소."

그는 그녀의 손을 놓고 가쁜 숨을 몰아쉬었다.

그녀는 눈을 휘둥그레 떴다. 크고 아름다운 눈이었다. 그 눈에는 어린아이의 그것과 같은 단순한 놀라움만이 담겨 있었다.

"아니, 왜요?"

그는 대꾸하지 않았다. 그러고는 지나가는 짐꾼을 불렀다.

시간이 별로 없었다.

그다음 몇 분간은 온통 헐레벌떡거리며 법석을 피워야 했다. 그러고 나서 그들은 마침내 예약한 객차 칸에 앉아 있었고, 차창 밖으로는 런던 남부지역의 단조로운 주택들이 휙 지나가고 있었다.

2

데오도라 대럴은 그의 맞은편에 앉아 있었다. 드디어 그녀를 차지한 것이다. 자기가 마지막 순간까지도 반신반의했다는 것을 이제야 깨달았다. 감히 믿을 수가 없었던 것이다. 그녀의 수수께끼 같은—속을 알 수 없는 분위기는 그를 겁먹게 하는 요소였다. 그 때문에 그녀가 자기 것이 된다는 것은 암만 해도 불가능한 일만 같았다.

하지만 그러한 긴장도 이제는 끝났다. 이미 돌이킬 수 없는 한 발을 내디딘 것이다. 그는 그녀를 건너다보았다.

그녀는 의자 구석에 등을 기대고 꼼짝 않고 앉아 있었다. 입술가에 엷은 미소가 아른거리고 있었고, 내리깐 눈 위로 길고 검은 속눈썹이 크림색 양 뺨에 그늘을 드리우고 있었다.

'대체 지금 무슨 생각을 하고 있는 걸까?' 그는 속으로 중얼거렸다.

'뭘 생각하고 있을까? 나를? 아니면 남편을? 뭣보다 이 여자는 자기 남편을 어떻게 생각하고 있을까? 예전엔 사랑했을까? 아니면, 전혀 사랑해 본 적도 없는 것일까? 남편을 싫어하나? 아니면, 전혀 무관심한 걸까?'

그때 그의 머릿속으로 그 해답이 스쳤다.

'난 몰라. 앞으로도 영영 모를 거야. 이 여자를 사랑하지만 실상 이 여자에 대해서는 아무것도 몰라. 뭘 생각하는지, 어떻게 느끼는지 전혀 모른다고.'

그의 머릿속에서 데오도라 대럴의 남편을 중심으로 온갖 생각들이 회오리를 쳤다. 그는 기혼여성들을 많이 알고 있었지만 그들은 한결같이 자기 남편 이야기하는 걸 좋아했다. 남편이 자기 생각을 이렇게 저렇게 오해한다는 둥, 자기의 고상한 감정을 무시한다는 둥—유부녀들이 바람을 피우는 전초전으로 가장 많이 써먹는 수법이지. 빈센트 이스턴은 속으로 냉소를 머금으며 기억을 떠올렸다.

단—이 데오만은 남편인 리처드 대럴에 대해서 한마디도 입을 떼놓은 적이 없었다. 이스턴이 아는 것은 다른 사람들도 다 아는 사실에 불과했다. 리처드 대럴은 사람들한테 호감을 사는 인물로, 핸섬하며 상냥하고 무사태평한 성격의 인물이라는 것이었다. 모두들 리처드 대럴을 좋아했다. 그의 아내도 그와 금슬이 좋은 듯했다. 하지만 그런 것만 보고는 모른다.

빈센트는 곰곰이 생각에 빠졌다. 데오는 좋은 가정에서 교육받은 여자다. 그러니 사람들 앞에서 자기 슬픔 같은 것을 내보일 턱이 없지.

그리고 두 사람 사이에서도 별다른 말은 오가지 않았다. 그들이 두 번째로 만난 날 저녁에 그들은 함께 말없이 정원으로 걸어 들어갔다. 그들의 어깨가 부딪치고 그는 자기 손길에 그녀가 파르르 떠는 것을 느낄 수 있었다.

일이 이렇게 된 데에 대한 일체의 설명이나 언급도 없었다. 그녀는 그의 키스에 화답해 주었을 뿐이었다. 그 순간 그녀에게서는 장밋빛이 어우러진 아름다운 크림색 살결과 더불어 그녀를 유명하게 만들어준 그 발랄한 재기가 자취를 찾아볼 수도 없었다. 그 순간 그녀는 그저 말없이 떠는 작은 동물일 뿐이었다. 그녀는 남편에 대해서는 한마디도 하지 않았다. 그때만 해도 빈센트는 그러한 사실을 고마워했다. 그럴 경우 두 사람이 사랑에 굴복한 것을 스스로에게, 그리고 상대방 연인에게 정당화시키려고 여자들이 흔히 떠들어대는 쓸데없는 잔소리를 듣지 않아도 되기 때문이었다.

하지만 그때만 해도 고맙게 느껴지던 그 암묵의 음모가 지금은 그를 불안하게 하고 있었다. 지금 자신의 인생을 기꺼이 그의 인생에 묶어두려는 이 낯선 여인에 대해 실상 아무것도 모르고 있다는 공포에 가까운 불안을 다시금 느꼈던 것이다. 그렇다, 그는 정말로 겁이 났다!

이윽고 그는 자기 마음에 위안을 주고자 하는 충동에서 허리를 굽히고는 맞은편에 앉아 있는 여자의 검은 옷으로 싸인 무릎 위에 한 손을 올려놓았다. 그때 그는 그녀의 몸을 뚫고 흐르는 가벼운 전율을 또다시 생생하게 느낄 수 있었다. 그는 얼른 손을 그녀의 손으로 가져갔다. 그러고는 몸을 구부려 손바닥에 길고 음미하는 듯한 키스를 보냈다. 그녀의 손가락이 반응을 일으키는 것이 전해져 왔다. 문득 눈을 뜬 그는 그녀의 눈과 마주쳤고, 그 표정에 흡족해했다.

손을 놓고 그는 좌석에 등을 기대었다. 그 순간만은 더 이상의 위로가 필요 없었다. 두 사람은 함께 있고—그녀는 그의 것이었다.

이윽고 그는 가볍고 놀리는 듯한 음성으로 입을 열었다.

"아주 말이 없구려?"

"그랬나요?"

"그렇소."

그는 잠시 기다렸다가 이번에는 좀 진지한 음성으로 말했다.

"정말 확신하오—후회하지 않겠다고?"

그의 말에 그녀는 눈을 화등잔만 하게 떴다.

"그럴 리가, 아니에요!"

그는 그 대답을 의심치 않았다. 진실성이 확고한 음성이었으니까.

"그럼, 대체 지금 무슨 생각을 하고 있는 거요? 알고 싶소."

그녀는 낮은 음성으로 대답했다.

"좀 두려워요."

"두렵다고?"

"이 행복이—."

그는 자리에서 일어나 그녀 옆에 앉아 그녀를 끌어안고는 부드러운 얼굴이며 목덜미에 키스했다.

"당신을 사랑하오. 사랑해—사랑해."

그에 대한 대답은 그의 몸에 감겨오는 그녀의 육체와 열정적으로 반응하는 입술에 고스란히 담겨 있었다. 이윽고 그는 자기 자리에 돌아가 앉았다. 잡지를 한 권 집어들자 그녀도 따라했다. 그들의 눈길이 잡지 너머로 종종 마주쳤고, 그때마다 그들은 미소 지었다.

그들이 도버 항에 도착한 것은 5시가 막 지나서였다. 그날 밤은 거기서 묵고 다음 날 유럽 대륙으로 건너갈 참이었다.

데오가 호텔 룸 안의 거실로 들어가자 빈센트는 그녀를 바짝 따랐다. 손에 쥐고 있던 석간신문은 탁자 위에 집어던졌다. 호텔 보이 두 사람이 짐을 들고 들어오더니 물러가 버렸다.

데오는 서 있던 창가에서 돌아섰다. 그리고 눈 깜짝할 사이에 그들은 서로의 팔 안에 안겨 있었다. 그때 누군가가 조심스럽게 노크를 하는 바람에 그들은 다시 떨어져야 했다.

"젠장!" 빈센트가 험하게 중얼거렸다.

"이러다간 영영 단둘이 있지 못할 것 같군."

데오가 미소를 지었다.

"그렇진 않겠죠."

나직한 음성으로 말한 그녀는 소파에 앉아 신문 하나를 집어들었다.

노크한 사람은 차를 가져온 보이였다. 그는 차 쟁반을 탁자 위에 놓고는 데오가 앉아 있는 소파로 탁자를 끌어당겼다. 그러고는 재빠르게 주위를 둘러보고는 무슨 시키실 일이 없느냐고 물은 뒤 물러가 버렸다.

빈센트는 옆방으로 들어가 있다가 다시 거실로 나왔다.

"이젠 차를 마셔야지."

그는 경쾌하게 중얼거리다가 갑자기 방 한군데에 우뚝 섰다.

"왜, 무슨 일이 있소?"

데오는 벼락맞은 사람처럼 소파 위에 꼿꼿이 앉아 있었다. 멍한 눈길은 앞쪽을 뚫어지게 응시하고 있었고—그 얼굴빛은 시체처럼 창백했다.

빈센트는 얼른 그녀 앞으로 다가갔다.

"무슨 일이오?"

대답 대신 그녀는 신문을 내밀며 손가락으로 머리기사를 가리켰다.

빈센트는 그녀의 손에서 신문을 확 낚아챘다.

"'홉슨, 지킬 앤드 루커스' 사(社) 파산."

그가 소리 내어 읽었다. 그 순간 그에게는 신문에 난 대회사의 이름에서 아무것도 연관되어 떠오르지 않았다. 하지만 그의 마음속 한구석에서는 그 이름은 분명히 자기와 연관되어 있을 거라는 불안한 확신이 깃들고 있었다.

그는 묻는 듯한 얼굴로 데오를 향했다.

"'홉슨, 지킬 앤드 루커스' 사가 리처드 거예요." 데오가 중얼거렸다.

"당신 남편 말이오?"

"그래요."

빈센트는 다시 신문으로 눈을 돌려 진상이 상세하게 나와 있는 폭로 기사를 읽어 내려갔다. '갑작스러운 붕괴', '신각한 후유증이 우려된다.', '다른 회사들도 영향받을 것이며—' 등등의 글귀를 대하자 그는 심히 언짢아졌다.

문득 인기척이 나는 바람에 그는 고개를 들었다.

데오는 거울 앞에 서서 작은 검정 모자를 쓰고 있는 중이었다. 그가 움직이자 그녀는 그를 향해 돌아섰다. 눈길은 차분하게 그에게 꽂혀 있었다.

"빈센트—난 리처드에게 가야 해요."

빈센트는 튀어 오르듯이 자리에서 일어났다.

"데오, 그런 어리석은—."

그녀의 음성은 기계적이었다.

"리처드에게 가야 해요."

"하지만 이봐요—."

그녀는 바닥에 뒹굴고 있는 신문을 가리켰다.

"저건 파멸이라는 뜻이에요—도산이라고요. 하고 많은 날 중에서 하필 이런 날 그를 내버릴 수는 없어요."

"당신이 이 소식을 안 건 그를 떠난 뒤였잖소. 제발 이성적으로 생각해 봐요!"

그녀는 침통한 얼굴로 고개를 내저었다.

"당신은 몰라요. 난 리처드에게 가야 해요."

일단 그 말이 떨어지자 그 뒤로는 그가 무슨 소리를 해도 끄떡하지 않았다.

이처럼 부드럽고 나긋나긋하던 여자가 어떻게 이처럼 뜻을 굽히지 않는 여자로 돌변할 수 있는지 차라리 신기할 정도였다. 그녀는 그가 되는 대로 떠들어대는 동안 꼼짝도 하지 않았다. 마침내 그는 그녀를 끌어안고는 그녀의 육체적 감각에 호소해 그녀의 고집을 꺾으려고 했지만 그녀는 부드러운 입술로 그의 키스에 응할 뿐, 이미 그녀의 몸속에는 그의 애원을 뿌리칠 만한 그 어떤 차가운 불굴의 의지 같은 것이 도사리고 있었다.

결국 그는 헛수고에 지쳐 그녀를 놔주었다. 그러고는 애원만 하던 태도를 바꾸어 그녀가 자신을 결코 사랑하지 않았다고 신랄하게 비난했다. 그녀는 그것 역시 한마디 반박도 없이 묵묵히 참았다.

말없이 연민에 찬 그녀의 얼굴은 그의 말이 거짓이라고 소리치고 있었다. 드디어 그는 분노에 정신을 잃었다. 그는 생각나는 잔인한 단어라는 단어는 죄다 퍼부었다. 그녀의 마음에 상처를 입혀 무릎을 꿇릴 생각뿐이었다.

그러나 이제는 욕설도 다 동이 나고 말았다. 이제는 더 할 말도 없었다. 그는 손을 머리에 묻고 앉아 붉은 털로 짠 카펫을 내려다보았다.

데오도라는 문 옆에 서 있었다. 그 창백한 얼굴 위로 검은 그림자가 드리워져 있었다.

모든 것이 끝난 것이다.

이윽고 그녀는 조용히 입을 열었다.

"안녕, 빈센트"

그는 대답하지 않았다.

문이 열리고 다시 닫혔다.

3

대럴 부부가 사는 곳은 첼시(런던 남서부의 자치구로, 예술가·작가들이 많이 살고 있다)의 주택가였다. 고풍스럽지만 매혹적인 집으로, 주위에는 작은 정원들이 둘러싸고 있었다. 집 앞 가까이에 목련나무가 자라고 있었다. 검게 그을리고 지저분했으나 목련나무는 목련나무였다.

세 시간 뒤—현관 앞 계단에 선 그녀는 잠시 그 나무를 올려다보았다.

갑자기 그녀의 입가에 고통스러운 미소가 떠올랐다. 이어 그녀는 집 뒤켠에 위치한 서재로 곧장 걸어 들어갔다.

한 남자가 방 안을 서성이고 있었다. 잘생긴 젊은 남자였으나 표정은 초췌하니 볼이 쑥 들어가 있었다.

그녀가 들어가자 그는 안도의 환성을 질렀다.

"하나님 감사합니다! 마침내 나타났군, 데오! 사람들 말이 당신이 짐을 들고 시내 밖의 어딘가로 가더라던데."

"소식을 듣고 돌아온 거예요."

리처드 대럴은 그녀를 껴안고 베란다로 나섰다. 두 사람은 나란히 앉았다.

데오는 아무렇지 않은 듯한 태도로 남편의 팔을 풀었다.

"사태가 어느 정도 나쁜가요, 리처드?" 그녀는 조용히 물었다.

"최악이자―흔히들 그러지 왜."

"빨리 얘기해 봐요!"

그는 자리에서 일어나 서성거리며 이야기를 시작했다.

데오는 앉은 채로 그를 지켜보았다. 그는 그녀의 눈앞에서 방 안이 자꾸만 희미해지며 귀에 들리는 그의 목소리도 자꾸 흐려져 간다는 것을 깨닫지 못했다. 그 대신 그녀의 눈앞에는 도버의 한 호텔 방이 선명하게 펼쳐지곤 했다.

"다행인 건 말이오―." 그가 설명을 끝내가고 있었다.

"이번 일로 인해 우리 결혼생활의 안정이 흔들리지는 않는다는 거요. 이 집도 여전히 당신 것이고."

데오는 생각에 잠겨 고개를 끄덕였다.

"집이야 아무 때나 또 가질 수 있지요. 그렇다면 일이 아주 최악은 아니군요. 새롭게 다시 시작한다는 뜻일 뿐이에요."

"아, 그렇지! 바로 그거야."

하지만 그의 목소리에 어딘지 미심쩍은 구석이 있었다.

데오의 머릿속으로 스치는 생각이 있었다. 뭔가 또 있어. 이 남자는 나한테 털어놓지 않은 것이 있어!

"정말 아무것도 더 이상 없는 거죠, 리처드?" 그녀는 나직하게 물었다. "더 나쁜 사태는 없는 거죠?"

그는 잠깐 주저하더니 대꾸했다.

"더 나쁜 사태라니, 그럴 게 뭐가 있겠소?"

"글쎄요, 그건 모르지만―."

"다 해결될 거요."

리처드는 데오를 안심시키기보다는 자신에게 더 타이르는 듯한 음성이었다.

"물론이지, 잘되고말고."

그러고 나서는 갑자기 그녀를 와락 껴안았다.

"당신이 여기 있어 줘서 얼마나 기쁜지 몰라! 당신이 있으니 모두 잘되겠지. 다른 일이야 어쨌건 나한테는 당신이 있잖아, 안 그래?"

그녀는 차분히 대꾸했다.

"그래요, 당신한테는 내가 있어요."

이번에는 그녀도 그의 팔을 뿌리치지 않았다.

그는 그녀에게 키스를 하더니 바싹 끌어당겼다. 그렇게 가까이 안아야 안심하겠다는 듯이—.

"당신은 내 거야, 데오."

그는 다시 중얼거렸고 그녀 역시 똑같이 대답했다.

"예, 그래요, 리처드."

그는 스르르 미끄러져 그녀의 발아래 주저앉았다.

"난 완전히 지쳐버렸어." 기진맥진한 음성이었다.

"정말 끔찍한 하루였다고 생각하기도 싫어! 당신이 없었던들 난 뭘 어떻게 해야 할지 몰랐을 거야. 어쨌든 아내는 역시 아내야, 안 그렇소?"

그녀는 입을 열지는 않았지만, 그렇다는 듯이 고개를 약간 끄덕거릴 뿐이었다.

그는 그녀의 무릎에 머리를 묻었다.

그녀의 입에서 한 마리 지친 새 같은 한숨이 흘러나왔다. 그녀의 머릿속으로 또다시 불길한 생각이 물결치며 들어왔다. 이 남자는 아직 나한테 얘기하지 않은 것이 있을 거야. 그게 뭘까?

그녀는 저도 모르게 그의 비단결 같은 부드럽고 검은 머릿결에 손을 대고 마치 어머니가 아이를 달래듯 가볍게 어루만졌다.

리처드는 멍하니 중얼거렸다.

"당신이 여기 있으니 다 잘 될 거야. 당신은 날 실망시키지 않겠지?"

그의 숨결이 차츰 느려지더니 이윽고 차분히 가라앉았다. 잠이 든 것이다. 그녀는 아직도 그의 머리를 어루만지고 있었다.

하지만 어둠 속을 뚫어지게 바라보는 그녀의 눈동자는 텅 비어 있었다.

"리처드, 나한테 다 털어놓는 게 좋지 않겠어요?" 데오도라가 말했다.

3일 뒤의 일이었다. 두 사람은 저녁식사를 앞두고 거실에 앉아 있었다.

리처드는 얼굴을 붉히며 딴전을 피웠다.

"그게 무슨 말이오? 난 모르겠는걸."

"정말 몰라요?"

그는 슬쩍 그녀를 건너다보았다.

"그야 뭐 이것저것 세부적인 것이 있긴 하지만—."

"당신을 도우려면—내가 모든 것을 알아야 한다고 생각지 않아요?"

그는 묘한 표정으로 그녀를 응시했다.

"왜 내가 당신 도움을 필요로 한다고 생각했소?"

그녀는 짐짓 놀라는 얼굴을 했다.

"리처드, 난 당신 아내예요."

그의 얼굴에 갑자기 미소가 피어올랐다. 평소처럼 매력있고 무사태평한 미소였다.

"그렇지. 게다가 너무나 아름다운 아내고말고. 난 못생긴 여자들은 도저히 견뎌내지 못할 거야."

그는 방 안을 이리저리 거닐기 시작했다. 무슨 일로 근심하고 있을 때 하는 버릇이었다.

"당신 말에 일리가 있다는 것은 부정 않겠소." 그가 순순히 인정했다.

"말 안 한 게 있지."

그러고 나서 말을 끊었다.

"그게 뭐죠?"

"이런 일을 여자한테 설명하기란 쉽지 않아. 여자들이란 괜히 헛다리를 짚기 잘하거든. 엉터리 공상이나 하고—실상은 그게 아닌데 말이야."

데오는 대꾸를 하지 않았다.

"말하자면, 법과 옳고 그른 것은 별개의 문제라는 거야. 내가 정말로 옳고 정직한 일을 할 때 법이 그것을 나와 똑같은 입장에서 보아주느냐—그렇지 않은 경우도 있단 말이지. 십중팔구는 모든 일이 잘 되어가다가도 열 번째에 가서, 뜻밖의 장애가 생기는 경우가 있다는 거야."

데오는 이제야 짐작이 가기 시작했다.

그녀는 속으로 중얼거렸다. 내가 왜 이리 태연하지? 나도 실상 마음속에서는 이 남자가 떳떳치 않다는 것을 알고 있었던 것일까?

리처드는 설명을 계속했다. 불필요할 만큼 장광설을 늘어놓으며 자신의 입장을 설명했다. 그렇게 장황하게 늘어놓으면서도 일의 실제적인 전말을 털어놓지는 않는 것에 데오는 한편으로는 안심이 되었다.

그것은 남아프리카의 커다란 이득권이 걸린 문제였다. 리처드가 어떤 짓을 했는지 그녀는 알 바 아니다. 그는 자신의 일이 도덕상 하나부터 열까지 정당하며 공명정대한 것이라고 안심시키는 걸 잊지 않았다. 하지만 법적으로는— 그렇다, 문제는 거기 있었다. 그가 형사처벌을 받을 처지에 놓여 있다는 사실만은 무슨 수로도 피할 도리가 없었다.

그는 말을 하면서도 연신 아내를 흘끔흘끔 보았다. 긴장하여 안절부절못하고 있는 것이 손에 잡힐 듯이 느껴져 왔다. 그런데도 그는 여전히 변명에 급급했고, 어린애라도 뻔히 알 만한 진실을 호도하려 들었다. 하지만 변명하다 못해 결국엔 두 손을 들고 말았다. 그것은 데오의 두 눈이 잠시나마 경멸로 번뜩였기 때문일 것이다.

그는 벽난로 옆의 의자에 무너지듯 앉더니 머리를 손에 묻었다.

"그래, 바로 그거야, 데오." 절망적인 목소리였다.

"이제 당신은 어떻게 하겠어?"

그녀는 지체 않고 그에게 달려가 의자 옆에 무릎을 꿇고 앉아 그의 몸에 얼굴을 묻었다.

"어떻게 하면 되겠어요, 리처드? 우린 뭘 어떻게 해야 하죠?"

그는 그녀를 왈칵 껴안았다.

"그게 정말이야? 내 편을 들어주겠단 말이지?"

"그럼요, 여보, 물론이에요."

그는 감동하여 모처럼 그답지 않게 절절한 음성으로 중얼거렸다.

"난 도둑이야, 데오. 이러니저러니 해도 도둑이라고 괜한 소리 갖다 붙일 것 없이 그저 도둑이라고"

"그럼, 난 도둑 마누라예요, 리처드 우린 어차피 한 배를 탔으니 같이 가라 앉든지 함께 수영을 해서 빠져나가야 해요."

그들은 잠시 묵묵히 앉아 있었다.

이윽고 리처드가 평소의 명랑한 태도를 어느 정도 회복했다.

"이봐요, 데오, 나한테 한 가지 계획이 있지만 그건 나중에 얘기하기로 합시다. 지금은 저녁 시간이니 옷이나 갈아입구려. 당신 옷 있지, 그 크림색 나는 것, 그걸 입으라고 케일럿 디자인의 옷 말이야."

데오는 놀라 눈썹을 치켜세웠다.

"집에서 식사하는 데 그걸 입으란 말이에요?"

"그래, 그래, 알아. 하지만 난 그 옷이 마음에 든단 말이오. 자, 착하지, 그걸 꼭 입어요. 당신이 제일 근사하게 차려 입은 걸 보면 난 기운이 나거든."

데오는 케일럿의 옷을 입고 저녁식사에 내려왔다. 그것은 크림색 능라 비단으로 만든 옷으로, 금실로 잔잔하게 무늬가 넣어져 있었다. 연한 핑크빛이 은은히 깔려 있어 크림색이 한층 따사로운 느낌이었다. 등은 대담하게 낮게 패였고, 데오의 목과 어깨의 아름다움에 더없이 잘 어울리는 디자인이었다. 그 자태는 그야말로 한 송이 목련이었다.

리처드는 열띤 찬사의 눈으로 그녀를 바라보았다.

"정말 착하지. 그 드레스를 입은 당신 모습은 숨 막힐 정도야."

그들은 식당으로 갔다. 그날 저녁 내내 그는 긴장하여 제정신이 아닌 듯했다. 농담을 하는가 하면, 아무것도 아닌 일에 요란하게 웃음을 터뜨리기도 했다. 걱정거리를 떨어버리려고 괜한 땀을 흘리는 사람 같았다.

데오는 몇 번인가 식사 전에 하던 이야기에 그를 끌어들이려고 했으나 그는 요리조리 피할 뿐이었다. 그러더니 그녀가 잠자러 가기 위해 일어서자 그제야 말문을 트는 것이었다.

"아니, 아직 가지 말아요. 말할 것이 있으니까. 그 괴로운 일에 대해서 말이오."

그녀는 다시 제자리에 앉았다.

그는 빠른 음성으로 술술 불기 시작했다. 운만 조금 따른다면 모든 일이 영원히 묻혀버릴 수도 있다는 것이었다. 지나온 행적을 교묘히 덮어두었으니까.

단, 그 서류가 수취인의 손에 들어가지만 않는다면—.

그는 의미심장하게 말을 끊었다.

"서류라뇨?" 데오가 곤혹스러운 얼굴로 물었다.

"서류를 없애버리겠다는 거예요?"

리처드는 얼굴을 찡그렸다.

"내 손아귀에 있기만 하다면야 당장에 없애버리지. 그놈의 것이 모든 말썽의 근원이니까 말이야!"

"그럼, 누가 갖고 있어요?"

"우리가 아는 사람—빈센트 이스턴이오."

데오의 입에서 가냘픈 비명소리가 터져 나왔다. 그녀는 비명을 삼키려 애썼지만 리처드는 이미 알아차리고 말았다.

"난 그자가 우리 일을 알고 있을 거라고 의심했지. 그래서 우리 집에 마음껏 머물러 주십사 했었던 거야. 내가 당신한테 부탁했었던 거 기억하지? 그자한테 친절히 해달라고 말이야."

"기억해요."

"사실 난 그자하고는 별로 좋게 사귀지 못했어. 왜지는 모르지. 하지만 그자는 당신을 좋아해. 아니, 단언하지만 무척 좋아하고 있어."

데오는 분명한 목소리로 잘라 말했다.

"그래요, 좋아해요."

"아하!" 리처드는 신바람이 난 듯싶었다.

"그거 잘됐군. 이제 당신도 내가 무슨 말을 하려는지 알겠지? 난 당신이 빈센트 이스턴한테 가서 그 서류를 돌려달라고 하면 그자가 거절 못할 거라고 분명히 자신하고 있어. 미인계라고나 할까, 뭐 그런 거지."

"난 할 수 없어요." 데오가 단숨에 대꾸했다.

"그런 바보 같은 소리."

"말도 안 되는 얘기예요."

리처드의 얼굴 위로 점점이 홍조가 번져가고 있었다.

데오는 그가 화가 났음을 알았다.

"여보, 당신은 상황이 어떤 건지 이해 못하는 모양인데. 그것이 세상에 폭로되면 난 필경 감옥에 가야 한단 말이오. 그건 파멸이고 수치야."

"빈센트 이스턴은 그 서류를 당신에게 불리하게 사용하지 않을 거예요. 난 틀림없이 확신해요."

"문제는 그게 아냐. 그자는 그 서류들이 나를 구렁텅이에 빠뜨리게 할 물건이란 걸 모르고 있을 거라고. 그 서류는 우연히 내 일하고 연관이 있을 뿐이야. 숫자 때문에 들통이 나게 되어 있지. 아아, 자세한 얘기는 할 수가 없어! 어쨌든 누군가가 그자한테 이렇게 상황이 되었다고 얘기하고서 손을 쓰지 않는 이상 그자는 자기도 모르는 채로 나를 파멸시키게 될 거라고."

"하지만 당신이 직접 할 수도 있잖아요. 그 사람한테 편지를 쓰세요."

"행여나 잘도 되겠다! 아냐, 데오, 우리한테는 한 가지 희망밖에 없어. 당신이 바로 승패를 쥔 카드야. 당신은 내 아내잖아. 그러니 날 도와줘야 한다고 오늘 밤 이스턴한테 가서—."

데오가 비명을 질렀다.

"안 돼요, 오늘은. 내일이면 혹—."

"맙소사, 데오! 아직도 상황을 모르겠소? 내일이면 벌써 늦을지도 모른단 말이야. 당신이 지금 당장 이스턴의 방에 가주기만 한다면."

그는 그녀가 움찔하는 것을 보고 안심시키려 애썼다.

"알아, 여보, 나도 안다고. 이건 정말 비열한 짓이지. 하지만 생사가 걸린 문제란 말이오. 데오, 설마 날 실망시키지는 않겠지? 당신은 날 돕기 위해선 무슨 일이라도 하겠다고 했잖아."

데오는 자신도 모르게 딱딱하고 차갑게 대꾸했다.

"그 일만은 안 돼요. 그럴 만한 이유가 있어요."

"생사가 달린 문제라니까, 데오. 정말이야, 보여줄까?"

그는 책상 서랍을 홱 열더니 리볼버(회전식 연발권총) 한 자루를 꺼냈다. 어딘지 연극하는 냄새가 났지만 데오는 그것을 미처 알아차리지 못했다.

"그 일이 안 되면 난 이걸로 한 방 쏘는 거야. 난 도저히 수치는 감당 못해. 당신이 내 부탁을 들어주지 않으면 난 내일 아침 이전에 이미 싸늘하게 식어 있을걸. 하나님께 맹세하지만 내 말은 조금도 틀림없는 진실이야."

데오는 낮게 비명을 질렀다.

"안 돼요, 리처드, 그것만은 안 돼요!"

"그럼, 날 도와줘요."

그는 리볼버 권총을 탁자 위에 내던지고는 그녀 옆에 무릎을 꿇었다.

"데오―내 사랑, 당신이 날 정말 사랑한다면, 아니, 정말 날 사랑한 적이 있다면 부디 날 위해서 부탁을 들어줘. 당신은 내 아내야, 데오. 난 당신 말고는 부탁할 데도 없어."

그의 목소리가 차츰 애원조로 잦아들고 있었다. 마침내 데오는 꿈결처럼 자신의 목소리를 들었다.

"좋아요―하겠어요."

리처드는 그녀를 데리고 문을 나서 택시에 태웠다.

4

"데오!"

빈센트 이스턴이 경악과 기쁨으로 뛰듯이 벌떡 일어났다. 그녀는 입구에 서 있었다. 흰 족제비털 목도리가 어깨에 매달려 있었다.

이처럼 아름다운 모습은 처음이야. 빈센트는 속으로 중얼거렸다.

"마침내 와주었군."

그녀는 그가 한 걸음 내딛으려 하자 손을 들어 막았다.

"아니에요, 빈센트, 당신이 생각하는 그런 이유 때문에 온 게 아니에요."

그녀는 낮은 음성으로 서둘러 말했다.

"내가 여기 온 건 남편이 보내서예요. 남편은 당신이―자기한테 해를 끼칠 수도 있는 서류를 갖고 있다고 생각해요. 내가 여기 온 건 그 서류를 달라고 온 거예요."

빈센트는 꼼짝 않고 서서 그녀를 바라보다가 이윽고 웃음을 터뜨렸다.

"일이 그렇게 된 거로구만? 어쩐지 요 전날 신문에서 '홉스, 지킬 앤드 루커스'라는 이름을 듣고 낯익더라니. 그때는 생각이 안 났었지. 당신 남편이 그 회사와 관련이 있는 줄은 꿈에도 몰랐었소. 그 회사 일이 잘못되어 가고 있는 듯 하다길래 나한테 조사해 보라는 청탁이 들어왔소. 내가 보기엔 뭔가 찜찜한 구석이 있더군. 그래도 맨 꼭대기에 있는 남자는 미처 생각 못했어."

데오는 아무 말도 하지 않았다.

빈센트는 호기심 어린 눈초리로 그녀를 바라보았다.

"당신한테는 이번 일이 하등 상관이 없는 모양이지? 뭐랄까, 단도직입적으로 말해서—당신 남편이 사기꾼이라고 할지라도 말이오."

그녀는 고개를 끄덕였다.

"내가 졌소."

빈센트가 체념한 듯이 말했다. 그러고는 가만히 덧붙였다.

"그럼, 잠깐만 기다려 주겠소? 내 서류를 가져오리다."

데오는 의자에 앉았다. 빈센트가 옆방으로 들어가더니 곧이어 다시 나와 작은 꾸러미를 그녀의 손에 들려주었다.

"고마워요. 성냥 가진 것 있어요?" 데오가 입을 열었다.

그녀는 그가 내민 성냥을 들고 벽난로 옆에 무릎을 꿇었다. 이윽고 서류가 한 줌의 재로 변하는 것을 보고 그녀는 몸을 일으켰다.

"고마워요." 그녀가 다시 말했다.

"뭘요, 천만에—." 그가 깍듯하게 대꾸했다.

"택시를 태워주리다."

그는 그녀가 탄 택시가 멀리 사라지는 것을 지켜보았다.

기묘하고 딱딱한 만남이었다. 처음 눈길이 마주친 이래 서로 똑바로 마주볼 수도 없었다. 어쨌든 이제는 모든 것이 끝이 났다. 그는 이제 멀리 외국으로 건너가 기를 쓴 끝에 그럭저럭 잊을 것이다.

데오는 차창에서 고개를 빼고 운전사에게 행선지를 말했다.

지금 당장 첼시에 있는 집으로 갈 수는 없다. 숨을 돌릴 곳이 필요했다. 빈센트를 다시 보자 그녀의 마음속에 심한 파문이 일었다.

그럴 수만 있다면—그럴 수만. 하지만 그녀는 간신히 자신을 다잡았다. 그야 남편에 대한 애정은 한 톨도 남아 있지 않다. 하지만 그에게 충실해야 할 의무가 있다. 지금 그는 나락에 떨어져 있으니, 그녀라도 옆에 붙어 있어 줘야 하는 것이다. 그의 소행이야 어찌되었든 간에.

남편은 그녀를 사랑한다. 그가 행한 죄는 사회에 대한 죄이지 그녀에 대한 것은 아니다.

택시는 햄스테드의 드넓은 도로를 이리저리 달려나갔다.

이윽고 황야로 나가자 차가운 바람이 뺨을 식히며 기운을 불어넣어 주었다. 이젠 다시 침착을 되찾을 수 있었다. 택시는 첼시를 향해 속력을 높여 돌아가기 시작했다.

리처드는 그녀를 맞으러 홀(hall)로 나왔다.

"어떻게 된 거요? 시간이 오래 지났는데."

"그랬나요?"

"그래—꽤 오래였다고. 일은—잘되었나?"

그녀의 뒤를 따르는 그의 눈동자에 뭔가 살피는 듯한 교활한 표정이 떠올랐다. 손은 떨리고 있었다.

"일은—잘되었소?" 그가 다시 물었다.

"내 손으로 직접 태워버렸어요."

"오오!"

그녀는 서재로 들어가 커다란 안락의자에 털썩 몸을 묻었다. 얼굴이 시체처럼 창백했고 온몸에 피곤이 몰려들었다.

"지금 잠자리에 들어 영영 잠에서 깨어나지 않을 수만 있다면."

그녀는 속으로 부르짖었다.

리처드는 그녀를 지켜보고 있었다. 그의 어색하고 어쩔 줄 모르는 시선이 연신 그녀를 훑었지만 그녀는 아무것도 눈치채지 못했다. 눈치채고 자시고 할 정신이 아니었던 것이다.

"그럼, 일이 아주 잘된 거로군?"

"얘기했잖아요."

"그게 정말 그 서류가 맞는지 확인했소? 들여다보았냐는 말이오?"

"아뇨"

"그럼, 그게 혹시―."

"분명히 맞아요. 리처드, 제발 날 이대로 놔둬요. 오늘 밤은 더 이상 아무것도 견뎌낼 수 없어요."

리처드는 긴장하여 자리에서 일어났다.

"아, 그래, 그래. 그렇겠지."

그는 방 안을 서성이기 시작하다가 다가오더니 어깨에 손을 얹었다. 하지만 그녀는 그 손을 뿌리쳤다.

"건드리지 말아요." 그녀는 애써 웃음을 지었다.

"미안해요, 리처드. 하지만 지금 난 신경이 몹시 날카로워요. 누구 손이 닿는 걸 참을 수가 없어요."

"알아, 이해하고말고."

그러고는 다시 방 안을 서성이기 시작했다.

"데오―." 그가 느닷없이 입을 열었다.

"정말 미안하오."

"뭐가요?"

그녀가 조금 놀란 표정으로 그를 올려다보았다.

"이런 늦은 밤 시간에 당신을 그리로 보내는 것이 아니었는데. 당신이 불쾌한 꼴을 당하리라고는 꿈에도 생각 못했소."

"불쾌한 꼴이라고요?"

그녀는 웃음을 터뜨렸다. 그 말이 퍽이나 우스운 모양이었다.

"당신은 모른다고요! 오오, 리처드, 당신은 몰라요!"

"내가 뭘 모른다는 거요?"

그녀는 침통한 목소리로 말했다. 눈길은 똑바로 앞을 향하고 있었다.

"이 밤이 나한테 어떤 대가를 치르게 했는지를 말이에요."

"맙소사! 데오! 난 꿈에도 그럴 뜻이 없었어. 그러니까 당신―날 위해서 그랬단 말이야? 이 악당 녀석! 데오, 데오―난 꿈에도 몰랐어. 상상도 못했다고. 오오, 하나님!"

그는 그녀의 옆에 무릎을 꿇고 앉아 그녀를 품에 앉은 채 연신 더듬거렸다.

데오는 얼굴을 돌려 놀란 얼굴로 그를 바라보았다. 이제야 그의 말이 귀에 들린다는 듯이—.

"난—정말 그럴 뜻은 없었소!"

"무슨 뜻이 없었다는 거예요, 리처드?"

그는 그녀의 어조에 화들짝 놀랐다.

"말해 봐요. 무슨 뜻이 없었다는 거지요?"

"데오, 우리 그 이야기는 하지 맙시다. 난 알고 싶지 않아. 그건 생각해 보고 싶지도 않아!"

그녀는 멍하니 그를 바라보았다. 이제는 완전히 정신이 나 있었다. 그 눈이 경계하듯이 크게 뜨여 있었다.

그녀는 단호하고 분명한 음성으로 입을 열었다.

"그럴 뜻이 없었다나—무슨 일이 있었으리라고 생각하는 거죠?"

"아냐, 그런 일은 없었어, 데오. 없었다고 해두자고."

그녀는 여전히 그를 꼼짝 않고 바라보고 있었다. 마침내 그녀는 진실을—깨달았다.

"그럼, 당신은 내가—."

"이봐, 그 얘간—."

그녀는 단호히 그를 가로막았다.

"그러니까 당신은 빈센트 이스턴이 나한테 그 서류에 대한 대가를 요구했다고 생각하고 있는 거로군요? 그리고 내가 그 대가를 치렀다고 생각하는 거로군요?"

리처드는 모기만한 음성으로 자신 없게 중얼거렸다.

"난 그자가 그런 인간인 줄은 꿈에도 생각 못했소."

5

"정말 생각 못했나요?"

데오는 그를 살피듯이 바라보았다. 그는 그녀의 시선 아래로 눈을 떨어뜨렸다.

"그럼, 대체 왜 하필 오늘 밤에 이 드레스를 입으라고 굳이 권한 거죠? 왜 이 늦은 밤 시간에 날 혼자 보낸 거지요? 당신은 그 사람이—날 좋아한다고 생각했어요. 그걸 이용해서 당신은 자기 체면을 구하려고 한 거예요. 대가가 어떤 것이든지 간에—내 명예를 희생시키는 대가를 치르더라도 말이에요."

말을 마친 그녀는 자리에서 벌떡 일어났다.

"이제야 알겠어요. 당신은 처음부터 그럴 뜻이 있었던 거예요. 아니, 적어도 그럴 가능성을 염두에 두고 있었던 거예요. 그럼에도 불구하고 당신은 전혀 개의치 않았어요."

"데오—."

"설마 내 말에 부인은 못하겠죠? 리처드, 난 당신에 대해 벌써 몇 년 전에 알건 다 알았다고 생각했어요. 아니, 당신이 세상에 대해 떳떳하지 않다는 것쯤은 처음부터 눈치채고 있었어요. 하지만 난 당신이 적어도 나한테만큼은 정직하리라 생각했어요."

"데오—."

"내 말을 부인할 수 있으면 해봐요."

그는 마음과는 달리 아무 말도 못하고 있었다.

"이봐요, 리처드 들려줄 말이 있어요. 3일 전, 이번 사건이 터졌을 때 하인들이 당신한테 그랬을 테죠? 내가 어딘가로 나갔다고—시골로 가는 것 같더라고. 그건 일부분만 사실이었어요. 난 그때 빈센트 이스턴하고 도망쳤더랬어요."

순간 리처드는 동물의 신음 같은 소리를 냈다.

그녀는 손을 들어 그를 막았다.

"내 얘기를 더 들어요. 우린 도버에 가 있었는데 그때 신문을 본 거예요. 그제야 사건을 알았고요. 그리고 나서 당신도 알다시피 되돌아왔어요."

그녀는 말을 멈추었다.

리처드는 그녀의 손목을 움켜쥐었다. 그의 눈이 이글거리며 그녀의 눈동자 속으로 파고들었다.

"무슨 일이 있기 전에—제때에 돌아왔단 말이지?"

데오는 짧막하게 신랄한 웃음소리를 터뜨렸다.

"그래요, 돌아왔어요. 당신 말대로 제때에 말이에요."

그러자 리처드가 그녀의 팔을 놓아주었다. 그러고 나서는 벽난로 옆에 서서 머리를 뒤로 젖혔다. 그 얼굴이 새삼 핸섬해 보였다. 게다가 고귀해 보이기까지 했다.

"그렇다면 용서할 수 있소."

"난 못해요."

퉁명스러운 두 마디가 날아왔다. 그 두 마디는 조용한 방 안에 폭탄을 떨어뜨린 것 같은 효과를 가져왔다.

리처드는 그녀를 뚫어지게 바라보며 앞으로 썩 나섰다. 입을 떡 벌린 그 모습이 얼간이 같았다.

"지금—뭐라고 했소, 데오?"

"용서 못하겠다고 했어요. 그야 당신을 버리고 딴 남자를 쫓아간 건 죄지은 거예요. 법적으로야 아닐지 몰라도 의도상으로 벌써 죄를 지은 거나 마찬가지예요. 하지만 내가 죄를 지었더라도 그것은 사랑 때문에 지은 죄예요. 당신도 우리가 결혼한 이후로 나한테 성실하지는 않았어요. 그래요, 알고 있었다고요. 하지만 난 그런 것은 용서했어요. 당신이 날 사랑하고 있다고 믿고 있었으니까. 하지만 오늘 밤 당신이 한 짓은 유가 달라요, 리처드. 그런 짓을 용서할 여자는 단 한 사람도 없을 거예요. 당신은 당신 아내인 나를 팔았어요. 자신의 안전을 사려고요."

그녀는 외투를 집어들고 문 쪽으로 걸어갔다.

"데오—." 그가 중얼거렸다.

"어딜 가는 거요?"

그녀는 어깨너머로 그를 바라보았다.

"우린 앞으로 여생 동안 우리 죗값을 갚아야 해요. 내 죗값으로는 평생 외롭게 사는 대가를 치러야 하고, 당신의 죗값으로는—그래요, 당신은 자기가 사랑하는 것으로 도박을 했고, 그 대가로 그걸 잃은 거예요!"

"그래서 날 버리고 가겠단 말이지?"

그녀는 길게 심호흡을 했다.

"그래요, 자유를 찾아서 가겠어요. 그 무엇도 날 여기 붙잡아둘 수는 없어요."

리처드는 문이 닫히는 소리를 들었다. 마치 수십 년이라도 지난 것 같았다. 아니, 그저 몇 분에 지나지 않은 걸까?

문득 창밖으로 뭔가가 하늘거리며 내려앉았다. 마지막 남아 있던 목련 꽃잎이었다—향기롭고 부드러운 목련 꽃잎.

개 다음에……

직업소개소 탁자 뒤에 앉아 있던 근엄해 보이는 여인이 헛기침을 하더니 맞은편의 여자를 건너다보았다.

"그럼, 그 자리를 거절하겠단 말이군요? 오늘 아침에야 답장이 도착했어요. 듣기로는 이탈리아의 한 멋진 고장이라던데—홀아비와 나이 어린 소년들 셋, 그리고 그 홀아비의 어머니인지 아주머니인지 하는 노부인 한 사람하고."

조이스 램버트는 고개를 저었다. 그러고는 피곤한 음성으로 입을 열었다.

"전 영국을 떠날 수가 없어요. 그럴 사정이 있거든요. 매일 출근할 수 있는 자리를 구해 주신다면 정말 좋겠는데요."

그녀의 목소리가 가녀리게 떨렸다. 하지만 최대한 감추느라 애썼기 때문에 거의 눈치채지 못할 정도였다. 그녀는 짙은 푸른색 눈동자로 호소하듯이 맞은편 여자를 바라보았다.

"그건 몹시 어려워요, 램버트 부인. 출근할 수 있는 가정교사 자리를 얻으려면 자격 조건을 완비해야 해요. 하지만 당신한테는 하나도 갖추어진 것이 없잖아요. 반면에 내가 가진 명단에는 그런 자격을 지닌 사람들이 몇백 명이나 돼요. 글자 그대로 몇백 명이라고요."

그녀는 잠깐 말을 멈추었다가 다시 물었다.

"집에 놔두고 갈 수 없는 사람이 있나 보지요?"

조이스는 고개를 끄덕였다.

"어린아이인가요?"

"아뇨, 아이는 아니에요."

그녀의 얼굴로 엷은 미소가 지나갔다.

"어쨌든 안됐군요. 내 최선을 다해 알아보기는 하겠지만—"

대화가 끝났다는 신호였다. 조이스는 자리에서 일어났다. 그녀는 눈물이 차오르는 것을 참느라 입술을 꼭 깨물며 퀴퀴한 사무실을 나와 거리로 나섰다.

"울긴 왜 울어!" 그녀는 자신에게 엄격하게 경고를 보냈다.

"바보처럼 훌쩍거리지 마. 넌 겁에 질려 있어. 그래, 바로 그거야. 하지만 겁을 낸다고 해서 하나도 득이 될 것은 없어. 아직 날은 창창하니까 무슨 일이 생길지도 모르잖아. 메리 숙모님도 앞으로 2주일간은 떠나지 않으실 거야. 자, 이 여자야, 용감하게 전진하라고 부자 친척 할머니를 기다리게 하지 말고"

그녀는 에지웨어 로(路)를 걸어 내려가 공원을 가로지른 다음 빅토리아 가(街)로 접어들더니 육해군 상점으로 들어갔다. 라운지로 향한 그녀는 시계를 들여다보며 자리에 앉았다. 정각 1시 30분이었다. 5분쯤 지나자 양팔에 보따리를 가득 안은 노부인이 나타났다.

"아, 와 있었구나, 조이스 몇 분 늦은 것 같구나. 점심 식당 서비스가 예전 같지가 않아. 넌 물론 점심 먹었겠지?"

조이스는 잠시 망설였지만 조용히 대꾸했다.

"예, 먹었어요."

"난 언제나 12시 35분에 점심을 먹는단다."

메리 숙모는 꾸러미를 내려놓으며 자리를 잡았다.

"그래야 서두르지 않고 깨끗한 분위기에서 먹을 수 있거든. 그 집 카레 달걀 요리는 아주 근사하단다."

"그래요?" 조이스는 꺼져 들어갈 듯이 대꾸했다.

카레 달걀 요리라니, 생각만 해도 견딜 수 없었다. 모락모락 뜨거운 김이 나고—그 맛있는 냄새를 생각만 해도 뱃속이 요동치는 것 같았다. 그녀는 억지로 그 생각을 물리쳐 버렸다.

"네 얼굴이 좀 안되어 보이는구나, 얘야."

메리 숙모가 말했다. 그러는 그녀는 넉넉하니 살이 찐 모습이었다.

"요즘 유행하는 거 따라하지 말아라. 고기를 안 먹는다나 원. 그게 다 헛소리야. 좋은 부위에 붙은 고깃덩어리는 누구한테도 해가 없는 거라고"

조이스는, '특히 지금의 나한테는 전혀 해가 없죠!'라고 쏘아붙이고 싶은 심정을 꾹 눌러 참았다. 제발 메리 숙모님이 음식 이야기를 그만 해주었으면. 1시 30분에 만나자고 해서 은근히 식사에 대한 희망을 부풀려놓고서는 이제 와서 카레 달걀 요리니 로스 고기 이야기를 해대다니─아아, 잔인해! 너무 잔인하다고!

"그런데 말이야─." 메리 숙모가 계속했다.

"네 편지는 받았다. 친절하게 내 말을 들어줘서 고맙구나. 나야 아무 때고 널 만나는 게 즐겁고 지금까지도 그랬지만서도─그런데 공교롭게 아주 좋은 조건으로 그 집을 임대하자는 사람이 나섰지 뭐냐. 너무 좋은 조건이라 놓치기가 아깝구나. 자기네 식기하고 리넨 식탁보 같은 것을 가져온다는 거야. 기간은 5개월이고 목요일에 이사 온다니 그때 나는 해로게이트로 떠날 예정이란다. 요즘 와서 류머티즘 때문에 속 썩이고 있거든."

"예, 알겠어요. 참 안되셨군요."

"그래서 우리 일은 다른 때를 보아야겠구나. 널 만나는 건 항상 즐겁단다, 애야."

"감사합니다. 메리 숙모님."

"그리고 다시 말하지만 넌 너무 창백해 보여."

메리 숙모는 조이스를 뚫어지게 바라보며 말했다.

"그리고 너무 말랐어. 뼈에 살 한 점 붙어 있지 않은 것 같으니, 원. 그리고 그 곱던 혈색은 어디 갔니? 넌 언제나 혈색이 건강하더니만. 제발 운동을 많이 하도록 해라."

"오늘만 해도 운동을 너무 많이 했는걸요."

조이스는 우울하게 중얼거리고 나서 자리에서 일어났다.

"메리 숙모님, 이젠 가봐야겠어요."

다시 돌아오는 길─이번에는 세인트 제임스 공원을 가로지른다. 그러고는 버클리 광장을 지나 옥스퍼드 가(街)를 건너 에지웨어 로를 끼고 프래드 가(街)를 지나쳐 이제까지의 에지웨어 로와는 전혀 딴판인 곳으로 접어들었다. 그런 다음 옆으로 돌아 지저분한 좁은 골목들을 여럿 지나친 뒤에 어느 우중충한 집에 다다랐다.

조이스는 걸쇠를 여는 열쇠를 집어넣고는 곰팡내 나는 작은 현관으로 들어섰다. 단숨에 계단을 올라가자 문이 나타났다.

문 아래에서 뭔가 코를 킁킁거리는 소리가 커졌다. 그리고 그 소리는 금방 기쁨에 차서 킹킹거리며 짖는 소리로 바뀌었다.

"그래, 테리! 네 여주인이 돌아왔단다!"

문이 열리자 하얀 것이 번개처럼 그녀의 품속으로 뛰어들었다. 나이 먹고 털이 뻣뻣한 테리어 종의 개였다. 털은 마구 헝클어져 있었고, 눈은 침침해 보였다.

조이스는 개를 끌어안고 마룻바닥에 주저앉았다.

"테리, 이 녀석! 이봐, 이봐, 테리! 네 여주인을 사랑해 줘야지! 아주 듬뿍 사랑해 줘!"

그러자 테리는 순순히 주인의 말을 들었다. 그는 혓바닥을 쑥 내밀고 열심히 그녀의 얼굴이며 귀와 목을 핥았고, 그동안에도 내내 뭉툭한 꼬리를 미친 듯이 흔들어댔다.

"이봐, 테리, 우린 이제 어떻게 하지? 우린 이제 어떻게 될 거냐고! 아아, 테리, 이제 난 너무 지쳤어."

"자, 이제 그만, 아가씨." 뒤에서 퉁명스러운 목소리가 날아왔다.

"그놈의 개 좀 고만 껴안고 입 맞추면 뜨거운 차를 주지."

"어머나, 반스 부인! 너무나 고마워요."

조이스는 몸을 일으켜 세웠다. 반스 부인은 체구가 커다랗고 겁나게 생긴 여자였다. 하지만 그 겁나게 생긴 얼굴 뒤에는 뜻밖에도 따스한 마음씨가 숨겨져 있었다.

"뜨거운 차 한 잔은 누구한테도 해롭지 않은 법이라오."

반스 부인이 그녀의 계급에서 흔히 볼 수 있는 인정미 넘치는 목소리로 강조했다.

조이스는 감사하는 마음으로 차를 훌쩍 들이마셨다. 하숙집 여주인의 눈길이 그러한 그녀의 모습을 은근하게 지켜보고 있었다.

"그래, 오늘은 좀 운수 좋은 일이 있었소, 아가―아니, 부인?"

조이스는 짙게 구름이 낀 얼굴로 고개를 내저었다.

"저런!" 반스 부인은 깊은 한숨을 내쉬었다.

"부인한테는 오늘이 이래저래 신통치 않은 날이 될 모양이구먼."

조이스는 고개를 홱 쳐들었다.

"어머나, 반스 부인, 설마―."

반스 부인은 침울하게 고개를 끄덕였다.

"그래요, 반스 때문에―또 실직을 했답니다. 앞으로 어떻게 해야 할지 모르겠어."

"오오, 반스 부인―그렇담 제가, 부인에게 제가 무엇을―."

"아니, 벌써부터 기죽지는 말아요. 그야 부인이 운 좋게 일자리를 찾아냈다고 하면 기쁘겠지만, 뭐 못 찾았더라도―그 뭐냐―참, 차는 다 마셨수? 잔을 가져가려고."

"아뇨, 아직."

"저런!" 반스 부인이 꾸짖는 듯한 음성으로 말했다.

"또 저놈의 개한테 남은 차를 주려는 게지? 뻔하지 뭐."

"오, 제발요, 반스 부인. 한 방울만. 괜찮겠죠, 예?"

"괜찮지 않으면 어쩌겠어. 당신은 저 볼썽사나운 개라면 끔뻑하는걸. 그래요, 볼썽사납다니까! 오늘 아침만 해도 날 물을 뻔했다고요."

"저런! 그럴 리 없어요, 반스 부인. 테리는 그런 짓 하지 않아요."

"나한테 으르렁거렸다니까, 이빨까지 허옇게 드러낸 채 말이에요. 당신 신발을 닦아야 하나 어쩌나 들여다보려고 했더니만 글쎄!"

"테리는 제 물건을 누가 만지는 것을 좋아하지 않아요. 제 물건을 지키는 게 자기 임무라고 생각하나 봐요."

"생각 같은 걸 해서 뭐에 쓰려고! 개가 생각 같은 걸 해서 뭐하냐고. 그냥 마당에 묶어놓고 도둑이나 지키게 해야 제격인데. 이렇게 방 안에서 귀여워만 해주고 있으니. 이봐요, 분명히 말하지만 이 개는 당장이라도 고이 천당에 보내야 한다고요."

"어머, 안 돼요! 절대―절대 그럴 수는 없어요!"

"흥분하지 말아요."

반스 부인은 단호하게 대꾸하고는 탁자 위에서 잔을 집은 뒤에, 테리가 방금 차를 홀쩍거린 찻잔 접시를 방바닥에서 집어올리고는 성큼성큼 방을 나가버렸다.

조이스가 조용히 입을 열었다.

"테리, 이리 와서 얘기 좀 해보렴. 우린 이제 어떡하면 좋겠니?"

그녀는 흔들거려서 쓰러질 듯한 안락의자에 몸을 파묻고는 테리를 무릎 위에 앉혔다. 그러고는 모자를 내던지고 등을 기댔다. 그리고 나서 테리의 앞발을 목 양옆에 하나씩 걸치고는 자못 사랑스러운 듯이 개의 코와 미간에 키스를 했다. 이어 그녀는 양손가락으로 귀를 가만히 비틀면서 부드럽고 낮은 목소리로 속삭이기 시작했다.

"반스 부인에게 어떡하면 좋지, 테리? 벌써 4주째나 신세를 졌잖아. 그 부인은 정말 맘 좋은 사람이야. 정말 양 같은 사람이지. 때문에 우리를 내쫓지는 않을 거야. 하지만 그 부인이 사람이 좋은 걸 기회로 해서 이용해 먹을 수는 없어, 테리. 그런 짓을 해서는 안 된다고. 왜 반스 씨는 번번이 실직을 할까? 난 반스 씨가 싫어! 언제나 술에 취해 있기만 하고 그렇게 늘 술에 취해 있으면 일자리를 잃는 것도 당연하지. 그런데, 테리, 난 술 같은 건 절대 취하지 않는데도 일자리가 없으니 이상하지?

난 널 놔두고 가버릴 수는 없어. 절대 그럴 수 없다고. 널 맡기고 갈 사람도 없고 말이야. 너를 잘 돌봐줄 사람이 어디 있겠니! 넌 늙었어, 테라—벌써 12살이잖아. 이 세상에 눈은 흐리고 귀도 먹은 늙은 개를 바라는 사람은 아무도 없어. 게다가—그래, 성질도 좀 고약하고 말이야. 그야 나한테야 착하게 굴지만 다른 사람들한테는 그러질 않잖아, 안 그래? 걸핏하면 으르렁대고 그건 온 세상이 너한테 매정하게 구니까 그렇겠지. 하지만 우리한테는 서로가 있잖아, 안 그래?"

테리는 그녀의 뺨을 살살 핥았다.

"나한테 얘기해 봐, 테리."

테리는 한참이나 머뭇거리듯이 가르랑거렸다. 꼭 한숨짓는 소리 같았다. 그러고 나서는 그의 코끝을 조이스의 귀 뒤에 비벼댔다.

"넌 날 믿지, 그렇지, 착한 아가? 내가 절대 널 놔두고 가지 않을 거라는 거 알지? 하지만 대체 어떡하냔 말이야? 이젠 올 데까지 와버렸으니 어떡하냐고 테리?"

그녀는 의자 등에 더욱 몸을 파묻으며 반쯤 눈을 감았다.

"기억하니, 테리? 우리가 함께 지냈던 그 행복했던 시간 말이야! 너하고 나하고 마이클하고 대디하고 같이—오, 마이클, 마이클! 그때 마이클은 처음 내 곁에서 떠나려던 차였지. 프랑스에 돌아가기 전에 나한테 선물을 주려고 하길 래 난 너무 비싼 것은 필요 없다고 했어. 그러고 나서 시골로 내려갔는데—정 말 너무나 뜻밖이었지 뭐니. 마이클이 창밖을 내다보라고 하길래 내다봤더니 네가 긴 끈에 묶여서 오솔길을 이리저리 뛰어다니지 않겠니. 널 데리고 온 그 우스꽝스러운 작은 남자는 몸에서 개 냄새가 폴폴 풍기더라. 그 남자가 뭐랬 는지 아니? "정말 물건입죠. 이것 좀 보세요, 부인, 정말 깜찍하지 않습니까? 내 이 녀석을 데리고 오면서 그랬죠. 그 부인하고 신사분이 네 녀석을 보면, "아이고, 물건이로구나!" 그럴 거라고 말입죠."

그러면서 계속 그 말만 해대는 거야. 그래서 우린 한참 동안이나 널 그렇게 불렀지 뭐냐—물건이라고! 테리, 넌 정말 귀여운 강아지였단다. 자그마한 머리 를 한쪽으로 갸우뚱하고 그 뭉툭한 꼬리를 흔들어대던 꼴이라니. 그러고 나서 마이클은 프랑스로 떠났지만 나한테는 네가 남았지. 세상에서 제일 귀여운 강 아지 네가—넌 마이클한테서 오는 편지란 편지는 모두 나하고 같이 읽었지, 안 그래? 네가 그 편지 냄새를 맡으려고 하면 내가 그랬지. '주인 나리한테서 온 거야.' 하면 너는 알아듣곤 했지. 그래, 그때 우린 정말 행복했지. 너무 행 복했어. 너하고 마이클하고 나 말이야. 그런데 이제 마이클은 죽고 넌 늙었어. 그리고 난—용감한 척하기도 이젠 지쳤고."

테리가 그녀의 얼굴을 핥았다.

"그 전보가 왔을 때 너도 그 자리에 있었지? 그때 만일에 네가 없었던들, 테라—네가 의지가 되어주지 않았던들……."

그녀는 한참 동안이나 말이 없었다.

"그 뒤 우리는 언제나 함께 있었지—기쁠 때나 괴로울 때나 늘 함께 말이야. 그야 괴로울 때가 더 많았지만, 안 그래? 하지만 그래도 오늘까지 꿋꿋이 견뎌왔어. 우리한테 있는 것은 마이클의 숙모들뿐인데, 그분들은 나를 유복하다고 생각하나 봐. 그 사람이 도박으로 돈을 다 날렸다는 걸 그분들은 모르거든. 하지만 우린 아무한테도 얘기해서는 안 돼. 난 상관없어—마이클이 뭐 못할 짓 했니? 사람이란 누구에게나 잘못이 있게 마련이잖아. 마이클은 우리 둘을 사랑했어, 테리. 중요한 건 그거잖아. 그분 친척들은 언제나 그분한테 차갑게 굴고 못할 소리들을 해댔지. 하지만 이젠 절대 그러지 못하게 할 거야. 그래도 어떨 때는 내 쪽에 친척이 좀 있었으면 해. 기댈 친척이 하나도 없다는 건 너무나 괴로운 일이거든.

난 너무 피곤하단다, 테라—그리고 너무나 배가 고파. 내가 29살밖에 안되었다는 게 믿어지지 않아. 마치 69살 노파 같은 기분이니 말이야. 그리고 난 정말은 용기가 없어. 그런 척하고 있었을 뿐이야. 그리고 요새는 별별 천박한 생각이 다 드는 거야.

어제는 일링(런던 시내 하이드 파크 서쪽 지구)까지 죽 걸어갔었단다. 사촌인 샬롯 그린을 만나러 말이야. 12시 반경에 도착하면 그녀가 나더러 들어와서 점심이나 먹자고 할 거라고 생각한 거지. 하지만 막상 그 집에 도착하자 난 내 행동이 너무 뻔한 구걸 같은 생각이 들었어. 도저히 그럴 수가 없었지. 그래서 그 길을 도로 걸어서 돌아왔단다. 그런 바보 같은 짓이 어디 있겠니? 구걸을 하려면 아주 맘먹고 확실하게 하든가, 아니면 아예 생각도 말아야지. 하지만 난 그렇게 강한 인간이 못 되는 것 같아."

테리는 다시 목을 가르랑거리고는 까만 코를 조이스의 눈에 갖다댔다.

"네 콧구멍은 참 예쁘기도 하구나, 테리. 아이스크림처럼 차가워. 오, 테리, 널 너무나 사랑해! 너하고는 도저히 떨어질 수 없어. 널 그냥 보내다니 도저히 그럴 순 없어. 난 못해……못해……."

따스한 혀가 열심히 그녀를 핥았다.

"내 말을 알아들었구나, 착한 아기. 그럼, 네 여주인을 위해서 뭐든 할 거지, 그렇지?"

테리는 의자에서 껑충 뛰어내리더니 허겁지겁 구석으로 가 이빨 사이에 찌그러진 그릇을 하나 물고 돌아왔다.

조이스는 울지도 웃지도 못할 심정이었다.

"이게 네 유일한 꾀란 말이지? 네 여주인을 도울 수 있는 유일한 길이란 말이지? 오오, 테리! 아무도 우리를 갈라놓지 못해! 난 무슨 짓이라도 할 거야. 하지만 정말 그럴 수 있을까? 사람들은 간혹 무슨 소리를 하고도 막상 닥치면 '아니, 내 말뜻은 그런 게 아니었다.'고 하잖아. 과연 내가 무슨 일이라도 할 수 있을까?"

그녀는 개 옆의 바닥에 주저앉았다.

"이봐, 테리, 즉 이런 거야. 보모 겸 가정교사는 개를 데리고 들어갈 수가 없어. 노부인의 말벗을 해주는 일자리도 개를 데리고 들어갈 수는 없어. 결혼한 여자들만이 개를 데리고 있을 수 있는 거라고. 그래, 테라—그 왜 부인들이 데리고 쇼핑하러 다니는 그 북실북실한 비싼 개들 있잖아. 하지만 내가 늙고 눈이 흐린 테리어 종을 더 좋아한다 해도 누가 뭐랄 거야?"

그녀는 미간을 폈다. 바로 그때 문에서 두 번 노크 소리가 났다.

"편지일 거야, 아마."

그녀는 벌떡 일어나 쏜살같이 계단을 내려가 편지 한 장을 들고 들어왔다.

"혹시……오오, 제발……."

그녀는 재빨리 겉봉을 찢었다.

안녕하십니까, 부인
우리가 그 그림을 감정해 본 결과 그 그림은 커이프의 진품이 아니며,
전혀 값어치 없는 그림이라는 것으로 결론을 모았음을 알려 드립니다.
이만 총총.

슬론 앤드 라이더 사(社)

조이스는 편지를 든 채 망연자실하여 서 있었다. 이윽고 입을 여는 그녀의 음성은 지금까지와는 딴판이었다.

"이제 다 끝난 거로군. 마지막 희망도 사라져 버린 거야. 하지만 우린 헤어지지 않아. 길이 하나 있으니까. 게다가 그건 구걸하는 일도 아니야. 테리, 나 잠깐만 밖에 나갔다 올께. 곧 올 거야."

조이스는 서둘러 계단을 내려가 어둑한 구석에 있는 전화 앞으로 달려갔다. 수화기를 들고서 그녀는 어딘가 번호를 댔다. 한 남자의 목소리가 들리더니 그녀가 누군지 알고는 그의 어조가 바뀌었다.

"조이스, 내 사랑. 오늘 밤 나와서 저녁이나 먹고 춤을 추는 게 어떻소?"

"그건 못해요." 조이스가 가볍게 대꾸했다.

"적당히 입을 것이 없어요."

초라한 옷장 안의 텅 빈 옷걸이들을 생각하고 그녀는 서글픈 미소를 지었다.

"그럼, 내가 가서 당신을 만나면 어떨까? 주소가 어떻게 되지? 맙소사, 거기가 뭐하는 동네요? 당신도 이젠 어쩔 수 없이 된 모양이구려?"

"그래요."

"흐음, 그것만은 솔직하군. 자, 그럼, 좀 이따 봐요."

아서 할리데이의 차가 집 바깥에 멈춰 선 것은 45분이 지나서였다. 얼떨떨한 반스 부인이 그를 위층으로 안내했다.

"이런, 이런! 정말 끔찍한 곳이로구먼. 대체 어쩌다가 이런 지경이 되었소?"

"자존심에다가 별 득도 없는 감정을 내세우다 보니까요."

그녀는 가볍게 대꾸하며 맞은편 남자를 차갑게 감정하는 눈으로 바라보았다.

할리데이에 대해서는 잘생겼다고 하는 사람들이 많았다. 큰 체구에 넓은 어깨, 그리고 금발머리인 그는 연푸른 눈동자에 강한 턱선을 지녔다.

그는 그녀가 가리킨 흔들거리는 의자에 앉았다. 이윽고 그는 생각에 잠긴 음성으로 입을 열었다.

"자, 이제 이만하면 따끔한 교훈을 얻었을 테지. 그러길래—그런데 저 짐승은 사람을 무나?"

"아뇨, 걱정할 것 없어요. 난 테리를—테리를 경비견으로 훈련시켰으니까요."

할리데이는 그녀를 아래위로 훑어보고 있었다.

"이제는 포기한 모양이로군, 조이스." 그가 나직한 음성으로 입을 열었다.

"그런 거지?"

조이스는 고개를 끄덕였다.

"내 전에 얘기했잖소, 난 원하는 건 꼭 얻고야 만다고. 난 당신이 자기 운이 어떤지 알아보러 나타날 줄 알았지."

"당신이 아직 마음을 바꾸지 않아서 다행이에요."

그는 의심스러운 눈길로 그녀를 바라보았다. 조이스에 관한 한 그녀가 무슨 생각을 하고 있는지 도통 알 수가 없었다.

"나하고 결혼하겠소?"

그녀는 고개를 끄덕였다.

"당신이 원하는 한 가능한 빨리요."

"빠르면 빠를수록 좋다는 뜻이겠지."

그는 웃음을 터뜨리며 방 안을 둘러보았다.

조이스는 얼굴을 확 붉혔다.

"그런데 조건이 하나 있어요."

"조건이라고?" 그는 다시 의심스러운 얼굴이 되었다.

"내 개 말이에요. 테리도 같이 가야 해요."

"저 늙다리를 데려간단 말이오? 마음에 드는 개를 아무거나 골라잡을 수 있는데도? 돈 같은 건 걱정 말아요."

"난 테리를 데려가고 싶어요."

"아, 좋아요, 좋아. 당신 마음대로 하구려."

조이스는 뚫어지게 그를 바라보고 있었다.

"당신은 알고 있죠, 그렇죠? 내가—당신을 사랑하지 않는다는 거 말이에요. 눈곱만큼도 사랑하지 않는다는 것을."

"그건 상관 없소. 난 그렇게 감정에 약해빠진 인간은 아니니까. 하지만 허튼 짓은 절대 안 통해. 나하고 결혼하면 당신은 절대 엉뚱한 생각 말라고."

조이스의 양 뺨이 붉게 물들었다.

"당신 돈이 아깝지는 않을 거예요."

"이쯤 해서 키스나 하는 게 어떨까?"

그는 그녀에게로 고개를 숙였다. 그녀는 미소를 지으며 기다렸다. 그는 그녀를 끌어안더니 얼굴과 입술, 목에 고루 키스를 퍼부었다. 그녀는 몸을 뻣뻣이 굳히지도 않았고 뒤로 물러서지도 않았다.

마침내 그가 그녀의 몸을 풀어주었다.

"반지를 사다 주겠소. 어떤 게 좋겠소, 다이아몬드, 아니면 진주?"

"루비." 조이스가 대답했다.

"최대한 커다란 것으로요. 핏빛처럼 붉은 것으로."

"그것참 별나군."

"마이클이 기를 쓴 끝에 겨우 해준 콩알만 한 반지하고 대조가 되게 하고 싶으니까요."

"이번에는 운이 더 좋았다는 거로군?"

"만사에 참 그럴 듯한 해석을 붙이는군요, 아서."

할리데이는 쿡쿡 웃으며 방을 나섰다.

"테리!" 조이스가 소리쳤다.

"날 핥아줘. 열심히 핥으라고. 얼굴하고 목 말이야. 특히 목을 열심히 핥아."

테리가 고분고분 시키는 대로 하자 그녀는 생각에 잠겨 중얼거렸다.

"엉뚱한 것을 생각하면서 버텼지. 그게 유일한 방법이야. 내가 뭘 생각하고 있었는지 넌 모를걸? 잼—잼이야. 식료품 가게에 있는 잼 말이야. 난 속으로 계속 중얼거렸어. 딸기 잼, 까치밥나무 열매 잼, 산딸기 잼, 자두열매 잼. 그리고 말이야, 테리, 그 남자가 나한테 금방 싫증을 낼 수도 있잖아? 그랬으면 좋겠어, 넌 안 그러니? 남자들이란 결혼하고 나면 으레 금방 싫증을 낸다고 하지 않든? 하지만 마이클은 절대 나한테 싫증 내지 않았을 거야. 절대—절대고말고. 오오! 마이클……."

다음 날 아침 조이스는 무거운 마음으로 눈을 떴다. 그녀가 깊이 한숨을 내쉬자 침대 발치에서 함께 자고 있던 테리가 벌떡 일어나 열렬하게 키스를 퍼붓기 시작했다.

"그래, 그래, 우리 아기! 어쩔 수 있니? 꾹 참아내야지. 하지만 그전에 무슨 운이 터져주기만 하면. 이봐, 테리, 네 여주인을 도울 길이 없을까? 그야 할 수만 있다면 너도 도울 테지만."

반스 부인이 차와 함께 버터 바른 빵을 가지고 올라왔다. 그러고는 진심에서 우러나오는 축하를 보냈다.

"이젠 됐수, 부인. 당신이 그 신사분하고 결혼한다니 말이야. 그 신사분 롤스로이스를 타고 왔더군요. 정말이에요. 반스는 롤스로이스가 우리 집 문 밖에서 있었다는 생각만 해도 술이 확 깨나 봐요. 저런, 그런데 저 개가 창틀에 앉아 있구먼."

"햇볕을 쪼이는 걸 좋아해서요. 하지만 위험한데. 테리, 이리 내려와!"

"내가 당신 같으면 저 가엾은 늙은 개가 이만 불행한 삶을 마치도록 놔두겠수. 그리고 그 신사분더러 귀부인들이 토시 속에 줄을 넣어 끌고 다니는 그런 통통한 개를 사달라겠어."

조이스는 싱긋 웃고는 다시금 테리를 소리쳐 불렀다. 개가 쭈뼛거리며 일어나는 순간 저 아래 길에서 어떤 개들이 싸우는 소리가 들렸다. 테리는 고개를 쑥 내밀더니 요란스럽게 짖어댔다. 창틀은 오래되고 썩어 있었기 때문에 금방 삐그덕 하고 기울어졌다. 그 바람에 창틀만큼이나 나이 들고 몸이 뻣뻣한 테리는 균형을 바로 잡지 못하고 창 아래로 떨어지고 말았다.

조이스는 뜻 모를 비명을 지르고는 계단을 뛰어내려가 현관 밖으로 나갔다. 다음 순간 그녀는 테리 옆에 무릎을 꿇고 있었다. 개는 낑낑거리며 고통에 찬 신음소리를 뱉고 있었다. 그 모양새로 보아 심하게 다친 것 같았다.

조이스는 개의 몸 위로 왈칵 엎드렸다.

"테리, 테리, 아가! 오오, 테리!"

테리는 간신히 꼬리를 흔들었다.

"테리, 아가야, 이 여주인이 아프지 않게 해줄게. 오오, 테라—."

주위에서는 주로 어린 소년들로 된 구경꾼들이 밀치고 난리였다.

"창에서 떨어졌어."

"저런! 몹시 다친 것 같아."

"등은 안 부러진 것 같은데."

조이스는 그들의 말을 귓전으로 흘렸다.

"반스 부인, 제일 가까운 가축병원이 어디죠?"

"미어 가(街)로 돌아서면 조블링 가축병원이 있어요. 거기까지 데리고 갈 수 있을는지는 모르지만."

"택시를 불러줘요."

"실례합니다."

방금 택시에서 내린 나이 지긋한 사람이 듣기 좋은 음성으로 입을 열었다. 그는 테리 옆에 무릎을 꿇더니 윗입술을 들어보고는 손으로 개의 몸을 쓰다듬어 보았다.

"내출혈을 일으킨 것 같군요. 뼈는 부러지지 않은 듯싶고 얼른 가축병원에 데려가야겠어요."

그는 조이스와 함께 개를 맞들었다. 테리는 고통스러운 듯이 짖어대더니 조이스의 팔을 물었다.

"테리, 괜찮아, 괜찮을 거야, 이 영감쟁이야."

그들은 테리를 택시에 태우고 출발했다. 조이스는 멍한 손길로 손수건으로 팔을 잡아맸다. 테리는 그 와중에서도 낙담한 나머지 손수건을 핥으려 했다.

"그래, 알아, 안다고 날 다치게 하려는 것은 아니었지. 난 괜찮아, 괜찮아, 테리."

그녀는 개의 머리를 쓰다듬어 주었다. 옆에 앉은 남자는 그녀를 물끄러미 바라보았지만 입을 열지는 않았다.

그들은 순식간에 가축병원에 도착해서 수의사를 찾았다. 그는 인정머리 없게 보이는 붉은 얼굴의 사내였다.

그가 테리를 마구잡이로 다루는 것을 보고 조이스는 분노를 씹으며 서 있어야 했다. 눈물이 얼굴 위로 마구 흘러내렸다. 입으로는 계속 낮은 음성으로 테리를 안심시키고 있었다.

"괜찮아, 테리. 괜찮을 거야……."

이윽고 수의사가 몸을 일으켰다.

"아직은 뭐라고 말할 수가 없겠는데요. 좀더 진찰을 해봐야겠습니다. 개를 여기 놔두고 가시지요."

"오오! 안 돼요, 그럴 수는 없어요!"

"그래야 합니다. 아래로 데려가야겠어요. 내가 전화를 드리지요. 한—30분 뒤에 말입니다."

조이스는 가슴이 저미면서도 물러나지 않을 수 없었다. 그녀는 테리의 코에 키스를 하고 눈물이 앞을 가리는 바람에 휘청거리며 계단을 내려왔다. 그녀를 도와 여기까지 데려왔던 남자가 아직도 거기 서 있었다. 그를 깜빡 잊고 있었던 것이다.

"택시가 아직 기다리고 있으니 데려다 주겠소"

하지만 조이스는 고개를 내저었다.

"아니, 걸어가겠어요"

"그럼, 같이 걷도록 하지."

그는 택시 운전사에게 요금을 치렀다. 그녀는 옆의 남자를 의식하지 않은 채 걸어갔고, 남자는 한마디 말도 없이 조용히 걸음만을 옮기고 있었다. 이윽고 집에 도착하자 그는 그제야 입을 열었다.

"당신 손목을 꼭 살피도록 해요."

조이스는 자기 손목을 내려다보았다.

"아니, 뭐 괜찮아요."

"그래도 깨끗이 닦고 붕대로 매야 하오. 내가 같이 들어가 주겠소"

그는 그녀와 함께 계단을 올라갔다. 그녀는 그가 상처를 씻고 깨끗한 손수건으로 붙잡아 매는 대로 놔두었다. 그동안 그녀는 계속 한 가지 말만 되풀이했다.

"테리는 진짜 그러려고 한 게 아니에요. 절대, 절대, 그럴 리가 없어요. 난 줄도 모르고 그랬을 거예요. 고통스러워 혼이 나가 있었을 테니까요."

"그런 것 같소"

"지금 병원에서 테리를 몹시 괴롭히고 있을까요?"

"테리를 위해 취할 수 있는 조치는 모두 취하고 있을 거요. 수의사가 전화를 걸어오면 그때 가서 간호해도 돼요."

"그거야 물론이죠"

남자는 잠시 입을 다물었다가 문으로 향했다.

"일이 잘되기를 빌겠소." 어딘지 쑥스러워하는 음성이었다.

"그럼, 안녕."

"안녕히 가세요."

조금 뒤에야 그녀는 그가 친절하게 자기를 보살펴 주었는데도 고맙다는 소리 한 번 안 했다는 사실을 기억해 냈다.

반스 부인이 손에 잔을 들고 나타났다.

"저런, 가엾어라! 여기 뜨거운 차를 가져왔수. 아주 녹초로구먼. 그럴 테지."

"고마워요, 반스 부인. 하지만 차는 필요 없어요."

"마셔둬요, 좋을 테니. 너무 마음 쓰지 말아요. 테리는 괜찮을 거구먼. 설사 무슨 일이 있다 해도 당신의 그 신사분이 예쁜 새 강아지를 사줄 텐데, 뭘."

"제발 반스 부인, 그만해 주세요. 언짢지 않으시다면 지금 난 혼자 있고 싶어요."

"저런, 난 그럴 뜻이―아, 전화가 왔네!"

조이스는 시위로 쏜 화살처럼 잽싸게 뛰어내려가 수화기를 들었다. 반스 부인이 그 뒤를 헐떡거리며 쫓아내려왔다.

조이스의 음성이 들렸다.

"예, 전데요. 예? 오오! 예예, 감사합니다."

그녀는 수화기를 놓았다. 선량한 반스 부인은 조이스의 얼굴을 보고 가슴이 덜컹했다. 그 얼굴에는 생기나 표정이라고는 일체 없었다.

"테리가 죽었어요, 반스 부인." 조이스가 중얼거렸다.

"나 없는 데서 혼자 죽었어요."

그녀는 2층으로 올라가 자기 방으로 들어간 뒤 문을 소리 나게 닫았다.

"오, 맙소사!"

반스 부인이 홀 안의 벽지에다 대고 중얼거렸다.

5분 뒤―그녀는 조이스의 방으로 고개를 디밀었다. 조이스는 눈물 한 방울 흘리지 않은 채 의자에 꼿꼿이 앉아 있었다.

"그 신사분이 왔어요. 올려 보낼까요?"

조이스의 눈에 반짝 빛이 어렸다.

"예, 그래 주세요. 만나보고 싶어요."

할리데이가 휙 바람을 몰고 들어왔다.

"자, 이제 됐소. 시간을 별로 안 잡아먹었지? 이 끔찍한 곳에서 지금 당장 당신을 데리고 나가야겠소. 여긴 있을 수 없어. 자, 빨리 짐을 꾸려요."

"필요 없어요, 아서."

"필요 없다니, 무슨 소리지?"

"테리가 죽었으니 이젠 당신하고 결혼할 필요 없다는 거예요."

"대체 지금 무슨 소리를 하는 거요?"

"내 개 말이에요―테리. 테리가 죽었어요. 내가 당신하고 결혼하려던 것은 순전히 우리가 같이 있기 위해서였어요."

할리데이는 그녀를 멍하니 바라보았다. 그 얼굴이 차츰 붉어졌다.

"당신 미쳤군."

"그럴 거예요. 개를 사랑하는 사람들은 흔히 그러니까."

"그럼, 진심으로 하는 소리란 말이오? 나하고 결혼하려는 이유가―아냐, 이런 어처구니없을 데가!"

"그럼, 내가 왜 당신하고 결혼하려는 줄 알았어요? 내가 당신을 싫어한다는 건 당신도 알고 있었잖아요."

"당신에게 즐거운 시간을 누릴 수 있게 해줄 수 있기 때문에 나하고 결혼하는 거라고 생각했지. 그야 그렇게 해줄 수 있고말고."

"내가 보기엔―그게 내 결혼 이유보다 훨씬 더 어처구니없는 이유예요. 그나저나 다 끝났어요. 당신하고는 결혼하지 않을 테니까!"

"당신이 지금 나를 얼마나 우스운 꼴로 만들고 있는지 알기나 하오?"

그녀는 차갑게 그를 바라보았다. 하지만 그녀의 눈 속에서 튀는 불꽃을 보자 그는 자기도 모르게 움찔하며 뒤로 물러섰다.

"내 생각은 그렇지 않아요. 당신은 인생을 되도록 흥미진진하게 살자는 주의라고 하더군요. 그래서 당신은 나를 택한 거잖아요. 내가 당신을 싫어하니까 더더욱 흥미로워진 거라고요. 당신은 내가 당신을 싫어하는 것을 알고 그 사실을 즐긴 거예요. 어제 내가 당신이 키스하는 대로 놔뒀을 때 당신은 내가 흠칫 피하거나 상을 찡그리지 않아서 실망했어요. 그런 것만 봐도 당신에게는 짐승처럼 난폭한 데가 있어요. 아서, 잔인한 그 무엇이—다른 사람을 상처입히며 즐기는 그 무엇이. 당신은 그 어떤 대접을 받아도 마땅하다고요. 자, 이젠 내 방을 나가주겠어요? 혼자 있고 싶으니—."

그는 허겁지겁 말하느라 조금 더듬거렸다.

"내, 내가 가면 그다음엔 뭘 어떻게 할 작정이오? 당신은 돈도 한 푼 없잖아."

"그건 내가 알아서 할 문제예요. 자, 빨리 나가줘요."

"이 마녀 같으니. 당신은 미친 마녀야. 날 이대로 차버릴 수는 없을걸."

조이스는 웃음을 터뜨렸다.

그 웃음은 그에게는 무엇보다도 치명타였다. 실로 생각지도 못했던 웃음이었다. 그는 꽁지가 빠진 새처럼 어색한 걸음으로 아래층으로 내려가 차를 타고 가버렸다.

조이스는 한숨을 내쉬었다. 이윽고 그녀는 초라한 검은 펠트 모자를 쓰고 밖으로 나갔다. 거리를 걷는 그녀의 머릿속에는 아무 생각도 감정도 없었다. 마치 자동인형 같은 걸음걸이였다. 마음 뒤편 한구석에는 분명히 고통의 응어리가 있었다. 그 고통은 금방이라도 모습을 나타내리라. 하지만 지금 이순간만은 고맙게도 모든 고통이 둔해져 있었다.

직업소개를 지나치자 그녀는 발길을 멈추고 잠시 주저했다.

"뭔가는 해야 해. 가다 보면 강이 있지. 종종 생각은 했지만—모든 것을 끝내는 거야. 하지만 그러기엔 강물이 너무 차. 푹 젖을 거야. 그럴 만한 용기도 없고. 절대 없고말고."

마침내 그녀는 직업소개소 안으로 들어갔다.

"안녕하세요, 램버트 부인. 아직도 출근할 자리는 없는데요."

"괜찮아요." 조이스가 대꾸했다.

"이젠 어떤 일자리든 할 수 있어요. 같이 살던 친구가—가버렸거든요."

"그럼, 외국에 가는 것도 고려할 수 있다는 말인가요?"

조이스는 고개를 끄덕였다.

"예, 될 수 있는 한 머나먼 곳으로요."

"그렇담, 마침 앨러비 씨가 지금 여기서 후보자들을 면접하고 있답니다. 만나게 해 드리지요."

잠시 뒤 조이스는 칸막이를 한 작은 방에서 누군가의 질문에 대답을 하고 있었다. 그녀에게 질문을 하고 있는 사람에게서 왠지 어딘가 낯익은 구석이 느껴졌으나 누군지는 생각이 나지 않았다. 그러던 중 갑자기 그녀는 그가 조금 전에 한 말이 궤도에서 벗어난 것을 깨닫고는 바짝 촉각을 곤두세웠다.

"당신은 늙은 부인들하고 잘 지낼 수 있습니까?" 앨러비 씨가 물었다.

조이스는 억지로 미소를 지었다.

"할 수 있을 거예요."

"사실 나하고 함께 지내는 숙모님은 좀 까다로운 분이죠. 날 퍽 사랑하고 계시고 정말 다정하게 대해 주시지만, 아마 젊은 여자에게는 때때로 까다로운 분으로 느껴질 겁니다."

"전 인내심이 많고 무던해요." 조이스가 대꾸했다.

"그리고 지금까지도 나이 든 분들이랑 썩 잘 지내왔고요."

"당신은 내 숙모님을 위해 이것저것 챙겨 드려야 하고, 그렇지 않을 때에는 내 3살 난 아들을 돌봐야 합니다. 그 애 엄마는 1년 전에 죽었지요."

"그러시군요."

잠깐 침묵―.

"그럼, 당신만 그 자리가 마음에 든다면 얘기는 정한 걸로 합시다. 떠나는 것은 내주입니다. 정확한 날짜는 차후 알려 드리기로 하지요. 그리고 차비를 갖추려면 봉급을 좀 선불해 드리는 것이 좋겠지요?"

"대단히 감사합니다, 정말 친절하신 분이로군요."

두 사람은 동시에 일어났다.

갑자기 앨러비 씨가 어색하게 말을 더듬었다.

"저―난 참견하려고 하는 것은 아니지만, 그래도 꼭 알고 싶어서―당신 개는 무사한가요?"

그제야 조이스는 그를 바라보았다. 순간 그녀는 얼굴에서 핏기가 확 몰리고 푸른 눈동자가 거의 검은색으로 짙어졌다. 그녀는 그를 똑바로 건너다보았다.

아까는 나이가 지긋하다고 생각했었는데, 그다지 나이가 많은 것도 아니었다. 머리는 잿빛으로 세어가고 있었고, 풍상을 겪은 듯하지만 사람 좋아 보이는 얼굴, 약간 구부정한 어깨—그리고 그 갈색 눈동자는 수줍어하는 착한 개의 눈동자를 닮았다. 정말 개하고 비슷한 구석이 있어. 조이스는 속으로 중얼거렸다.

"저런, 당신이었군요. 아까 나중에야 생각한 건데—당신한테 고맙다는 인사도 못 드렸어요."

"그럴 것 없어요. 그런 인사치레는 생각지도 않았소. 당신 심정이 어떤지 알 만 했으니까. 그 가엾은 녀석은 어떻게 됐습니까?"

조이스의 눈동자에 눈물이 가득 차올랐다. 이윽고 뺨 위로 하염없이 눈물이 흘러내렸다. 이제는 무슨 수를 써도 눈물을 막을 도리가 없었다.

"테리는—죽었어요."

"오, 저런!"

그는 단 한마디뿐이었다. 하지만 조이스에게는 그 '오, 저런!' 하는 소리가 생전 처음 들어보는 따스한 위로의 말 같았다. 그 간단한 말 속에는 말로는 옮길 수 없는 모든 감정이 담겨 있었다.

잠시 뒤 그는 울컥 말을 토해 냈다.

"사실은 나한테도 개가 한 마리 있었다오. 2년 전에 죽었지. 그때 주위 사람들은 내가 왜 그렇게 애통해하는지 이해하질 못했소. 아무 일도 없었던 것처럼 살아간다는 건 정말 괴롭고 구역질나는 일이라오."

조이스는 고개를 끄덕였다.

"난 당신 심정 이해해요."

앨러비 씨는 다정하게 말하며 그녀의 손을 잡고는 꽉 쥐었다가 놓았다. 그러고는 작은 칸막이 방을 나섰다. 조이스는 조금 사이를 두었다가 그 뒤를 따라 나서 예의 근엄해 보이는 직업소개소 소장과 자세한 사항을 의논했다.

그 일을 마치고 집에 가자 반스 부인이 문 앞 계단에서 그녀를 마중 나왔

다. 그녀의 얼굴에는 그녀가 속한 계급 특유의 우울하게 찌든 기색이 어려 있
었다.

"가축병원에서 그 가엾은 개의 시체를 보내왔다우. 당신 방에다 올려다 놨
수. 반스한테 말했더니 뒤뜰에 아담한 구덩이를 파주겠다는 거예요—."

이중 범죄

내가 친구인 포와로의 사무실에 들렀을 때 그는 서글프게도 과로에 지쳐 있었다. 요즘 하도 인기인이 되어 있었던 터라 부유층 여자들이 팔찌를 잃어 버렸다든가 귀여워하는 고양이를 잃어버렸다 하면 죄다들 훌륭하신 에르큘 포 와로 선생에게 도움을 청하러 달려오곤 했던 것이다. 내 친구 포와로는 플랑 드르 지방(벨기에 북부지방) 사람 특유의 겸허한 기질과 예술적인 열정이 묘하 게 결합된 인물이었다.

그가 별 흥미가 없으면서도 그 많은 사건 수사를 다 맡은 것은 위에서 말 한 두 가지 기질 중 첫 번째 기질이 우세했기 때문이다. 또한 그는 금전적으 로 대가가 신통치 않거나, 또는 전혀 기대할 것이 없는 사건들도 순전히 그 사건이 흥미가 간다는 이유만으로 맡았다. 그 결과는 이미 말한 대로 녹초가 될 만큼 과로하고 만 것이다. 그도 그 사실을 인정하고 나왔기 때문에 나는 별 어려움 없이 그를 설득하여 나와 함께 남해안에서 잘 알려진 휴양지인 에 버머스로 가게 할 수 있었다.

우리는 그곳에서 즐겁게 나흘을 보냈다.

나흘 뒤 포와로가 나에게 편지 한 장을 들고 왔다.

"모나미(내 친구), 내 친구 조지프 애런스를 기억하겠나? 극장흥행주 말이야."

나는 잠시 기억을 더듬어본 뒤에야 알겠다고 대답했다.

포와로의 친구들은 청소부에서부터 공작에 이르기까지 너무나 많고 또 각 양각색이었기 때문이다.

"에 비엥(그런데), 조지프 애런스는 지금 샬록 만에 있다고 하네. 건강하지 못한 모양이야. 무슨 문제 때문에 걱정하고 있는 듯싶네. 나한테 자기를 좀 만 나달라는구먼. 그래서 말인데, 모나미, 아무래도 그 친구의 부탁을 들어줘야 할 것 같아. 조지프 애런스는 퍽이나 의리 있는 친구지. 좋은 친구야. 예전에 날 퍽 많이 도와줬다네."

"당신 생각이 정 그렇다면 가야 하고말고요. 듣기로는 샬록 만이 꽤 근사한 곳이라고 하던데, 난 가본 적이 없답니다."

"그렇다면 사업에다가 여행의 즐거움까지 겹치겠구먼." 포와로가 대꾸했다.

"기차편을 알아주겠지?"

"아마 한두 번은 갈아타야 할 겁니다." 나는 미간을 찌푸리며 대답했다.

"국내 횡단철도라는 게 어떤 건지 알잖습니까. 남(南)데번 해안에서 북(北)데번 해안까지는 하루 꼬박 걸리는 길이죠."

하지만 알아본 결과 엑시터에서 한 번만 갈아타면 된다는 것이었고, 기차들도 그럴싸해 보였다.

나는 서둘러 포와로에게 이 소식을 전하려고 가는 중에 스피디 관광회사 사무실 앞을 지나치다가 다음과 같이 적힌 게시판을 보았다.

> 내일 출발. 샬록 만까지 당일치기 관광 코스. 오전 8시 30분 출발하여 데번의 관광명소를 경유함.

나는 몇 가지 더 자세한 것을 알아본 다음에 희희낙락해하며 호텔로 돌아왔다.

하지만 포와로는 내 생각에 찬성하지 않았다.

"이봐, 친구, 무슨 바람이 불어서 버스 관광을 가자는 거지? 알다시피 기차가 제일 확실하지 않나? 우선 타이어가 펑크 나는 일도 없고, 사고율도 극히 적고 말이야. 바람이 너무 세게 얼굴을 때려 곤란할 일도 없지. 창문을 탁 닫으면 바람이라고는 얼씬도 못할 테니까."

나는 은근슬쩍 그에게 신선한 공기를 쐰다는 이점이 바로 내가 버스 관광에 끌린 이유라는 사실을 퉁겨주었다.

"비가 오면 그때는 어쩔 건가? 여기 영국 날씨라는 게 워낙 변덕이잖은가."

"그럴 때는 지붕 덮개나 그런 것이 있잖아요. 게다가 비가 아주 많이 올 경우에는 관광을 취소한대요."

"저런! 그렇담 비나 오길 간절히 비는 도리밖에 없겠군."

"당신 마음이 정 그렇다면야—."

"아냐, 아니라고, 모나미, 자네의 마음은 벌써 그 여행 쪽으로 굳어졌는데 뭘 그래. 그리고 마침 나한테는 커다란 외투에다가 머플러도 두 개나 있거든."

그는 문득 한숨을 내쉬었다.

"하지만 샬록 만에서 시간은 충분히 가질 수 있을까?"

"글쎄요, 아마 거기서 밤을 보내자는 얘기 같으신데—이번 관광은 다트무어를 들러서 가게 됩니다. 점심은 몽크햄턴에서 들고요. 샬록 만에 닿게 되는 것은 4시쯤입니다. 그리고 5시에 귀갓길에 올라서 여기 다시 도착하는 것은 10시가 됩니다."

"아이쿠, 저런! 그런 걸 재미삼아 하는 사람들도 있군그래! 그야 우리는 돌아오는 대열에는 끼지 않을 테니까 요금을 할인받을 수 있겠지?"

"글쎄요, 될 수 있을 것 같지 않은데요."

"졸라봐야지, 그럼."

"아이고, 이것 봐요, 포와로, 그렇게 쩨쩨하게 굴지 마세요. 돈도 꽤 많이 버실 텐데 뭘 그러세요."

"이봐, 친구, 이건 쩨쩨하게 구는 게 아니라네. 순전히 공정한 거래라고 내가 백만장자라 해도 괜한 곳에는 절대 돈을 쓰지 않아."

하지만 내 예감대로 포와로도 이 일에 대해서만은 두 손을 들고 말 운명에 처해 있었다.

스피디 관광회사 사무실에서 표를 파는 신사는 침착하고 조리 있는 사람이었는데, 바위처럼 끄떡도 안 했다. 그의 요지인즉슨 우리는 꼭 귀가 길에 같이 와야 한다는 것이었다. 거기다 한술 더 떠서 그는 만일 샬록 만에서 버스를 떠날 경우에는 초과요금까지 물어야 한다는 암시까지 했다.

포와로는 마침내 백기를 들고 요금을 다 물고는 사무실을 나섰다.

"영국인들이란 금전감각이라고는 도통 없는 사람들이라니까."

그는 연신 투덜거렸다.

"헤이스팅스, 자네 그 젊은이를 눈여겨보았나? 요금을 다 물고 나서도 몽크 햄턴에서 버스를 내리겠다고 하던 그 젊은이 말이야—."

"아뇨, 못 보았습니다. 실은—."

"그야 자네는 5번 좌석을 예약한 젊고 예쁜 아가씨를 눈여겨보느라 딴 정신이 없었을 테지. 우리 좌석 바로 옆좌석 말이야. 그래, 친구, 자네 얼굴을 보니 딱 그렇더군. 그래서 내가 13번하고 14번 좌석을 얻을 차례였는데 자네가 느닷없이 튀어나가 3번하고 4번이 더 나을 거라고 우겨댄 거 아닌가. 13번하고 14번이 버스 중앙이고, 또 제일 안전한 좌석인데도 말이야."

"정말 두 손 들었습니다, 포와로." 나는 얼굴을 붉혔다.

"다갈색 머리더군. 자네는 언제나 다갈색 머리라면 맥을 못 추지!"

"하지만 그 괴짜 같은 젊은 사내를 바라보는 것보다야 아가씨 편이 훨씬 더 바라볼 가치가 있는 것 아닙니까."

"그거야 관점 여하에 달렸지. 나한테는 그 젊은이가 훨씬 흥미있었어."

포와로의 심상치 않은 음성에 나는 그를 홱 돌아보았다.

"그건 왜요, 무슨 뜻이죠?"

"이봐, 너무 흥분하지 말라고. 그저 그 젊은이가 코밑수염을 기르려고 애쓰는 데에 비해 그 결과가 너무 빈약하다는 점이 흥미로웠다고나 해둘까?"

그렇게 말하면서 그는 자신의 그 멋들어진 콧수염을 유유자적하게 쓰다듬었다.

"콧수염을 기르는 건 예술이지. 예술이고말고! 멋도 모르고 콧수염을 기르려고 덤비는 사람들이 딱하기만 하네."

포와로가 진담으로 하는 소리인지 아니면 남을 골리고 재미있어하는 것인지 분간하기란 어렵기 마련이다. 결국 나는 더 이상 입을 놀리지 않는 편이 안전하리라고 판단을 내렸다.

다음 날 아침 화창한 햇살 아래 날이 밝았다. 정말 근사한 날이었다! 하지만 포와로는 날씨 같은 것은 안중에도 없었다. 그는 자기가 가진 것 중에서 가장 두꺼운 양복을 입은 뒤에 조끼와 방수포, 무거운 오버코트, 게다가 머플러까지 둘러 싸맸다. 그러고는 차에 오르기 전에 '앤티그리프'라는 멀미약을 두 알 삼키고는 여분까지 더 꾸려 넣었다.

우리 짐은 작은 옷가방 두 개였다. 어제 우리가 눈여겨보았던 예쁜 아가씨는 작은 옷가방 하나였고, 포와로가 딱해했던 그 젊은 청년 역시 작은 옷가방 하나를 들고 나타났다. 그것 말고는 짐은 아무것도 없었다. 운전사가 그 네 개의 가방을 가져다 싣는 동안 우리는 각각 자리를 잡았다.

포와로는 심술궂게도 내가 '신선한 공기 꽤나 밝히니' 창문 쪽으로 앉아야 한다고 주장하고는 자기가 그 예쁜 아가씨 옆에 턱 자리를 잡고 앉는 것이었다. 하지만 그는 곧 자기의 심술궂은 행동을 보상해 주었다. 6번 좌석에 앉은 남자는 꽤나 시끄러운데다 익살과 허풍이 심한 남자였다. 그것을 알고는 포와로는 아가씨에게 낮은 목소리로 자기와 자리를 바꾸지 않겠느냐고 물었다. 아가씨는 살았다는 얼굴로 그러겠다고 승낙했다. 이렇게 자리를 바꾼 것이 효험을 가져와 그녀는 포와로와 나의 대화에 자연스레 끼어들게 되었고, 우리들은 곧 즐겁게 이야기를 나누기 시작했다.

그녀는 분명히 19살이 넘지 않은 나이였고, 또 어린애처럼 순진무구하기 이를 데 없었다. 그녀는 우리에게 이 여행을 떠난 이유를 금방 털어놓았다. 그녀의 설명에 따르면 에버머스에서 꽤 재미를 보고 있는 골동품 가게를 열고 있는 숙모를 위해 사업차 가는 중이라고 했다.

그 숙모는 아버지가 세상을 떠나자 매우 심한 곤경에 처하게 되었지만 조금 있는 자본과, 또 아버지가 남겨준 집 안 가득한 아름다운 골동품을 밑천으로 장사에 뛰어든 것이라고 한다. 그런데 그 장사가 번창하는 바람에 골동품 업계에서는 꽤나 이름을 날릴 수 있었다. 이에 메리 듀런트라는 이 아가씨는 숙모와 함께 살면서 골동품 사업을 배우고 있는 중인데, 그 일이 못내 흥미진진한 모양이었다. 보모 겸 가정교사나 노인들을 상대해 주는 일자리보다 훨씬 그 일이 맘에 든다고 하는 것으로 보아 분명했다.

포와로는 흥미있는 얼굴로 고개를 끄덕거리며 그녀의 말에 대찬성했다.

"아가씨는 틀림없이 성공할 겁니다, 틀림없어요." 그는 자상하게 말했다.

"하지만 충고 몇 마디를 해주고 싶소. 남을 너무 믿지 마세요, 마드모아젤. 이 세상에는 사기꾼이나 악당들이 널려 있답니다. 우리가 탄 이 차에도 없다고 장담 못해요. 그러니 항상 주의를 게을리 하지 말고 일단 의심을 해보아야지요."

그녀는 놀라 멍한 얼굴로 그를 바라보았다. 그러자 포와로는 꽤나 점잖은 얼굴로 고개를 끄덕거렸다.

"예, 그렇다니까요. 세상일을 누가 압니까? 지금 당신한테 이렇게 점잖은 척 떠드는 나 역시 희대의 악당일지도 모르는 거니까."

그러고 나서 그는 그녀의 놀란 얼굴을 향해 요란하게 눈을 깜빡여 보였다.

우리는 몽크햄턴에서 점심을 들기 위해 차에서 내렸다. 포와로는 보이와 몇 마디 나누더니 창가의 아담한 3인용 테이블을 얻어냈다. 창밖에는 널찍한 앞뜰이 펼쳐져 있었고, 20대쯤 되는 샤라방(대형 관광버스)들이 주차되어 있었다. 이 지역 구석구석에서 몰려든 버스들이었다. 호텔의 식당은 만원이었고 그 소음이란 정말 대단했다.

"흥청망청 사람들이 이렇게 한꺼번에 몰려들다니!"

나는 이마를 잔뜩 접으며 한마디 했다.

메리 듀런트도 맞장구를 쳤다.

"요즘은 에버머스도 여름 관광객들로 영 버리게 되었답니다. 우리 숙모님 말씀이 예전에는 그렇지 않았다던데. 그런데 지금은 인파 때문에 길을 제대로 걸을 수가 없을 지경이에요."

"하지만 장사하기엔 좋잖습니까, 마드모아젤?"

"우리 장사로는 꼭 그렇지도 않아요. 우리가 파는 것은 희귀하고 값진 것뿐이니까요. 싸구려 고물 같은 건 취급하지 않지요. 숙모님은 영국 전역에 고객을 확보하고 있답니다. 고객이 어느 특정한 시대의 테이블이나 의자, 아니면 어떤 특정한 도자기 작품을 원할 때는 숙모님에게 편지를 씁니다. 그러면 숙모님은 조만간 그 물건을 준비해 놓지요. 이번 경우도 바로 그런 것이에요."

우리가 흥미로운 얼굴을 하자 그녀는 설명을 계속했다.

J. 베이커 우드라는 미국인 신사가 있는데 세밀화의 감정가이자 모형 수집가였다. 그런데 최근에 아주 값진 모형이 시중에 나와서 엘리자베스 펜 양이— 메리 양의 숙모를 말한다, 그것들을 사들였다. 그러고는 우드 씨에게 그 모형

이 이러저러한 것이며 값은 얼마다 하는 편지를 써 보냈다. 그는 당장에 답장을 보내 만일 그 모형이 편지에 쓰인 그대로의 물건이라면 당장이라도 사겠다, 그러니 누구한테 그것을 들려서 샬록 만에 있는 자기한테 보내달라고 재촉했다. 그 때문에 숙모님 가게의 대표로서 듀런트 양이 급히 가게된 것이라고 했다.

"하긴 퍽이나 아름다운 물건이에요." 메리 듀런트 양이 덧붙였다.

"하지만 아무리 그렇다 한들 그렇게 많은 돈을 쏟아붓는 사람이 있다니 상상이 안 가네요. 500파운드라니까요! 한번 상상해 보세요. 코스웨이 작품이래요. 코스웨이가 맞죠? 난 이름 같은 건 헷갈리길 잘해서—."

포와로는 싱긋 웃었다.

"그 방면에 아직 경험이 별로 없으신 모양이죠, 마드모아젤?"

"전혀 숙달이 되질 못했어요." 메리는 쓰디쓰게 대꾸했다.

"우리 세대는 옛것에 대해 별로 모르고 자랐으니까요. 배워야 할 게 너무 많아요."

그녀는 한숨을 쉬었다.

그때 갑자기—그녀의 눈이 놀라움으로 크게 휘둥그레졌다. 그녀는 창을 마주보고 자리에 앉아 있었는데 그녀의 시선이 창밖을 똑바로 날아가 앞뜰에 꽂혀 있었다. 순간 그녀는 뭔가 입속으로 재빨리 중얼거리고는 의자에서 벌떡 일어나더니 뛰다시피 하여 방을 나섰다.

잠시 뒤 그녀는 숨을 헐떡거리며 돌아와 사과를 했다.

"그렇게 허둥지둥 나가서 정말 죄송했어요. 하지만 어떤 남자가 제 옷가방을 버스에서 내리는 것 같길래—달려가 봤더니 가방은 그 사람 것이었어요. 제 것하고 거의 똑같은 가방이라 착각한 거죠. 정말 바보가 된 기분이었어요. 그 사람이 가방을 훔치는 게 아닌가 의심했었던 꼴이니까요."

그녀는 어이없어 웃음을 터뜨렸다.

하지만 포와로는 웃지 않았다.

"그 남자가 어떤 사람입니까, 마드모아젤? 인상착의를 얘기해 보세요."

"갈색 양복을 입었어요. 작고 호리호리한 청년인데 신통치 않은 콧수염을 기르고 있더군요."

"저런!" 포와로가 낮게 부르짖었다.

"어제 우리가 본 친구네, 헤이스팅스 그 젊은이를 아시오, 마드모아젤? 전에 본 적이 있었나요?"

"아뇨, 한 번도 본 적이 없어요. 왜 그러시죠?"

"아니, 아무것도 아닙니다. 그저 호기심이 나서—."

그러고 나서 그는 입을 다물고 우리가 하는 이야기에 입도 뻥긋하지 않다가 메리 듀런트 양이 하는 어떤 말에 눈이 번쩍 뜨이는 모양이었다.

"잠깐, 마드모아젤, 지금 뭐라고 하셨지요?"

"돌아오는 길에 당신 말씀대로 사기꾼을 조심해야겠다고요. 듣기로는 우드씨는 항상 현금으로 물건값을 지불한다더군요. 수중에 500파운드를 지니고 있으면 사기꾼의 표적이 되지 않겠어요?"

그녀는 웃음을 터뜨렸으나 포와로는 이번에도 따라 웃지 않았다. 그러고는 샬록 만에서 어떤 호텔에 묵을 거냐고 물었다.

"앵커 호텔이죠. 작은 호텔이고 숙박비가 비싸진 않지만 썩 괜찮은 호텔이에요."

"아이고, 저런! 앵커 호텔이라고요. 헤이스팅스, 자네가 묵으려고 맘먹은 곳 아닌가! 이런 인연이 있나!"

그는 나를 향해 눈을 꿈쩍였다.

"샬록 만에서 오래 머물 예정이신가 보지요?" 메리가 물었다.

"하룻밤뿐입니다. 사업상 볼일이 있거든요. 내 직업이 뭔지는 짐작도 못하실 테지요, 마드모아젤?"

나는 메리가 몇 가지 떠오른 직업을 생각해 보다가 곧 지워버리는 기색을 알아차렸다. 아마도 신중하고픈 심정에서 그랬을 것이다. 마침내 그녀는 혹시 마술사가 아니냐고 운을 떼어보았다.

포와로는 즐거워 죽을 지경인 모양이었다.

"어이쿠! 그것참 절묘한 생각이로군요. 모자에서 토끼를 튀어나오게 하는 그런 마술사란 말이죠? 아니, 틀립니다, 마드모아젤. 난 그 반대의 마술사랍니다. 마술사들은 물건들을 사라지게 하죠. 나는 그 대신 사라진 물건들을 다시 나타나게 한답니다."

그는 자기 말에 백 퍼센트 효과를 넣으려는 듯이 연극조로 몸을 앞으로 기울였다.

"이건 비밀입니다만, 마드모아젤, 당신한테만 알려 드리죠. 난 탐정이랍니다!"

그는 자기 말이 던져준 엄청난 극적 효과에 자못 흡족하여 의자에 등을 기대어 앉았다. 메리 듀런트는 뭣에 홀린 듯이 그를 바라보고 있을 뿐이었다. 하지만 그때 바깥쪽에서 갑자기 요란스레 경적들이 울려대는 바람에 더 이상 말을 나누지 못하고 말았다. 괴물 같은 버스들이 떠날 때가 되었다는 신호였다.

포와로와 함께 밖으로 나선 나는 방금 점심을 함께 한 메리가 매력 있는 아가씨가 아니냐고 퉁겨보았다.

포와로도 맞장구를 쳤다.

"그래, 매력은 있지. 하지만 어리석기도 해."

"어리석다고요?"

"화는 내지 말게. 다갈색 머리를 가진 아름다운 아가씨라고 어리석지 말란 법은 없으니까. 그 어리석음이란 방금처럼 낯선 두 사내를 무턱대고 믿을 정도의 어리석음이지."

"그야 우리는 믿을 만하다고 여겼길래 그랬겠죠."

"그게 바로 어리석다는 말일세, 친구. 자기 일에 능숙한 사람이라면 당연히 믿을 만하게 보이는 법도 알고 있을 거라고. 그 아가씨도 자기가 500파운드를 지니게 되면 사기꾼을 조심해야겠다고 하긴 했지. 하지만 그녀는 지금 벌써 500파운드를 지니고 있어."

"모형으로 말이죠?"

"그래, 모형이지. 하지만 그게 그걸세, 모나미."

"하지만 우리 말고는 아무도 그 모형에 대해서는 모르잖습니까?"

"우리한테 식사를 날라준 보이하고 옆 테이블의 손님들은 약간 알고 있지. 그리고 에버머스에서도 그 사실을 아는 사람이 몇 명 분명히 있을 테고 듀런트 양은 매력있는 아가씨이긴 해. 하지만 내가 엘리자베스 펜 양이라면 자기

새 조수한테 무엇보다도 상식적인 것들을 가르치겠네."

그는 잠시 말을 끊더니 이제까지와는 조금 다른 목소리로 입을 열었다.

"이것 봐, 친구, 우리가 모두 점심을 들고 있을 때 저 샤라방에서 옷가방 하나 꺼내는 것쯤이야 눈 감고도 할 수 있는 일 아닌가."

"아니, 이것 보세요, 포와로! 하지만 그런 짓을 하면 들킬 거 아닙니까?"

"들키다니 뭘? 누가 자기 짐을 꺼내는 것뿐인데. 거리낌없이 당당하게 하면 아무도 자기 짐을 꺼내는 사람한테 왈가왈부할 수는 없을 걸세."

"그럼, 포와로, 그 말은 혹사―하지만 그 갈색 양복을 입은 사내는 자기 가방이라고 했다잖습니까?"

포와로는 슬쩍 미간을 찌푸렸다.

"그런 것 같으이. 하지만 암만 해도 이상하단 말이야, 헤이스팅스 왜 그자는 처음에 차가 도착했을 때 가방을 꺼내지 않았느냔 말이야. 그자는 여기서 점심을 먹지도 않았어, 알겠지만."

"듀런트 양이 창을 마주하고 앉아 있지 않았다면 그를 보지 못했을 겁니다."

나는 느릿느릿 생각하며 말했다.

"그리고 꺼낸 옷가방도 자기 옷가방이니만큼 문제될 것이 없었을 테고. 그렇다면 우선 그 점을 우리 생각에서 지워버리기로 하세, 모나미."

하지만 차에 올라서 우리가 자리에 앉고 차가 출발하자 포와로는 다시금 메리 듀런트 양에게 사기꾼을 조심하라는 설교를 하기 시작했다. 메리는 포와로의 말을 얌전히 듣고 있긴 했지만, 그저 우스갯소리로 생각하고 있는 태도가 분명했다.

샬록 만에 도착한 것은 오후 4시였다. 우리는 운 좋게도 앵커 호텔에 방을 얻을 수가 있었다. 뒷골목에 있는 고풍스럽고 아담한 곳이었다.

포와로가 몇 가지 여장을 풀고서는 조지프 애런스를 만나러 가기 위해 콧수염을 다듬고 있을 때였다. 누군가가 미친 듯이 문을 두드리기 시작했다.

"들어오세요."

내가 소리치자 메리 듀런트가 들어왔다. 나는 그녀의 창백한 얼굴이며 눈물이 가득한 눈을 보고 깜짝 놀랐다.

"실례를 용서하세요—하지만 하도 끔찍한 일이 생겨서. 탐정이라고 하셨죠?" 포와로에게 대고 하는 말이었다.

"무슨 일이길래 그러죠, 마드모아젤?"

"제 옷가방을 열어봤어요. 소형 모형은 악어가죽 서류가방 속에 들어 있었지요. 물론 자물쇠를 채워서요. 그런데 이것 좀 보세요!"

그녀는 악어가죽으로 된 작고 네모난 서류가방을 내밀었다. 뚜껑이 느슨하게 열려 있었다. 포와로는 잡아채듯이 그녀에게서 가방을 받아들었다. 누군가가 억지로 가방을 연 모양이었다. 그러자면 대단한 힘이 있어야 했을 터이긴 하지만 어쨌든 힘을 쓴 흔적이 분명 있었다. 포와로는 가방을 자세히 살펴보고는 고개를 주억거렸다.

"모형이 없어진 거로군요?" 그는 이미 뻔한 질문을 했다.

"예, 없어졌어요. 훔쳐간 거예요! 오오, 전 어떡하면 좋아요?"

"걱정 말아요." 내가 나섰다.

"내 친구는 에르퀼 포와로랍니다. 이분 얘기를 들어보았을 겁니다. 그 물건을 돌려줄 사람이 있다면 바로 이분뿐이지요."

"므슈 포와로! 그 위대하신 탐정 므슈 포와로란 말씀인가요!"

허영심 강한 포와로는 그녀의 목소리에 담긴 경외심에 적이 흡족한 모양이었다.

"그렇다오, 아가씨. 바로 내가 그 사람이오. 그러니 아가씨의 걱정거릴랑 내게 맡겨요. 내가 힘껏 손을 써줄 테니. 하지만 우려되는 점은—퍽이나 우려되오만—이미 때가 너무 늦은 게 아닌가 하는 점이오. 자, 얘기해 봐요, 아가씨 옷가방 자물쇠도 누군가가 억지로 열었습니까?"

그녀는 고개를 저었다.

"그럼, 우선 한번 볼까요?"

우리는 함께 그녀의 방으로 건너갔다. 포와로는 옷가방을 면밀하게 살펴보았다. 열쇠로 연 것이 분명했다.

"아주 간단한 일이로구먼. 이런 옷가방 자물쇠란 모두 한 가지 형으로 되어 있으니까. '에 비엥(그런데)', 우선 경찰을 부르고 가능한 한 빨리 베이커 우드 씨한테 연락을 해야겠소. 내가 처리하기로 하지."

나는 그와 함께 나서면서 너무 늦었을지도 모른다는 말이 무슨 뜻이냐고 물었다.

"'몽 셰르(내 친구)', 아까 그랬잖은가. 난 마술사하고는 반대라고. 없어진 물건을 다시 나타나게 한다고 말이야. 하지만 어떤 자가 나보다 한발 앞서서 행동을 취했다고 생각해 보게. 그래도 이해하지 못하겠나? 하지만 이제 금방 이해가 될 테지."

그는 전화 부스 안으로 들어갔다. 5분 뒤에 나온 그의 얼굴은 매우 침통한 안색이었다.

"내가 걱정했었던 대로군. 어떤 여자가 30분 전에 우드 씨에게 소형 모형을 가져왔다고 전화를 했다는 거야. 자기가 엘리자베스 펜 양이 보낸 사람이라고 하면서. 우드 씨는 모형을 보고 흡족해서 돈을 치렀다는군."

"30분 전이면—우리가 여기 도착하기 전이로군요."

포와로는 수수께끼 같은 미소를 지었다.

"스피디 관광버스가 과연 스피드가 놀랍긴 하지만, 그래도 몽크햄턴에서 빠른 자동차로 달리면 그 버스보다 한 시간 정도 충분히 앞서서 여기 도착할 수 있지."

"그럼, 이제 우린 어떻게 하지요?"

"착한 헤이스팅스—언제나 현실적이라니까. 우선 경찰한테 모든 사실을 알리고 듀런트 양을 위해 만반의 조치를—그래, J. 베이커 우드 씨를 만나보는 것이 급선무겠지."

우리는 즉시 실행에 옮겼다. 가엾은 메리 듀런트 양은 숙모가 야단칠 것이 두려워 온통 넋이 나가고 말았다.

"아마 대단히 야단치겠지."

우드 씨가 묵고 있다는 시사이드 호텔로 향하면서 포와로가 입을 열었다.

"그게 당연하지 뭐야. 500파운드 상당의 값진 물건을 옷가방에 넣어둔 채 점심을 먹으러 가다니! 하지만, 모나미, 이 사건에는 한두 가지 이상한 점이 있네. 그 서류가방 말이야. 왜 굳이 그걸 억지로 열었을까?"

"그야 모형을 꺼내려고 그랬겠죠"

"하지만 바보 같은 짓이라고 생각되지 않나? 그 문제의 도둑이 자기 가방을 꺼내는 척하면서 그녀의 짐을 열려고 했다고 치잔 말일세. 그렇다면 그녀의 옷가방을 열고서 서류가방은 열지 않은 채 그냥 자기 옷가방에 집어넣고 내빼는 편이 그 자물쇠를 열려고 낑낑대며 시간을 없애는 것보다 훨씬 간단하지 않겠나?"

"그 모형이 분명히 안에 들어 있나 확인하려고 그랬을 테죠"

포와로는 내 말에 미심쩍어하는 모양이었다. 하지만 우드 씨가 있는 방으로 안내되어 들어가는 참이었으므로 더 이상 이야기를 주고받을 틈이 없었다.

나는 베이커 우드 씨라는 인물을 보자마자 즉각 그가 싫어졌다.

그는 체구가 커다랗고 야한 남자였다. 굉장한 옷치레를 하고 손에는 커다란 다이아몬드 반지까지 끼고 있었다. 기차 화통이라도 삶아먹은 듯이 요란스럽기까지 했다.

물론 그는 추호의 의심도 갖지 않았다고 했다. 과연 그럴 이유가 어디 있겠는가? 여자는 자기가 모형을 갖고 있다고 했고—그것은 또한 정말 진품이었으니까. 혹시 수표의 번호라도 기억하고 있지 않을까 했지만 그는 기억하고 있지 않았다. 그리고 뭐라고 했더라—참, 포와로 씨, 당신이 누구길래 나한테 와서 이런 걸 묻는 거요 하는 기색이 완연했다.

"그럼, 한 가지만 묻고 더 이상은 묻지 않겠습니다. 당신을 찾아온 그 여자의 인상착의 말입니다. 예쁘고 젊은 여자던가요?"

"아니오, 절대 아닙니다. 절대 아니고말고 키가 큰 중년 여자인데, 잿빛 머리칼에 피부는 반점투성이에다가 콧수염까지 아른아른 보이더라니까요. 매력적인 여자였냐고요? 내 목숨을 걸고 아닙니다."

"포와로!" 방을 나서면서 내가 소리쳤다.

"콧수염이래요, 들었죠?"

"나도 귀가 달려 있다고, 헤이스팅스"

"어쨌든 저 사람 엔간히 입맛 떨어지는 사내입니다."

"예절이라고는 없고 말이야"

"그건 그렇고, 우선 그 도둑을 잡아야지요. 우린 그 사내를 알아볼 수 있으니까."

"자네는 간혹 너무나 순진하고 단순하더군, 헤이스팅스. 세상에는 알리바이라는 것이 있는 걸 모르나?"

"아니, 그자한테 알리바이가 있을 거라고 생각하시는 겁니까?"

포와로의 대답은 뜻밖이었다.

"그러길 바라고 있지."

"당신은 항상 일이 꼬이는 걸 좋아하는 게 문제라고요."

"그래, 맞아, 모나미. 난, 그 뭐라고 하더라, '식은 죽 먹기'라나 하는 그런 건 질색이야."

포와로의 예상은 꼭 들어맞았다. 우리와 함께 버스를 탔던 그 갈색 양복의 청년은 노턴 케인이라는 이름이었다. 그는 몽크햄턴에 도착하자마자 바로 조지 호텔로 향했고, 오후 내내 그곳에 있었다는 것이었다. 그에게 있어 유일하게 불리한 정황은 듀런트 양이 우리와 점심을 먹고 있는 동안 그가 차에서 짐을 들어내는 것을 보았다고 주장한 것뿐이었다.

"하지만 그것만으로는 별달리 의심 갈 만한 행동이 아니군."

포와로는 뭔가 깊이 생각하는 음성으로 중얼거렸다.

그 말을 하고 난 뒤 그는 굳게 입을 다물고 더 이상 그 문제는 입에 올리지 않았다. 참다못한 내가 억지로 입을 열게 하자 그는 콧수염에 대해서 생각하고 있었다는 대답이었고, 나에게도 콧수염을 생각해 보라고 대꾸했다.

나는 그가 그날 저녁을 함께 보낸 조지프 애런스에게 베이커 우드라는 사내에 대해 꼬치꼬치 물었다는 것을 알게 되었다. 두 남자가 같은 호텔에 묵고 있었던 만큼 뭔가 주워들을 만한 정보를 얻을 가능성이 있었던 것이다. 하지만 포와로가 입을 굳게 다물고 있었기 때문에 나는 그가 무엇을 알아냈는지 영 알 수가 없었다.

메리 듀런트 양은 경찰과 여러 번 만나 심문을 끝내고 이른 아침 기차로 에버머스에 돌아갔다. 우리는 조지프 애런스와 점심을 같이 했는데, 점심이 끝나자 포와로는 내게 조지프 애런스의 문제를 흡족하게 풀어 주었으니 이제 맘

내키는 대로 빨리 에버머스로 돌아갈 수 있다고 했다.

"하지만 이번엔 버스가 아니라네, 친구. 기차로 가는 거야."

"소매치기라도 당할까 봐서 그러세요? 아니면, 또 비탄에 빠진 아가씨라도 만날까 봐 그러세요?"

"그거야 둘 다 기차 안에서도 일어날 수 있는 일 아닌가. 그게 아니라 한시라도 빨리 에버머스에 돌아가서 우리 사건을 해결하고 싶어 그러네."

"우리 사건이라고요?"

"그렇다네, 친구. 듀런트 양은 자기를 도와달라고 애청해 왔지. 그러니 그 사건이 경찰 손에 넘어갔다고 해서 내가 발을 뺄 수는 없어. 그야 내가 여기 온 건 옛 친구의 곤경을 풀어 주기 위해서지만, 그렇다고 해서 에르퀼 포와로가 곤경을 당한 낯선 사람을 모른 척했다는 말을 들을 수는 없는 거지!"

이렇게 말하고 나서 그는 오만한 자세로 몸을 일으켰다.

"당신은 진작부터 이 일에 관심이 있었죠?" 나는 은근하게 통겨보았다.

"그 관광회사 사무실에서 처음 그 청년을 보았을 때부터 말이에요. 뭣 때문에 당신 관심이 그 사람한테 쏠렸는지는 알 수 없지만—."

"정말 모르나, 헤이스팅스? 알 만할 텐데. 어쨌든 그건 내 작은 비밀로 남겨두기로 하지."

떠나기 전에 우리는 그 사건을 맡은 경감과 잠시 이야기를 나누었다. 그는 노턴 케인이라는 청년을 심문했다고 하는데, 포와로한테 그 청년의 태도가 별로 마음에 들지 않는다고 딱 잘라 말했다. 경감의 말에 따르면 노턴 케인은 큰 소리로 흥분하는가 하면, 자기가 한 일을 딱 잡아떼기도 하고 앞뒤 안 맞는 이야기도 했다는 것이다.

"하지만 무슨 수법을 썼는지 그걸 알 수가 없거든요." 경감이 털어놓았다.

"공범자한테 물건을 넘겨주고, 공범자는 빠른 차를 타고 냅다 몽크햄턴으로 달렸을 수도 있지요. 하지만 그건 어디까지나 가설에 불과합니다. 그걸 입증하려면 차와 공범자를 추적해 내서 꼼짝 못하도록 들이대야 합니다."

포와로는 생각에 잠겨 고개를 끄덕였다.

"당신도 범인이 그런 수법을 썼으리라고 생각하나요?"

얼마 뒤 기차 안에서 자리를 잡자 나는 포와로에게 물었다.

"아니, 그렇게 생각지 않네, 친구. 그건 진상이 아니야. 범인은 그것보다도 교묘한 방법을 썼어."

"그게 뭔지 이야기해 주시지 않을래요?"

"아직은 안 돼. 자네도 알지만─끝까지 비밀로 해두고 싶은 게 내 약점 아닌가?"

"그래, 그 끝이 금방 닥칠 것 같습니까?"

"이제 곧 끝나지."

우리가 에버머스에 도착한 것은 6시가 조금 넘어서였다. 포와로는 기차에서 내린 즉시 '엘리자베스 펜'이라는 상호가 내걸린 상점으로 차를 몰았다.

건물은 닫혀 있었지만 포와로가 벨을 누르자 곧 메리 양이 나와서 문을 열어주었다. 그러고는 우리 모습을 보고는 놀라서 기뻐 어쩔 줄 몰라 했다.

"들어오셔서 숙모님을 만나주세요."

그녀는 우리를 이끌고 가게 뒤편의 방으로 향했다. 나이 지긋한 부인이 우리를 마중 나왔다. 머리가 하얗게 센 그녀는 분홍빛 홍조를 띤 살결이며 유리알 같은 푸른 눈동자가 마치 그녀 자신의 모형 같았다. 조금 구부정한 어깨에는 값지고 오래된 레이스 망토를 걸치고 있었다.

"이분이 그 훌륭하신 므슈 포와로이신가요?"

그녀는 매력있는 저음으로 입을 열었다.

"메리한테서 말씀 듣고 있는 중이었답니다. 이렇게 몸소 와주시다니 믿을 수가 없어요. 정말 우리 고민을 해결하도록 도와주시겠어요? 조언을 해주실 건가요?"

포와로는 잠시 그녀를 바라보다가 허리를 굽혀 절을 했다.

"마드모아젤 펜. 정말 그럴 듯한 연기였습니다. 하지만 정말로 콧수염을 기르셔야 할 것 같군요."

펜 양은 훅하고 숨을 들이키더니 뒤로 물러섰다.

"당신은 어제 일을 쉬셨지요, 그렇지 않습니까?"

"오전에는 여기 있었어요. 그 뒤에 심한 두통이 나는 바람에 곧장 집으로 갔지요."

"집이 아니겠지요, 마드모아젤. 두통을 가시게 하려고 당신은 공기를 바꿔본 겁니다, 안 그렇습니까? 샬록 만의 공기는 힘을 북돋아 준다고 하니까요."

그는 내 팔을 붙잡고 문 앞으로 끌었다. 그리고는 문에 다다르자 걸음을 멈추고 어깨너머로 내던지듯 입을 열었다.

"분명히 말씀드리지만 난 모든 것을 알고 있습니다. 그러니 이런 희극은 집어치우시는 게 좋을 겁니다."

위협하는 듯한 기색이 완연했다. 펜 양은 시체처럼 창백한 얼굴을 하고 말없이 고개를 끄덕였다. 포와로가 이번에는 아가씨에게 돌아섰다. 입을 여는 그의 음성은 부드러웠다.

"마드모아젤, 당신은 젊고 매력 있는 아가씨요. 하지만 이런 일들에 끼어들었다가는 그 젊음과 매력이 감옥 창살 뒤에서 썩게 될 거요. 이 에르큘 포와로가 단언하건대, 그렇게 되면 회한만 남을 게요."

말을 마친 그는 거리로 나섰다. 나는 혼란스러운 얼굴로 그의 뒤를 따랐다.

"난 처음부터 흥미가 진진했지. 그 젊은이가 몽크햄턴까지만 가겠다고 예약을 했을 때 메리라는 아가씨가 갑자기 그에게 관심을 쏟더군. 대체 왜 그럴까? 그 청년은 자기 매력으로 여자의 주의를 끌 만한 타입이 아니었거든. 버스가 출발했을 때 나는 무슨 일이 꼭 일어날 것만 같은 예감이 들었지. 그런데 누가 그 청년이 짐을 꺼내는 걸 보았단 말인가? 마드모아젤—한 사람뿐이었어. 그리고 아울러 그 아가씨가 창과 마주한 좌석을 택했다는 사실을 기억해 주게. 그건 여자들이 결코 택하지 않는 자리야.

그러고 나서 그 아가씨는 물건을 도둑맞았다는 이야기를 하러 온 거지. 하지만 누군가가 서류가방을 억지로 연 것은 상식으로 납득이 안 갔어. 그 당시에도 얘기했지만.

어쨌든 종합해 보면 그 결과는 뭔가? 베이커 우드 씨는 도난당한 물건에다가 꽤 많은 돈을 허비한 셈이지. 그 때문에 그 물건은 다시 펜 양한테 되돌아갈 거야. 그러면 그 여자는 이번엔 500파운드가 아니라 곱절로 1,000파운드쯤 받고 딴 사람한테 팔 테지. 내가 은밀히 탐문한 결과 그녀의 장사는 지금 형편이 나쁘다는 것을 알았어. 파산 직전이라는 거야. 그 사실을 알고 나는 무릎을 탁 쳤지. 이건 그 숙모와 조카딸이 짜고 한 짓이라고 말이야!"

"그럼, 노턴 케인은 전혀 의심을 하지 않았군요?"

"모나미! 그 엉성한 수염을 가진 청년을? 범죄자란 대개 깨끗이 면도를 하거나, 아니면 붙였다 떼었다 할 수 있게 그럴 듯한 수염을 갖고 있기 마련이야. 하지만 그 똑똑한 펜 양한테는 무척 좋은 기회였지. 그녀는 우리가 방금 보았듯이 핑크빛 혈색을 지닌 수줍은 부인이지. 하지만 그녀가 몸을 꼿꼿하게 펴고 커다란 부츠를 신고 피부에 그럴 듯한 얼룩을 만들고—그다음이 걸작이지. 윗입술 위에 성글게 수염 몇 가닥을 붙인다면, 그땐 어떻게 되나? 우드 씨 말이 남자 같은 여자라고 했지. 그래서 우리는 곧 변장한 남자라고 생각했고."

"펜 양이 어제 정말로 샬록 만으로 갔을까요?"

"물론이지. 자네가 내게 얘기했었던 것을 기억할 테지만, 그 기차는 여기서 11시에 출발해 2시에 샬록 만에 도착하네. 그리고 돌아오는 기차편은 더 빠르지. 우리가 탄 기차 말이야. 4시 5분에 샬록 만을 떠나서 6시 15분에 여기 도착하는 거야. 그 모형은 애초부터 서류가방에 들어 있지 않았고, 일부러 자물쇠를 망가뜨린 뒤에 가방에 집어넣은 거야. 마드모아젤 메리는 자기 매력에 끌려들어 위기에 빠진 미녀를 구해 줄 멍청이 두 사람만 구하면 만사 오케이였어. 하지만 그 멍청이 두 사람 중 하나는 절대 멍청이가 아니지. 다름 아닌 에르퀼 포와로였으니까!"

나는 그의 추론이 상당히 마음에 들지 않아 서둘러 대꾸했다.

"그렇다면 낯선 사람을 돕겠다던 당신 말은 일부러 날 속이려 한 거로군요. 어디, 아닙니까?"

"난 자네를 속이지 않았어, 헤이스팅스. 그냥 자네가 스스로 속아넘어가게 놔둔 거지. 내가 말한 낯선 사람이란 베이커 우드 씨였어. 그 사람이야말로 이쪽 해안지방에는 낯선 사람 아닌가."

그때 그의 얼굴이 어두워졌다.

"아하, 그 이야기를 하니까 생각나는데, 그 버스 요금은 정말로 불법이야. 샬록 만으로 가는 데만도 왕복요금을 똑같이 내야 하다니, 그 불쌍한 손님을 구해 주고 싶어 피가 끓는걸! 베이커 우드라는 사람도 유쾌한 사내는 못 되지. 자네 말대로 인정머리도 없고. 하지만 어디까지나 그 사람도 이 지방에 온 손님 아닌가! 헤이스팅스, 우리 같은 손님들이란 다들 서로 뭉쳐서 의지해야 한다고. 난 나 같은 손님들을 위해서라면 언제든지 몸 바칠 각오가 되어 있지!"

말벌 둥지

　존 해리슨은 집 밖으로 나와 테라스에 선 채 잠시 정원을 내려다보며 서 있었다. 그는 큰 체구에 홀쭉하게 여윈 얼굴이었다. 언제나 좀 음울한 인상이었지만 지금처럼 우락부락한 얼굴이 미소 때문에 부드러워지기라도 하면 퍽이나 매력적인 데가 있었다.

　존 해리슨은 자기 정원을 사랑했다. 그리고 그 정원으로 말할 것 같으면 8월 저녁인 지금—한여름의 늘쩍지근한 기운이 도는 지금만큼 근사해 보이는 때가 없었다. 덩굴장미는 아직도 농염한 아름다움을 발하고 있었고, 대기에는 스위트피의 향내가 감돌고 있었다.

　그때 귀에 익은 삐걱거리는 소리가 나는 바람에 해리슨은 고개를 홱 돌렸다. 누가 정원 문으로 들어오는 걸까? 곧이어 그의 얼굴에는 도저히 믿을 수 없다는 표정이 가득히 번져갔다. 오솔길을 걸어오는 풍채 좋은 신사란 다름 아닌—그와 이런 곳에서 얼굴을 대하리라고는 꿈에도 생각지 못했던 인물이었기 때문이다.

　"이게 웬일이십니까!" 해리슨이 소리쳤다.

　"므슈 포와로 아니신가요!"

　그렇다. 전 세계에 탐정으로서의 명성이 자자하게 퍼져 있는 바로 그 유명한 에르큘 포와로였던 것이다.

　"그래, 바로 나일세. 언젠가 그랬지, '혹시 이 근방에 오시는 일이 있거든 부디 왕림해 달라'고. 난 자네 말을 곧이곧대로 듣고는 이렇게 온 거라네."

　"그 덕분에 저는 무상의 기쁨을 맛보고요."

　해리슨이 진심에서 우러나오는 목소리로 대꾸했다.

　"자, 우선 앉아서 마실 것 좀 드시지요."

해리슨은 요란스러운 환영의 손짓으로 베란다에 있는 테이블을 가리켰다. 테이블 위에는 여러 가지 병들이 늘어서 있었다.

"고맙네."

포와로는 버드나무로 짠 팔걸이의자에 몸을 묻으며 말했다.

"그런데 시럽은 없을 테지? 아니, 그래, 없을 거라고 생각했네. 그럼, 그냥 소다수로 주게. 위스키는 사양하지."

이어 해리슨이 그의 곁에 소다수 잔을 가져다 놓자 그는 진저리가 난다는 듯이 중얼거렸다.

"맙소사, 콧수염까지 축축하군. 이 끔찍한 더위!"

"그런데 대체 무슨 바람이 불어서 이렇게 한적한 고장에 내려오셨습니까?"

해리슨이 옆의 의자에 앉으며 물었다.

"취미삼아 여행하시는 겁니까?"

"아니라네, 모나미. 일이 있어서 왔지."

"일이라고요? 이런 뚝 떨어진 곳에 말입니까?"

포와로는 엄숙하게 고개를 끄덕거렸다.

"이봐, 친구, 범죄라고 모두 시끌시끌한 사람들 틈에서 일어나는 게 아니잖은가?"

해리슨은 웃음을 터뜨렸다.

"예, 생각해 보니 제 말이 좀 우스웠군요. 하지만 대체 여기서 조사하시는 사건이 뭡니까―아니, 여쭤보지 말아야 할 사항인가요?"

"뭘, 괜찮아." 포와로의 대꾸였다.

"사실은 자네가 물어보아 주길 바랐었네."

해리슨은 호기심에 넘쳐 그를 바라보았다. 포와로의 태도가 평소에 비해 좀 이상하다는 것을 감지했던 것이다.

"그러니까 어떤 범죄를 조사하고 있으시단 말이죠?"

그는 머뭇거리며 운을 뗐다.

"중대한 범죄인가요?"

"범죄 중에서도 가장 중대한 범죄지."

"그렇다면……."

"살인이야."

에르퀼 포와로의 음성이 너무도 엄숙했기 때문에 해리슨은 순간 흠칫 놀랐다. 포와로는 그를 똑바로 건너다보고 있었다. 그 시선이 또 심상치 않은 것이라 해리슨은 뭐라고 다음 말을 이어야 할지를 몰랐다. 마침내 그는 쥐어짜듯이 입을 열었다.

"하지만—살인 소문은 전혀 들은 바 없는데요."

"그렇겠지. 아직 들은 바 없을 거야."

"대체 누가 살해되었다는 겁니까?"

"아직은 아무도 살해되지 않았어."

"뭐라고요?"

"자네가 살인 소문을 듣지 못했을 거라고 한 이유가 바로 그걸세. 내가 조사하고 있는 범죄는 아직 일어나지 않은 범죄거든."

"그런 얼토당토않은 이야기가—."

"얼토당토않다니, 당치 않아. 살인이 벌어지기 전에 조사할 수만 있다면 살인이 벌어진 뒤에 조사하는 것보다 훨씬 나을 것 아닌가. 미리 예방할 수도 있을 테고 말이야. 이건 내 생각이지만."

해리슨은 멍하니 그를 바라보았다.

"설마 농담이시겠죠, 므슈 포와로."

"아니야, 난 절대 진담이라고."

"그럼, 정말로 장차 살인이 일어날 거라고 믿고 계신단 말입니까? 이런 허황한 일이!"

에르퀼 포와로는 해리슨이 소리치는 것은 들은 척도 않은 채 벌써 몇 마디 또박또박 말한 뒤였다.

"우리가 살인을 예방해 낸다면 그렇지도 않지. 그렇다네, 모나미, 그게 바로 내 계획이야."

"우리라고 하셨나요?"

"그래, 우리라고 했지. 자네 협조가 필요해."

"그래서 이 고장에 내려오신 거군요."

포와로는 다시금 그를 물끄러미 바라보았다. 그러자 해리슨은 또 이유를 알 수 없는 불안감에 휩싸였다.

"내가 여기 온 것은, 므슈 해리슨, 그 무엇보다—자네를 좋아하기 때문이지."

그러고 나서 이번에는 이제까지와는 다른 어조로 말을 돌렸다.

"그런데, 므슈 해리슨, 저기 말벌 둥지가 있군. 저걸 없애버려야 하는데—."

해리슨은 대화가 전혀 엉뚱한 방향으로 흐르자 어리둥절하여 미간을 찌푸렸다. 포와로의 시선을 쫓던 그 음성이 조금 혼란스러워졌다.

"안 그래도 실은 그럴 참이었답니다. 아니, 랭턴 군이 그럴 거라고 해야겠군요. 클로드 랭턴 기억하시죠? 내가 당신을 만났을 때 나와 함께 저녁식사를 한 청년 말입니다. 그가 오늘 저녁에 와서 저 둥지를 가져갈 거랍니다. 지금 그 일을 할 기대에 부풀어 있지요."

"저런! 그래, 어떻게 할 작정인데?"

"석유하고 정원용 물뿌리개죠. 자기 물뿌리개를 가지고 오겠답니다. 내 것보다 쓰기가 편하다나요."

"다른 방법도 있잖은가?" 포와로가 물었다.

"청산가리 같은 것으로 하는—."

해리슨은 조금 놀란 모양이었다.

"예, 그렇기야 하지만 청산가리란 게 워낙 위험한 물건이라서요. 자칫하면 사방에 모두 튈 염려도 있고."

포와로는 엄숙하게 고개를 끄덕였다.

"그래, 치명적인 독약이지."

그러고 나서 상대의 반응을 기다리는 듯이 잠시 말이 없다가 다시금 엄숙한 목소리로 되풀이했다.

"치명적인 독약이야."

"장모를 해치우고 싶을 때는 퍽 유용한 물건이란 말씀입니까?"

해리슨은 너털웃음을 터뜨렸다.

하지만 에르퀼 포와로는 여전히 엄숙한 낯빛을 바꾸지 않았다.

"그런데, 므슈 해리슨, 자네는 므슈 랭턴이 자네 말벌 둥지를 없앨 목적으로 가져오는 것이 석유라고 정말 확신하고 있나?"

"그럼은요. 그런데, 그건 왜—?"

"아니, 그냥 궁금했을 뿐이네. 난 오늘 오후에 바체스터에 있는 약국에 들렀었거든. 거기서 무슨 독약을 사고는 독약 구입자 장부에 사인을 했지. 그런데 거기 마지막 칸에 보니까 청산가리라고 되어 있고, 클로드 랭턴이 사인을 했더란 말일세."

해리슨은 멍하니 그를 바라보았다.

"그거 좀 이상한데요. 요 전날 랭턴이 분명히 그랬는데요. 청산가리 같은 것은 절대 쓰지 않겠다고 아니, 청산가리 같은 물건은 그런 용도를 위해서는 절대 팔지 말아야 한다고까지 했는걸요."

포와로는 베란다 너머에 피어 있는 장미꽃들을 내다보았다. 이윽고 입을 여는 그의 음성은 매우 차분했다.

"자네는 랭턴을 좋아하는가?"

해리슨은 그런 질문은 전혀 예상치 못한 듯이 말을 더듬었다.

"그, 글쎄요. 아, 그야 뭐—좋아하지요, 무, 물론. 당연하잖습니까?"

"그냥 자네가 좋아하는지 어떤지 궁금했을 뿐이네."

포와로가 차분히 대꾸했다.

해리슨이 대답이 없자 포와로는 다시 입을 열었다.

"그리고 그 사람 역시 자네를 좋아하나?"

"대체 무슨 말을 하고 싶으신 겁니까, 므슈 포와로? 뭔가 꿍꿍이속이 있으신 것 같은데 난 영 모르겠군요."

"그럼, 탁 터놓고 말하지. 자네는 지금 약혼했어. 몰리 딘 양이라면 나도 알지. 대단히 매력적이고 아름다운 아가씨. 하지만 그녀는 자네하고 약혼하기 전에는 클로드 랭턴하고 약혼했었어. 그런데 자네 때문에 그 청년을 차버린 거야."

해리슨은 고개를 끄덕였다.

"난 그녀가 자네를 택한 이유는 묻지 않겠네. 그야 그럴 법한 이유가 있어서 한 일이겠지. 하지만 분명히 말하네만 랭턴이 그 일을 잊지 않았거나 용서하지 않았을 거라고 추정해 봐도 결코 지나친 상상은 아니야."

"그 말씀은 틀립니다, 므슈 포와로. 맹세코 틀려요. 랭턴은 스포츠맨이에요. 그는 모든 일을 남자답게 받아들였어요. 그 일이 있고 나서도 나한테 놀랄 만큼 친절히 대했는걸요. 일부러 그런다 싶을 만큼 다정히 굴었지요."

"그런데 그게 이상하다는 생각이 안 든단 말인가? 자네 입으로 '놀랄 만큼' 잘 해주었다고 하면서 전혀 놀란 표정이 아니니 말일세."

"그게 무슨 말씀입니까, 므슈 포와로?"

포와로의 음성이 전혀 새로운 가락을 띠었다.

"내 말뜻은 어떤 사람이 적당한 때가 올 때까지 자기가 상대에게 품고 있는 증오를 감출 수도 있다는 뜻일세."

"증오라고요?"

해리슨은 고개를 내저으며 웃음을 터뜨렸다.

"영국인들이란 대체로 얼간이들이야." 포와로가 딱 잘라 말했다.

"자기는 다른 사람을 속일 수 있어도, 자기를 속일 수 있는 사람은 아무도 없다고 생각한단 말이야. 그 스포츠맨도—흔히들 좋은 사내라고 생각하고, 사악한 면이 있다고는 절대 생각지 않지. 그 결과 사람들은 용감하면서도 멍청하기 때문에 괜한 죽음을 자초하는 거야."

"지금 나한테 경고를 보내시는 거로군요." 해리슨은 낮게 중얼거렸다.

"이제야 알겠어요. 어리둥절했었는데 이제야 풀리는군요. 당신은 나보고 클로드 랭턴을 조심하라고 경고하시는 거로군요. 오늘 여기 오신 것도 나한테 경고를 하러……."

포와로는 고개를 끄덕였다.

해리슨은 그것을 보자 자리에서 벌떡 일어났다.

"아니, 그건 미친 생각이에요, 므슈 포와로! 여기는 영국이란 말입니다. 여기서는 그런 일은 일어나지 않아요. 남자가 실연을 했대서 등 뒤에서 칼로 찌르거나 독약을 먹이지는 않는단 말입니다! 그리고 랭턴에 대해서 생각하신 것도 틀렸어요. 그 친구는 파리 한 마리 제 손으로 못 죽일 위인이란 말입니다."

"파리의 생명이 어찌되건 그건 내가 상관할 바 아닐세."

포와로가 차분하게 대꾸했다.

"그리고 그 친구가 파리 한 마리 못 죽일 위인이라고 했지만, 지금 그 친구가 몇천 마리는 족히 될 말벌들을 죽이려고 준비 중이라는 것을 잊은 모양이군."

해리슨은 즉각 대답하지 않았다. 이번에는 땅딸막한 탐정 편에서 몸을 일으켰다. 그는 자기 친구 앞으로 다가가더니 어깨에 손을 얹었다. 그는 흥분하여 그 커다란 체격의 젊은이를 마구 흔들었다. 그러고는 그의 귓속에 낮게 속삭였다.

"정신 차리게, 친구, 정신 차려. 그리고 저기 내가 가리키는 걸 좀 봐. 저기 나무뿌리 옆의 둔덕 위에 말이야. 말벌들이 하루 일을 끝내고 가벼운 날갯짓을 하며 집으로 돌아오는 것이 보이지? 몇 시간도 안 되어서 파멸이 닥칠 운명이건만 말벌들은 그걸 까맣게 모르고 있다네. 아무도 얘기해 주는 사람이 없기 때문이지. 말벌들에게는 에르퀼 포와로라는 존재가 없으니까. 얘기했지, 므슈 해리슨? 내가 여기 온 것은 일 때문이라고. 살인이야말로 내 일일세. 그리고 살인이 일어난 뒤와 마찬가지로 일어나기 전의 일도 역시 내가 상관해야 할 일일세. 그런데 므슈 랭턴이 말벌 둥지를 없애러 온다는 시간은 몇 시인가?"

"랭턴은 절대로 그럴 리가……."

"몇 시냐고?"

"9시입니다. 하지만 분명히 말씀드리지만 당신 생각은 얼토당토않아요. 랭턴은 절대 그런 짓을 할 리가……."

"여하튼 영국인들이란!"

포와로는 성이 나 소리쳤다. 그는 모자와 지팡이를 집어들고 오솔길을 내려가기 시작했다. 그러고는 문득 발걸음을 멈추고 어깨너머로 소리쳤다.

"여기 앉아서 자네하고 입씨름을 할 생각은 없네. 그래 봤자 울화통만 더 터질 테니까. 하지만 명심하라고, 9시에 다시 올 테니까."

해리슨은 무슨 말인가를 하려는 듯이 입을 벌렸으나 포와로가 단호히 막았다.

"뭐라고 말하려는지 알아. '랭턴은 절대 그럴 리가—.' 뭐 어쩌고 그러려는 걸 테지. 아, 그야, 랭턴은 그런 짓을 할 리가 없을 테지! 하지만 어쨌든 난 9시에 다시 올 거야. 하긴 재미있을 것 같군—말하고 나니 재미있어. 말벌 둥지를 없애버리는 걸 구경하는 거 말이야. 자네들 영국인들이 좋아하는 스포츠 아닌가!"

그는 상대의 대답도 기다리지 않고 성큼성큼 오솔길을 걸어가 삐걱거리는 문을 열고 나갔다. 하지만 일단 길로 나서자 그의 발걸음은 갑자기 느려졌다. 활기는 어디로 가고 얼굴은 다시 엄숙하고 괴로운 표정이 되었다. 이윽고 그는 주머니에서 시계를 꺼내어 살폈다. 바늘은 8시 10분을 가리키고 있었다.

"45분 남짓 남았군." 그가 낮게 중얼거렸다.

"기다리는 편이 안 나았을까 몰라."

그의 발걸음이 더욱 느려졌다. 다시 돌아가려는 것 같았다. 뭔가 막연한 예감이 덮친 듯했다. 하지만 그는 단호하게 그 예감을 떨쳐내고는 마을이 있는 방향으로 걷기 시작했다. 하지만 그 얼굴은 여전히 괴롭고 혼란스러웠다. 한두 번인가 그는 뭔가 찜찜한 구석이 있는 사람처럼 고개를 내저었다.

그가 다시 정원 문앞에 다다른 것은 9시에서 몇 분이 지나서였다. 청명하고 고요한 저녁이었다. 나뭇잎을 흔드는 미풍 한 점 없었다. 마치 폭풍 직전의 고요처럼—그 정적 속에는 뭔가 사악한 것이 도사리고 있는 것만 같았다.

포와로의 발걸음이 나는 듯이 가벼워졌다. 갑자기 두려움이 그를 감쌌다. 뭔지는 모르지만—정체 모를 두려움이었다.

바로 그 순간 정원 문이 열리고 클로드 랭턴이 길거리로 나섰다. 그는 포와로를 보고는 깜짝 놀랐다.

"아—안녕하십니까?"

"안녕하시오, 므슈 랭턴—일찍 왔군요."

랭턴은 놀라 그를 바라보았다.

"무슨 말씀인지—."

"그래, 말벌 둥지는 없애버렸소?"

"아뇨, 실은 못했습니다."

"저런!" 포와로가 부드럽게 대꾸했다.

"말벌 둥지를 없애지 않았다. 그럼 뭘 하셨소?"

"예, 그냥 앉아서 해리슨과 이야기를 좀 했지요. 므슈 포와로, 전 이만 급히 실례해야겠습니다. 그런데 당신이 이곳에 와 계신 줄은 몰랐군요."

"이곳에 볼일이 있어서."

"그래요! 그건 그렇고 해리슨은 테라스에 있답니다. 죄송하지만 이만—."

그는 서둘러 가버렸다. 포와로는 눈으로 그의 뒤를 쫓았다. 신경질적인 청년이로군. 말씀씨가 조금 없긴 하지만 잘생긴 청년이야!

"그래, 해리슨은 테라스에 있단 말이지." 포와로는 낮게 중얼거렸다.

"하지만 과연—."

그는 정원 문을 들어서서 오솔길을 따라 올라갔다. 해리슨은 테이블의 의자에 앉아 있었다. 그는 꼼짝도 않고 앉아서 포와로가 다가와도 고개를 돌리지 않았다.

"아하, 모나미!" 포와로가 소리쳤다.

"자네, 무사하구먼, 그렇지?"

긴 침묵이 흐르고—이윽고 해리슨이 묘하게 혼란스러운 음성으로 입을 열었다.

"지금 뭐라고 하셨지요?"

"괜찮으냐고 했네."

"괜찮으냐고요? 예, 괜찮습니다. 괜찮지 않을 턱이 있겠어요?"

"부작용도 없단 말이지? 그거 반가운 소리야."

"부작용이라뇨? 뭣 때문에요?"

"세척 소다 때문에 말이야."

해리슨은 갑자기 정신이 나는 모양이었다.

"세척 소다라고요? 무슨 말씀을 하시는 겁니까?"

포와로는 미안하다는 듯한 몸짓을 했다.

"그럴 필요가 없었던 것도 같네만, 어쨌든 자네 주머니에 세척 소다를 넣어

두었다네."

"내 주머니에요? 대체 뭣 하러—."

해리슨은 멍하니 포와로를 바라보았다.

포와로는 마치 어린아이한테 설교하는 듯한 딱딱한 음성으로 차분히 입을
열었다.

"이봐, 탐정 일을 하는 데서 얻은 장점이란—아니, 단점이라고 해도 좋겠지
—범죄자들하고 많이 마주치게 된다는 점일세. 그리고 그 범죄자들에게서 실
로 흥미있고 기묘한 것들을 배울 수 있지. 언젠가 소매치기를 하나 알게 되었
는데 말이야—그 애한테 대단히 흥미를 느꼈었어. 그 애가 저질렀다고 사람들
이 떠들던 짓이 암만해도 그 애 소행이 아닌 것 같았거든. 그래서 그 애를 풀
어 주었지. 그 애는 나한테 고맙다고 머리를 조아리면서 자기로서는 유일한
보답을 했지. 나한테 소매치기 기술을 가르쳐 주더란 말일세. 그 덕분에 난 맘
만 먹으면 상대의 의심을 받지 않고도 상대의 주머니를 털 수 있게 되었다네.
우선 흥분한 척하면서 상대의 어깨에 한 손을 올려놓는 거야. 그러면 상대방
은 정신이 나한테 쏠려서 다른 것은 의식하지 못하게 되지. 그동안 나는 상대
의 주머니 속에 있는 것을 꺼내고 대신 세척 소다를 넣을 수 있고 말이야."

포와로의 음성은 꿈결 같았다.

"만일 어떤 사람이 다른 사람한테 눈치를 채이지 않고 재빨리 독약을 잔에
넣고 싶다면 그 사람은 필경 독약을 오른쪽 주머니에 넣을 것이 확실하지 않
은가. 그 이상 편리한 곳이 없으니까. 때문에 난 그것이 오른쪽 주머니에 있을
줄 알았지."

말을 마친 그는 주머니에 손을 넣고는 하얗고 울퉁불퉁한 결정체들을 꺼내
놓았다.

"이런 걸 이렇게 느슨하게 지니고 다니면—너무 위험하지."

중얼거리는 목소리였다.

이어 그는 서두르는 기색도 없이 차분하게 다른 한쪽 주머니에서 주둥이가
넓은 병을 꺼냈다. 병 속에 그 결정체를 넣고 나서는 테이블로 걸어가더니 물
을 병 속 가득히 채웠다. 그러고는 조심스럽게 코르크 마개를 한 다음 결정체

가 완전히 녹을 때까지 병을 흔들어댔다. 해리슨은 마치 홀린 듯이 그를 바라보고 있었다.

이윽고 만족하게 결정체가 풀리자 포와로는 말벌 둥지로 걸어갔다. 그러고는 코르크 마개를 열고 병에 손을 받친 채 안의 용액을 말벌 둥지 위에 쏟아부은 뒤 한두 걸음 물러서서 바라보았다.

가벼운 날갯짓으로 둥지에 돌아오고 있던 말벌들이 몸을 부르르 떨더니 이윽고 조용히 떨어져 누웠다. 그리고 다른 말벌들은 구멍에서 기어나오려 애쓰다가 역시 죽고 말았다. 포와로는 한동안 바라보다가 고개를 끄덕거리고는 베란다로 돌아왔다.

"즉사로군. 눈 깜짝할 사이야"

해리슨은 간신히 목소리를 냈다.

"당신은—얼마나 알고 계시죠?"

포와로는 똑바로 앞을 응시했다.

"아까도 말했지만 난 약국 장부에서 클로드 랭턴의 이름을 보았지. 하지만 자네에게 말하지 않은 것이 있어. 약국에서 장부를 보고 나와서 우연히도 금방 랭턴하고 마주치게 되었다는 사실을 말이야. 그 청년 말이 자네가 부탁해서 청산가리를 사러왔다더군. 말벌 둥지를 치워달라는 부탁으로 말이야. 그 말을 듣자 나는 좀 이상한 생각이 들었지. 자네가 말한 그 저녁식사를 한 식당에서 자네는 말벌 둥지를 치우는 데는 석유가 최고이며 청산가리는 위험하기만 하고 쓸데없다고 했었던 말이 기억났거든."

"그래서요?"

"그리고 또 하나 알고 있는 것이 있지. 난 사람들 몰래 클로드 랭턴하고 몰리 딘 양이 만나는 장면을 보았다네. 두 사람은 아무도 자기들을 못 보았다고 생각했겠지. 그 두 사람이 무슨 사랑싸움을 벌여서 그녀가 자네 팔로 뛰어들게 되었는지는 모르겠네만, 그 모습을 본 순간 나는 두 사람 사이의 오해가 풀려서 딘 양이 다시 옛 님의 품으로 돌아가려고 한다는 것을 알았지."

"그래서요?"

"그리고 다른 것도 알고 있지, 친구. 요 전날 할리 가(街)에 있다가 자네가 어떤 의사의 집에서 나오는 것을 보았지. 난 그 의사를 알아. 그리고 사람들이 무슨 병으로 그 사람한테 의논을 하러 가는지도 알고. 난 그때 자네 표정을 읽었지. 그런 표정은 내 일생에서 한 번인가 두 번밖에 보지는 못했지만 절대 잘못 볼 리가 없는 표정이었어. 그 표정은 사형선고를 받은 남자의 표정이었지. 내 말이 맞지?"

"바로 그렇습니다. 의사는 나한테 두 달밖에 안 남았다고 선고하더군요."

"그때 자네는 머릿속에 다른 생각이 꽉 차 있어서 내 모습을 보지 못했어. 하지만 난 그때 자네 얼굴에서 뭔가 다른 표정을 또 하나 발견했지. 아까 오후에 자네한테 말한 것—사람들은 감추려고 애쓰기 마련이라는 말이야. 즉, 자네 얼굴에서 난 증오를 읽은 걸세, 친구. 하지만 그때 자네는 아무도 보는 사람이 없다고 생각하고는 그 표정을 감추려고 하지 않았지."

"계속하십시오."

"이젠 뭐 많이 덧붙일 말도 없어. 나는 이곳으로 내려와서 아까도 말했지만 우연히 독약 구입자 장부에서 랭턴의 이름을 보았고, 길에서 우연히 그를 만난 뒤 이 집으로 자네를 만나러 온 걸세. 자네에게 함정을 판 거지. 자네는 랭턴에게 청산가리를 사다달라고 한 것을 부인하고는 랭턴이 청산가리를 샀다니까 놀라움을 금치 못했지. 처음 내 모습을 보고 자네는 무척 놀랐을 테지만, 자네는 오히려 잘되었다고 생각하고는 내 의심을 부추겼지. 하지만 나는 랭턴이 8시 30분에 여기 온다는 것을 랭턴에게 직접 들어서 알고 있었네. 그런데 자네는 9시라고 말한 거야. 그때 내가 오면 모든 것이 끝나 있을 테니까 말이지. 하지만 나는 이미 모든 것을 알고 있었다네."

"왜 여기 나타나신 겁니까?" 해리슨이 소리쳤다.

"당신만 나타나지 않았더라도!"

포와로는 천천히 몸을 일으켰다.

"얘기했잖나, 살인은 내 소관이라고."

"살인이라고요? 자살이란 말씀이겠죠."

"아니야." 포와로의 음성이 날카롭고도 분명하게 울려 퍼졌다.

"살인이라고. 자네야 쉽고 편하게 금방 죽을 수 있었겠지만, 자네가 랭턴에게 덮어씌우려는 죽음은 인간으로서는 최악의 죽음이었네. 랭턴은 제 손으로 독약을 들고 왔지. 자네를 만나려—그리고 자네와 단둘이 있었어. 그런데 자네가 갑자기 죽고 청산가리가 자네 잔에서 검출되면—클로드 랭턴은 교수형을 당하게 된다, 그게 바로 자네의 계획이었어."

해리슨의 입에서 다시 신음 같은 비명이 터졌다.

"왜 여기 오신 겁니까? 뭣 하러 오셨어요!"

"얘기했잖나, 살인은 내 소관이라고. 하지만 다른 이유도 또 있지. 난 자네를 좋아했으니까. 이봐, 친구, 잘 듣게. 자네는 죽어가고 있는 남자야. 그리고 자네가 사랑하던 아가씨를 잃었어. 하지만 자네가 피하게 된 신세가 하나 있지. 살인자가 될 신세를 피하게 되었다는 걸세. 자, 그럼, 말해 보게, 내가 와서 기쁜 건가, 아니면 여전히 유감인가?"

잠시 침묵이 흐르고—이윽고 해리슨이 몸을 일으켰다. 그의 얼굴에는 이제까지 보지 못했던 위엄이 넘쳐흐르고 있었다. 그 표정은 자신의 본성 중에서 비열한 쪽의 본성을 정복하고 난 남자의 위엄 있는 표정이었다.

그는 테이블 너머로 손을 내밀고 외쳤다.

"당신이 와주신 것을 하나님께 감사드립니다! 오오, 하나님, 감사합니다!"

의상 디자이너의 인형

그 인형은 벨벳을 씌운 커다란 의자에 놓여 있었다. 방 안은 빛이 별로 없어 어둑어둑했다. 런던의 하늘이 어둠침침했기 때문이다.

부드러운 회녹색 어두움 속에 황록색 커버와 커튼, 그리고 양탄자가 모두 분위기를 맞추고 있었다. 인형 역시 그 분위기 속에 썩 잘 어울렸다. 인형은 녹색 벨벳 드레스를 입은 채 사지를 늘어뜨리고 길게 누워 있었다. 모자 역시 벨벳 모자였고, 얼굴은 색칠한 가면 같았다. 그 인형은 어린아이들이 흔히 생각하는 그런 인형이 아니었다. 그 인형은 부유한 여인들이 갖고 노는 꼭두각시 인형으로, 대부분 전화기 옆에 뒹굴고 있거나 소파 쿠션 사이에서 굴러다니곤 했다. 지금은 의자 위에 사지를 뻗고 맥없이 누워 있지만, 그래도 묘한 생기 같은 것이 풍겨져 나오는 것이었다. 그 인형은 마치 20세기의 퇴폐가 빚어낸 물건 같은 느낌을 주고 있었다.

손에 옷감 패턴과 디자인 스케치를 들고 바삐 들어오던 시빌 폭스는 조금 놀라고 혼란스러운 심정으로 인형을 바라보았다. 순간 그녀의 머릿속에 궁금증이 떠올랐지만―그 궁금증이 무엇인지는 확연하게 잡히지 않았다. 대신 그녀는 속으로 중얼거렸다.

'아니, 그 푸른 벨벳 옷본이 어딜 갔지? 내가 그걸 어디에 두었더라? 방금까지도 여기 있었는데.'

그녀는 방 밖으로 나가 층계참에 선 채 작업실을 향해 소리쳤다.

"엘스페스! 엘스페스! 푸른 벨벳 옷본 거기 있어? 펠로스―브라운 부인 금방 오실 거란 말이야!"

그녀는 다시 방으로 들어와 조명 스위치를 켰다. 그러고는 다시 인형을 바라보았다.

'아니, 그놈의 것이 대체—아, 여기 있군그래!'

그녀는 자기 손에서 떨어뜨렸던 옷본을 주워들었다.

그때 밖의 충계참에서 승강기가 멎을 때 으레 나는 끼이익—하는 소리가 들리더니 잠시 뒤에 펠로스-브라운 부인이 들어왔다. 페키니즈(애완용의 작은 개)를 데리고 바람을 일으키며 들어서는 그 모습은 마치 한적한 역에 요란스러운 소리를 내며 들어서는 지방선 열차 같았다.

"한바탕 쏟아질 것 같군!" 그녀는 요란하게 입을 열었다.

"굉장할 모양이야!"

그러고 나서 장갑과 모피코트를 벗었다. 그때 앨리시아 쿰이 들어섰다. 요즘 와서 그녀는 특별한 고객이 온 경우가 아니면 손님을 접대하러 들어오지 않았다.

그런데 지금 펠로스-브라운이 바로 그 특별한 고객인 것이다.

이어 작업실 감독인 엘스페스가 드레스를 가지고 들어왔고, 시빌은 그것을 펠로스-브라운 부인의 머리 위로 들씌워 주었다.

"역시! 부인에게 꼭 맞는군요. 정말 아름다운 색이죠?"

앨리시아 쿰은 그녀가 앉은 의자에서 조금 물러앉아 드레스를 관찰했다.

"그래, 괜찮은데. 분명히 성공작이야."

펠로스-브라운 부인은 몸을 옆으로 비틀고 거울을 들여다보았다.

"그렇군. 당신네 옷들은 내 등을 날씬하게 보이게 하는 것 같아."

"3개월 전보다 훨씬 날씬해지셨는걸요, 뭘."

시빌이 안심을 시켰다.

"날씬하긴 어디가 날씬해." 펠로스-브라운이 대꾸했다.

"그야 이걸 입으니까 그렇게 보이기는 하지만. 당신 디자인 솜씨에는 정말 뭐가 있나 봐. 내 등을 날씬하게 보이게 해준다니까, 글쎄. 그래선지 당신 옷을 입으면 등이 별로 유난스러워 보이질 않아. 보통 체격의 사람들 등 같아 보인단 말이야."

그녀는 한숨을 내쉬며 자기에게 특히나 고민을 안겨주고 있는 등의 살집을 어루만졌다.

"이놈의 등 때문에 언제나 고역이었어. 그야 지금까지는 그럭저럭 감출 수 있었지. 몸의 앞부분을 졸라매서 말이야. 하지만 이젠 그 짓도 못하겠어. 등이 아니라 이제는 배까지 나오는 걸. 등 하고 배 양쪽을 죄다 감출 수는 없잖겠어."

앨리시아 쿰이 당치 않다는 듯이 대꾸했다.

"부인보다 더한 손님들도 많은 걸요!"

펠로스-브라운 부인은 드레스를 이리저리 실험해 보았다.

"배가 나오는 건 등보다 더 골치 아파. 더 눈에 뜨이거든 아니, 유독 그렇게 생각되는 거야. 왜냐하면 사람들하고 얼굴을 맞대고 이야기할 때 그 사람들은 내 등은 못 봐도 배는 볼 수 있거든. 그래서 난 그럴 때면 배를 집어넣고 등 쪽이야 될 대로 되라고 놔두곤 하지."

그녀는 목을 더 길게 빼고 좌우로 돌려보다가 갑자기 소리쳤다.

"어머, 저 인형! 공연히 소름이 끼치는데! 언제부터 갖고 있던 거지?"

시빌은 당황하면서도 조금 성이 난 듯한 앨리시아 쿰을 쳐다보았다.

"글쎄요, 정확히는……, 꽤 된 것 같기는 한데, 난 뭐든지 까먹기를 잘해서요. 요즘엔 더 심해졌답니다. 도무지 뭔 기억이 안 나는 거예요. 시빌, 저 인형이 언제부터 있었지?"

시빌은 무뚝뚝하게 대꾸했다.

"글쎄, 모르죠."

"어쨌든 저 인형을 보니 괜히 소름이 끼쳐. 아주 기분이 나쁘다니까! 꼭 우리를 바라보면서 저 벨벳 드레스 속에서 웃고 있는 것만 같아. 나라면 진작에 버렸을 거야."

그녀는 사르르 몸을 떨었다. 그리고 다시 드레스 가봉에 착수했다. 소매를 1인치 짧게 해야 하나 마나? 드레스 길이는 어떻게 할까? 이 중차대한 문제들을 만족스럽게 해결하자 펠로스-브라운 부인은 자기가 입고 온 옷을 걸치고서 떠날 채비를 했다. 그런데 인형 옆을 지나치려 할 때 그녀는 다시 고개를 인형 쪽으로 홱 돌렸다.

"그래, 암만 해도 이 인형은 맘에 들지 않아. 지나칠 정도로 이곳에 속해 있는 인상이거든. 그건 건전치 못한 일이야."

"그 여자가 한 말이 무슨 뜻일까요?"

펠로스—브라운 부인이 계단을 내려가자 시빌이 물었다.

앨리시아 쿰이 채 입을 열기도 전에 펠로스—브라운이 돌아와 문틈으로 고개를 쑥 내밀었다.

"이런, 정신 좀 보게! 풀링을 잊고 있었네. 어디 있니, 이 녀석? 저런, 저것 좀 봐!"

그녀가 바라보길래 다른 두 여자도 그쪽을 바라보았다.

페키니즈 종의 작은 개는 녹색 벨벳이 덮인 의자 옆에 앉아 그 위에 널브러져 있는 인형을 바라보고 있었다. 눈알이 튀어나온 개의 조그마한 얼굴은 즐거운 기색도 화난 기색도 전혀 찾아볼 수 없이 무표정했다. 그저 인형을 바라보고만 있을 뿐이었다.

"자, 이리 온. 엄마한테 와야지."

펠로스—브라운 부인이 달랬다. 하지만 개는 들은 척도 하지 않았다.

"요즘 와서 날마다 점점 말을 안 듣는다니까."

이렇게 말하면서도 펠로스—브라운 부인의 음성은 개를 칭찬하는 것처럼 들렸다.

"자, 이리 온, 풀링. 착하지, 착하고말고."

풀링은 고개를 1인치 반쯤—여주인을 향해 돌리는가 싶더니 금방 경멸에 찬 얼굴을 하고 고개를 돌려 인형만을 하염없이 바라보는 것이었다.

"저 인형이 개한테 대단한 인상을 준 모양이야."

펠로스—브라운 부인이 중얼거렸다.

"그런데 전에는 본 적이 없을 텐데. 나도 그렇고 지난번에 내가 왔을 때도 있었던가?"

두 여자가 다시금 서로를 바라보았다. 시빌은 얼굴을 찌푸렸고, 앨리시아 쿰은 이마를 찌푸리며 대답했다.

"말씀드렸죠, 요즘 와서는 뭘 통 기억할 수가 없다고요. 저 인형이 언제부터 있었지, 시빌?"

"그보다 어디서 났지?" 펠로스-브라운 부인이 재촉하듯 물었다.

"샀나?"

"아뇨, 그럴 리가—." 앨리시아 쿰은 그 말에 놀란 모양이었다.

"아뇨, 아니에요. 누군가가—선물로 준 것 같아요."

그녀는 고개를 내저었다.

"이거 정말 미치겠다니깐! 아주 미칠 지경이에요. 무슨 일이건 돌아서면 그만 까맣게 잊어버리고 마니, 원!"

"자, 풀링, 착하지!"

펠로스-브라운 부인이 이번에는 날카롭게 소리쳤다.

"이리 온. 안 그러면 내가 강제로 들고 갈 수밖에."

그녀가 개를 들어 올리자 풀링은 화가 난 듯이 잠깐 으르렁거리며 짖었다.

그들은 방을 나섰다. 하지만 풀링은 털이 북실북실한 어깨너머로 얼굴을 돌린 채 톡 튀어나온 눈으로 의자 위의 인형에 심상치 않은 눈길을 쏟고 있었다……

"저 놈의 인형—." 그로브스 부인이 말했다.

"이상하게 보기만 하면 소름이 끼친다니깐."

그로브스 부인은 청소부였다. 그녀는 조금 전에 게처럼 앉아 뒷걸음질을 치며 바닥 청소를 한 뒤였다. 지금은 일어서서 총채로 천천히 방 안을 구석구석 터는 중이었다.

"이상한 일이란 말이에요." 그녀가 중얼거렸다.

"어제까지만 해도 눈여겨보지를 않았었는데, 갑자기—뭐라 할까 눈에 확 뜨이더란 말이에요."

"인형이 맘에 안 들어요?" 시빌이 물었다.

"얘기했잖아요, 폭스 부인. 소름이 끼친다고." 그로브스 부인이 대꾸했다.

"어쩐지 자연스럽지가 않아요. 내 말뜻을 아실는지 모르지만. 저 길게 흐느적거리는 다리며 저기 저처럼 널부러진 모습하며—게다가 저 눈 속의 교활한 표정이라니. 건전해 보이질 않아요. 예, 바로 그것이에요."

"전에는 저 인형에 대해 아무 말도 안 했잖아요." 시빌이 대꾸했다.

"말했잖아요, 그전까지는 눈여겨보지 않았었다고. 그런데 오늘 아침에 보니까, 글쎄, 그야 저 인형이 여기 있은 지 한참 됐다는 건 알고 있어요. 하지만—"

그녀는 말을 멈추었다. 당혹스러운 표정이 그녀의 얼굴을 스쳤다.

"마치 밤에 무슨 꿈을 꾸는 것 같아요."

그녀는 말을 마치고 청소용구들을 챙긴 뒤 가봉실에서 나가 복도를 가로질러 반대편 방으로 사라졌다.

시빌은 의자 위에 놓인 인형을 바라보았다. 그녀의 얼굴 위로 혼란스러운 표정이 번지고 있었다.

그때 앨리시아 쿰이 들어오자 시빌은 홱 돌아섰다.

"쿰 양, 대체 이 물건이 언제부터 있었죠?"

"뭘—아, 그 인형 말인가? 저런, 내가 건망증인 거 알고 있잖아. 어제는—아휴, 생각만 해도 기가 막혀! 그 강연을 들으러 나갔었는데 길을 반이나 갔을까, 갑자기 내가 어디로 가고 있는지가 생각이 안 나는 거야. 그래서 머리를 쥐어짜냈지. 그랬더니 마지막에 포트넘스라는 생각이 나는 거야. 포트넘스에 가야 할 용건이 있을 것 같은 생각이 들었던 거지. 집에 도착해서 차를 한잔 들 때야 강의 생각이 났다고 하면 당신도 정말 못 믿을 거야. 그야 사람이 나이를 먹으면 노망난다고들 하지만 이건 좀 빠르지 않느냐고. 지금만 해도 핸드백을 어디다 두었는지 깜빡했어. 안경하고—대체 안경을 어디 두었더라? 조금 전만 해도 있었는데! '타임스' 신문 기사를 읽었거든."

"안경은 여기 벽난로 위에 있어요." 시빌은 안경을 건네주었다.

"그런데 저 인형은 어떻게 얻었죠? 누가 주었나요?"

"그것도 역시 모르겠어. 아마 누가 주었거나 보내줬을 테지. 어쨌든 이 방하고 잘 어울리잖아?"

"너무 지나치게 어울린다고 해야죠." 시빌이 대꾸했다.

"참 묘한 일이지. 나도 이 물건이 언제 여기 와 있었는지 기억이 안 나니까요."

"아이고, 나 같은 꼴은 되지 마." 앨리시아 쿰이 질색을 했다.

"그러기엔 아직 젊으니까."

"하지만 정말이에요, 쿰 양. 정말 기억이 안 나요. 어제 문득 이 물건을 발견했는데, 내가 보기에도 뭔가가 있는 것 같았어요. 그로브스 부인 말이 맞아요. 좀 섬뜩한 데가 있는 인형이에요. 그런데 그렇게 생각하다 보니까 전에도 이미 그런 생각을 했다는 게 기억나잖아요. 그래서 대체 내가 언제 처음 그런 생각을 했는지 기억을 되살리려고 해보았죠. 그런데 기억이 전혀 나지 않는 거예요! 아니, 어찌 보면 전에 본 적이 없는 건지도 모르지만 느낌은 분명히 그렇지가 않았어요. 이 인형이 여기 있었던 것은 오래전부터인데 지금에야 그걸 발견한 것 같은 느낌이라는 거죠"

"그럼, 아마 어느 날 빗자루를 타고 창문으로 날아 들어왔는지도 모르지."

앨리시아 쿰이 대꾸했다.

"어쨌든 이 방하고 썩 어울리는 인형이야."

그녀는 말하면서 방 안을 휘둘러보았다.

"저 인형이 빠진 이 방은 상상이 안 가잖아, 그렇잖아?"

"그래요." 시빌이 몸을 조금 떨며 대꾸했다.

"하지만 차라리 그러기라도 했으면 좋겠어요."

"뭘 그러기라도 했으면 좋겠다는 거야?"

"저 인형이 없는 방을 상상할 수 있으면 좋겠다는 거죠."

"왜 모두들 이렇게 이 인형을 갖고 수선들이지?"

앨리시아 쿰 양이 짜증난다는 투로 쏘아붙였다.

"이 가엾은 인형이 뭐가 어쨌다는 거냐고. 내 눈엔 그저 쓰다 버린 헝겊뭉치 같은데. 그야 내가 지금 안경을 안 쓰고 있어서 그럴 테지만."

그녀는 안경을 쓰고 똑바로 인형을 바라보았다.

"그래, 당신 말이 맞군. 무슨 뜻인지 알겠어. 좀 섬뜩한 데가 있어. 서글픈 표정이긴 하지만—어딘가 교활하고 고집이 센 듯한 표정이야."

"정말 우습지 뭐예요." 시빌이 말했다.

"펠로스—브라운 부인 말이에요. 꼭 그렇게 요란하게 싫다고 해야 했는지 모르겠어요."

"그 여자는 자기 맘속에 있는 그대로 떠벌여야 직성이 풀리거든."

"하지만 이 인형이 유독 그렇게 혐오감을 준다니 이상하잖아요."

"글쎄―, 사람들은 종종 느닷없이 뭔가가 격렬하게 싫어지기도 하잖아."

"그렇지요." 시빌이 조금 웃으며 말했다.

"아닌 게 아니라 이 인형은 어제야 이곳에 온 것인지도 몰라요……. 당신 말처럼 창문으로 날아 들어와서 턱 자리를 잡았는지도 모르지요."

"아냐, 그렇지 않아." 앨리시아 쿰이 말했다.

"이 인형은 여기 있은 지가 꽤 돼. 그런데 어제야 눈에 뜨인 건지도 몰라."

"내 생각도 그래요." 시빌이 맞장구를 쳤다.

"여기 온 지가 한참 된 것 같은 느낌이에요. 하지만 암만 해도 어제 이전에는 눈에 뜨인 기억이 없거든요."

"맙소사, 제발 이젠 그만!" 앨리시아 쿰이 짜증을 냈다.

"당신 말을 들으니까 등골이 오싹오싹해져. 저깟 물건 갖고 괜히 이상합네 뭐네 하고 소란을 피우려는 건 아니겠지?"

그녀는 성큼 다가가 인형을 집어들더니 조금 털어본 뒤 어깨 있는 곳의 옷을 가다듬은 다음 다른 의자에 내려놓았다. 인형은 조금 밑으로 처지는 듯싶더니 잠잠해졌다.

"살아 있는 것도 아닌데 뭐."

앨리시아 쿰이 중얼거리며 인형을 뚫어지게 바라보았다.

"그런데 이상도 하지. 꼭 살아 있는 것 같거든."

"아휴, 저놈의 물건 때문에 깜짝깜짝 놀란다니까."

그로브스 부인은 진열실 먼지를 털며 투덜댔다.

"하도 놀라서 이젠 가봉실에는 들어가고 싶지도 않아요."

"뭣 때문에 놀랐다는 거지?"

쿰 양이 구석에 놓인 필기용 책상에 앉아 경리장부 정리에 골몰한 채 물었다.

"그런데 이 여자 말이야―"

그녀는 그로브스 부인한테 물어본 것을 깜빡 잊고 딴소리를 했다.

"글쎄, 매년 이브닝드레스를 둘, 칵테일 드레스를 셋, 그리고 양복을 하나씩 맞추면서도 나한테 돈 한 푼 안 내려고 한다니까. 정말 우스운 사람들도 다 있지!"

"그 인형 때문이에요." 그로브스 부인이 대꾸했다.

"뭐야, 또 그 인형 타령인가?"

"그래요, 글쎄 꼭 사람처럼 책상 앞에 앉아 있더라니까요. 아휴, 그 꼴을 보니 얼마나 놀랐던지!"

"그게 무슨 소리야?"

앨리시아 쿰은 자리에서 일어나 종종걸음으로 가로질러 방을 나선 뒤 좁은 층계참을 건너 반대편에 있는 가봉실로 들어섰다. 방 한쪽 구석에 셰라턴식의 작은 책상이 있었는데, 책상 뒤에는 의자가 바싹 당겨져 있고, 그 위에—그 인형이 기다란 팔을 책상에 얹은 채 앉아 있었던 것이다.

"누가 장난을 치는 거야." 앨리시아 쿰 양이 말했다.

"인형이 저런 모양으로 앉아 있다니 정말 상상도 안 가. 맙소사, 마치 살아 있는 사람처럼 자연스럽잖아!"

그때 시빌 폭스가 그날 아침에 가봉을 할 드레스를 끌어안은 채 방으로 들어왔다.

"이리 좀 와봐, 시빌. 저 인형이 내 책상에 앉아 편지를 쓰고 있는 걸 보라고."

두 여자는 서로를 마주보았다.

앨리시아 쿰이 다시 입을 열었다.

"정말 우습네! 대체 누가 저 인형을 거기다 앉혀놓았을까? 당신이 그랬나?"

"아뇨, 천만에요." 시빌이 단호하게 말했다.

"위층 아가씨 한 사람이 한 짓이 틀림없어요."

"장난도 좀 그럴싸하게 쳐야지."

앨리시아 쿰이 투덜대더니 책상 위에서 인형을 집어 소파 위로 내던졌다.

시빌은 드레스를 조심스럽게 의자 위에 걸쳐놓고는 방에서 나가 계단을 올라 작업실로 향했다.

"모두들 그 인형 알고 있지? 아래층 쿰 양의 방에 있는 벨벳 옷 입은 인형 말이야. 가봉실에 있는 거—."

작업감독과 아가씨 셋이 일제히 고개를 들어 바라보았다.

"그럼요, 알고 있고말고요."

"그런데 오늘 아침 누가 그 인형을 책상에 앉혀놓는 장난을 친 거지?"

세 아가씨가 멍하니 그녀를 바라보았다. 감독인 엘스페스가 우선 입을 열었다.

"인형을 책상에 올려놔요? 난 그런 짓 안 했어요."

"저도요." 아가씨 한 사람이 뒤를 이었다.

"네가 그랬니, 말린?"

그러자 말린이 고개를 내저었다.

"당신이 한 짓인가, 엘스페스?"

"아니라니까요."

엘스페스가 대꾸했다. 험상궂게 생긴 그 여인은 입에 항상 핀을 가득 물고 있는 듯한 모습이었다.

"인형을 책상에 앉혀놓는 장난질을 칠 틈이 어디 있담!"

"이거 봐요, 잘 들어."

시빌이 엄숙하게 말했다. 목소리가 조금 떨리고 있어서 그녀는 내심 놀랐다.

"장난이야 퍽 재미있는 장난이었어. 하지만 난 누가 그런 장난을 했는지 그걸 알고 싶을 뿐이라고."

세 아가씨는 발끈 성을 냈다.

"말씀드렸잖아요, 폭스 부인. 우린 아무도 그런 짓 안 했어요. 안 그래, 말린?"

"난 안 했어." 말린이 대꾸했다.

"그리고 넬리 하고 마거릿의 짓도 아니라고 하니까 우리 세 사람은 분명히 안 했어요."

"내 말이야 아까 했지요?" 엘스페스가 뒤를 받았다.

"그런데 왜 이렇게 난리죠, 폭스 부인?"

"그로브스 부인 짓일지도 모르잖아요." 말린이 말했다.

시빌은 고개를 저었다.

"그로브스 부인이 그런 짓을 할 리가 없어. 그것만 보면 소름이 돋는다고 하니까."

"내려가서 내 눈으로 직접 봐야겠어." 엘스페스가 나섰다.

"이젠 책상 앞에 없어요. 쿰 양이 책상에서 집어내 다시 소파 위로 던졌으니까. 그건 그렇고—내 말은 누군가가 장난으로 그 인형을 필기용 책상 앞의 의자에 앉혀둔 것이 분명한데, 왜 솔직히 자기가 그랬다고 털어놓지 않는지 모르겠어."

"벌써 두 번이나 말씀드렸잖아요, 폭스 부인." 마거릿이 흥분하여 말했다.

"그런데도 대체 왜 우리가 거짓말이라도 하는 양 몰아세우시는지 모르겠군요. 우린 아무도 그런 바보 같은 짓 안 해요."

"미안해." 시빌이 대답했다.

"화나게 할 생각은 아니었어. 하지만—그럼, 대체 누가 그런 짓을 했느냐 말이야?"

"인형이 제 스스로 벌떡 일어나서 걸어갔는지도 모르지요."

말린이 키득대며 농을 던졌다.

웬일인지 시빌은 그 말이 썩 언짢았다.

"그런 얼토당토않은 일이 어딨어!"

그녀는 단호하게 말하고 계단을 내려갔다.

앨리시아 쿰 양은 뭐가 신이 나는지 명랑하게 콧노래를 부르며 방 안을 둘러보고 있었다.

"그놈의 안경을 또 잃어버렸지 뭐야. 하지만 상관없어. 지금은 뭘 특별히 봐야 하는 건 아니니까. 그런데 문제는 나처럼 깜깜절벽일 때 안경을 잃어버리고 나면 또 여분의 안경을 갖고 있지 않고서는 잃어버린 안경을 찾을 수 없다는 거야. 왜냐하면 대체 뭐가 보여야지 잃어버린 안경을 찾고 자시고 하지."

"내가 찾아 드릴께요." 시빌이 대꾸했다.

"방금까지도 있었잖아요?"

"당신이 위층으로 올라갔을 때 다른 방으로 갔었는데 아마 거기다 놓고 온 모양이야."

그녀는 맞은편 방으로 건너갔다.

"아이, 성가셔!" 앨리시아 쿰이 투덜거렸다.

"이제 생각하니 이 장부정리를 빨리 해야겠는데 말이야. 안경이 없으니 대체 어떻게 해야 한담!"

"내가 올라가서 침실에서 예비 안경을 가져오지요." 시빌이 말했다.

"예비 안경도 없어." 앨리시아 쿰이 대꾸했다.

"저런, 그건 어떻게 됐는데요?"

"그게 아마 어제 점심을 먹으러 나갔을 때 잃어버린 모양이야. 식당에도 전화를 해보고 내가 들렀던 가게 두 곳에도 전화를 해보았지만 없더라고."

"맙소사! 그럼, 안경을 세 개 준비해 둬야겠군요."

"만일 안경이 세 개씩이나 있다가는 매일 이 안경 저 안경 찾다가 세월 다 보내고 말 거야. 내 생각에는 암만해도 안경은 하나만 있는 게 제일 좋은 것 같아. 그럼, 기필코 안경을 찾아야 할 테니까."

"어쨌든 이 근처 어디 있겠죠. 여기 두 방 말고는 딴 데로 나간 일도 없잖아요. 이 방에도 없는 걸 보니까 가봉실에 놔두고 온 모양이에요."

그녀는 다시 가봉실로 가 꼼꼼히 여기저기 살펴보며 다녔다. 마지막에 문득 어떤 생각이 떠올라서 소파 위의 인형을 집어들었다.

"여기 있어요!"

"저런, 어디에 있었어, 시빌?"

"이 잘나신 인형 밑에 있었어요. 아까 소파 위에 인형을 던질 때 밑으로 같이 던진 모양이에요."

"난 그러지 않았는데. 정말이야."

"맙소사!" 시빌은 흥분하여 소리쳤다.

"그럼, 인형이 그걸 집어서 감추었단 말이에요!"

"그래, 그랬을지도 몰라."

앨리시아는 곰곰이 생각에 잠긴 눈길로 인형을 바라보았다.

"그 말도 일리가 없지는 않아. 그런 짓을 할 수도 있다고 아주 영리한 얼굴이잖아. 안 그래, 시빌?"

"영 맘에 안 드는 얼굴이에요." 시빌이 대꾸했다.

"꼭 우리가 모르는 그 뭔가를 알고 있는 듯한 얼굴이라고요."

"좀 슬픈 듯한—상냥한 얼굴이라고 생각되지 않아?"

앨리시아 쿰이 애원하는 듯한 음성으로 말했지만 자기도 그 말에는 자신이 없다는 기색이었다.

"상냥하다니, 거리가 멀어도 한참 멀어요."

"그래, 당신 말이 맞을지 몰라…… 아, 어쨌든 이 이야기는 그만하고 일이나 해야겠어. 레이디 리가 조금 있으면 올 거야. 이 송장(送狀)을 다 기입하고 부쳤으면 해."

"폭스 부인! 폭스 부인?"

"왜 그러지, 마거릿?" 시빌이 외쳤다.

"무슨 일이야?"

시빌은 탁자 위에 몸을 숙이고 새틴 옷감을 자르느라 여념이 없었다.

"폭스 부인! 또 그 인형이에요. 당신이 말한 갈색 드레스를 가지고 내려왔더니 그 인형이 다시 책상 앞에 앉아 있는 거예요. 내가 한 짓은 물론 아니에요. 우린 그런 짓 하지 않아요. 폭스 부인, 믿어 주세요. 우린 정말 그런 짓을 할 사람들이 아니라고요."

시빌은 그만 가위질하던 손이 미끄러졌다.

"이런!" 그녀는 화가 나 소리쳤다.

"너 때문에 이것 좀 봐! 오, 이제 보니 잘하면 괜찮겠구나. 그건 그렇고, 인형이 어떻게 되었다고?"

"인형이 다시 책상에 앉아 있어요."

시빌은 아래층으로 내려가 가봉실로 들어섰다. 과연 인형이 전과 똑같은 자세로 책상에 앉아 있었다.

"너 정말 고집불통이로구나, 안 그래?"

시빌이 인형을 향해 소리쳤다. 그리고 나서는 무뚝뚝하게 인형을 집어다 소파 위에 놓았다.

"네가 있을 자리는 여기야. 여기 꼼짝 말고 있어."

그녀는 다른 방으로 걸음을 옮겼다.

"쿰 양."

"왜 그러지, 시빌?"

"누군가가 우리에게 장난을 치고 있어요. 인형이 또 책상 앞에 앉아 있는 거예요."

"당신 생각에는 누구 짓일 것 같아?"

"위층 세 아가씨 중 하나가 틀림없어요. 재미나서 하는 짓이라고요. 그야 모두들 자기 짓이 아니라며 하늘에 맹세하고 있지만."

"그럼, 누구일 것 같아—마거릿?"

"아뇨, 마거릿 같지는 않아요. 나한테 인형 이야기를 하러 왔을 때 정말 놀라고 어리둥절한 얼굴이었거든요. 내 생각에는 그 웃음 헤픈 말린 같아요."

"누가 했든지 간에 정말 얼빠진 장난이야."

"그렇고말고요—바보 같은 짓이죠. 어쨌든—."

그녀는 엄숙하게 덧붙였다.

"이제는 그런 짓 못하게 막아야겠어요."

"어떻게 할 셈인데?"

"두고만 보세요."

그날 밤, 그녀는 의상가게를 나서면서 가봉실 문을 바깥에서부터 잠가버렸다.

"이렇게 문을 잠그고 열쇠를 내가 가져가는 거예요."

"오호, 알겠군."

앨리시아 쿰 양이 은근히 재미있다는 가락으로 대꾸했다.

"혹시 내 짓이 아닌가 생각하게 되었단 말이지, 안 그래? 내가 하도 정신을 놓고 다니니까 그 방에 들어가서 책상에 앉아 뭘 쓰려다가 대신 그 인형을 앉혀두고 내 대신 글을 쓰게 해두었다는 거지? 그런 생각을 하고 있는 거지? 그런 다음에 내가 깜빡 잊어버렸다는 거 아니야?"

"그럴 수도 있지요." 시빌이 솔직히 말했다.

"어쨌든 오늘밤에는 아무도 바보 같은 장난을 못 칠 게 분명해요."

다음 날 아침, 시빌은 입을 꽉 다물고 출근하자마자 가봉실 문을 열고 안으로 성큼성큼 들어갔다. 그로브스 부인은 흥분한 얼굴로 손에는 긴 걸레자루와

총채를 든 채 층계참에서 기다리고 있었다.

"자, 어디 볼까!" 시빌이 소리쳤다.

다음 순간 그녀는 가냘프게 신음소리를 토하며 뒤로 물러섰다.

인형이 다시 책상 앞에 앉아 있는 것이었다.

"하나님!"

그로브스 부인이 시빌의 등 뒤에서 중얼거렸다.

"정말 기분 나쁜 일이군요! 끔찍해. 아이고, 저런! 폭스 부인, 안색이 창백해요. 현기증이 나는 사람처럼—뭐라도 한잔 마셔야겠어요. 위층에 쿰 양이 한잔 마실 것을 갖고 있나요?"

"난 괜찮아요." 시빌이 대답했다.

그녀는 책상 앞의 인형으로 걸어가 조심스럽게 집어들고는 방 안을 가로질러갔다.

"누가 또 장난을 친 거예요." 그로브스 부인이 말했다.

"정말 귀신이 곡할 노릇이지. 어떻게 이런 장난을 칠 수 있담?"

시빌이 느릿느릿 생각에 잠겨 말했다.

"간밤에 내가 분명히 문을 잠가두었는데. 저 문을 잠그면 아무도 못 들어온다는 걸 알잖아."

"누구 딴 사람이 열쇠를 또 가지고 있을지 모르잖아요."

그로브스 부인이 옆에서 퉁겨주었다.

"그렇지 않아요." 시빌이 대꾸했다.

"전에는 이 문을 잠근 적도 없는걸. 그리고 열쇠도 옛날식 열쇠고, 단 하나밖에 없거든."

"혹시 다른 열쇠가 우연히 맞았을지도 모르죠. 저 맞은편 방 열쇠라도—"

그렇게 해서 그들은 가게 안에 있는 열쇠란 열쇠는 모두 끼워보았다. 하지만 그 어느 것도 가봉실 문에는 맞지 않았다.

"정말 이상한 일이에요."

시빌은 그날 점심을 함께하면서 쿰 양에게 말했다.

앨리시아 쿰 양은 재미있다는 기색이었다.

"저런, 아주 흥미진진한 일인데. 아무래도 심령학 연구를 하는 사람들한테 편지를 해야겠어. 그러면 혹시 조사원을 보내줄지도 모르잖아. 무당이니 뭐니 하는 사람을 말이야. 그 방에 뭐가 씌웠는지 알아보려고 말이지."

"별로 걱정이 되는 얼굴이 아니군요."

"그래, 한편으로는 퍽 재미있어." 앨리시아 쿰이 솔직히 인정했다.

"내 나이가 되면 무슨 사건 같은 것이 일어나는 것이 재미있게 마련이야. 하지만—그래, 이 일은 별로 마음에 들지 않아."

그녀는 생각에 잠겨 중얼거렸다.

"그 인형 말이야. 좀 주제넘은 짓을 하는 것 같지 않아?"

그날 저녁, 시빌과 앨리시아 쿰은 다시 한 번 밖에서 문을 잠갔다. 이윽고 시빌이 입을 열었다.

"암만 해도 난 누군가가 우리한테 아주 교묘하게 장난을 치고 있는 것 같아요. 그 이유야 모르지만……."

"내일 아침에도 저 인형이 다시 책상 앞에 앉아 있을 것 같아?"

앨리시아가 물었다.

"예, 그럴 거예요."

하지만 그들의 생각은 빗나갔다. 인형은 책상 앞에 앉아 있지 않았던 것이다. 대신 창틀 위에 앉아 거리를 내려다보고 있었다. 그 자세는 책상 앞에 앉아 있을 때와 마찬가지로 기묘할 만큼 자연스러웠다.

"어쨌거나 정말 바보 같잖아?"

그날 오후 차를 들며 잠시 쉬고 있을 때 앨리시아 쿰이 말했다. 그들은 무언의 약속을 한 듯 평상시처럼 가봉실에서 차를 들지 않고 앨리시아의 맞은편 방에서 차를 들고 있었다.

"어떤 점이 바보 같다는 거지요?"

"그게 말이야, 뭔가 단서가 될 만한 거라고는 아무것도 없잖아. 인형 하나가 여기저기 자리를 바꿔 앉고 있더란 것밖에."

그 뒤 날이 갈수록 앨리시아 쿰의 그 말은 더욱더 적절한 표현으로 여겨졌다. 이제 인형은 밤에만 옮겨 다니는 것이 아니었다. 잠깐이라도 자리를 비웠다가 가봉실로 들어가 보면 인형은 어느 틈엔가 자리를 바꾸어 다른 곳에 놓여 있었던 것이다. 소파 위에 놓고 나갔다 돌아와 보면 의자 위에 있는 그런 식이었다. 그리고 나서 또 뒤에 가보면 이번에는 다른 의자에 앉아 있곤 했다. 어떨 때는 창 밑의 의자에 있다가 책상 앞으로 옮겨 앉기도 했다.

"마음먹는 대로 움직이나 봐." 앨리시아가 말했다.

"그리고 내 생각엔 인형은 그 짓이 재미있나 봐."

두 여인은 그 자리에 꼼짝 않고 서서 부드러운 벨벳으로 몸을 감싼 채 축 늘어져 꼼짝 않고 있는 인형을 내려다보았다. 얼굴에는 짙은 화장이 되어 있었다.

"낡은 벨벳하고 비단뭉치일 뿐이야. 거기다 화장 좀 한 것뿐이라고. 그게 다야."

앨리시아 쿰이 말했다. 그녀의 음성은 억지로 아무렇지도 않다는 듯 꾸미는 데가 있었다.

"저, 내 생각엔 말이야―저걸 없애버리면 어떨까 하는데."

"그게 무슨 소리예요, 없애다니?"

시빌이 물었다. 충격으로 얼어붙은 듯했다.

"예를 들어―불에 태워버리면 어떠냐는 거지. 불을 피워서 말이야. 마치 마녀를 불태우는 것처럼……아니면 그냥 쓰레기통에 집어넣어도 되고"

그녀는 아무렇지 않은 듯이 덧붙였다.

"그래 보았자 소용없을 거예요. 누군가가 쓰레기통에서 인형을 꺼내다가 되돌려줄지도 모르니까요."

"그럼, 어디 딴 데로 보내지 뭐." 앨리시아 쿰이 말했다.

"그 왜 있잖아. 늘 뭔가 보태달라고 편지로 애걸하는 자선단체 같은 곳에 말이야. 세일이나 바자회 같은 것을 열어서 자선금을 모으는 그런 곳. 암만 해도 그게 제일 좋은 생각 같은데?"

"글쎄요……" 시빌이 머뭇거렸다.

"그렇게 하기가 겁이 나요."

"겁이 난다고?"

"그래요. 꼭 돌아올 것만 같아요."

"인형이 이리로 돌아온단 말이지?"

"그래요."

"집에 돌아오는 전서(傳書) 비둘기처럼 말이야?"

"그래요. 바로 그거예요."

"설마 우리 둘 다 정신이 나가려는 건 아니겠지!"

앨리시아 쿰이 소리쳤다.

"난 그냥 망령이 난 것뿐이고, 당신은 그냥 날 놀리려고 하는 말이지, 그렇지?"

"아니에요. 하지만 왠지 기분 나쁘고 겁이 나요. 저 인형은 우리가 상대하기엔 너무 강력한 상대라는 섬뜩한 생각이 들거든요."

"뭐가? 저 누더기 뭉치 인형이?"

"그래요. 저 기분 나쁘게 흐늘흐늘한 누더기 뭉치가 말이에요. 당신도 보다시피 너무나 고집이 세잖아요."

"고집이 세다고?"

"자기 하고 싶은 대로 해야겠다고 맘먹은 것 같다는 말이에요! 봐요, 이젠 이 방이 인형 방이 되었잖아요."

"그래, 그건 사실이야." 앨리시아 쿰은 방 안을 둘러보았다.

"바로 그렇게 되었어, 안 그래? 하긴 생각해 보면 지금껏 죽 그랬지. 방 안의 색깔이며 모든 것이 말이야……. 난 인형이 이 방에 꼭 어울린다고 생각했는데, 그게 아냐. 이 방이 인형에 어울리는 거지. 그렇더라도─."

그녀의 음성에 성난 가락이 담겨 있었다.

"인형 같은 게 이렇게 제멋대로 나타나서 떠억 방을 차지하고 있다니 어처구니가 없어. 벌써 그로브스 부인만 해도 이 방에는 청소하러 아예 들어오지도 않는단 말이야."

"인형이 겁나서 그런다고 하던가요?"

"아니야. 그냥 이것저것 핑계를 대더군."

그러고 나서 앨리시아는 겁에 질린 음성으로 물었다.

"이젠 어떻게 하지, 시빌! 인형 때문에 일이 안 돼. 벌써 몇 주일이나 디자인을 못했어."

"나도 재단에 신경을 집중시킬 수가 없어요." 시빌이 고백했다.

"별의별 엉뚱한 실수를 다 한다니까요."

그녀의 음성이 자신 없어졌다.

"암만 해도 당신 말대로 심령연구를 하는 사람들을 불러야 할까 봐요."

"그래 봤자 우리 꼴만 바보로 보일 거야." 앨리시아가 대꾸했다.

"그 말은 진심으로 한 것이 아니었어. 그보다는 그냥 그때까지 기다리는 것이 좋을 것 같아─."

"그때까지라니, 언제까지 말인가요?"

"그야 나도 모르지."

앨리시아는 자신 없는 웃음을 터뜨렸다.

다음 날 아침, 시빌이 도착해 보니 가봉실 문이 닫혀 있었다.

"쿰 양, 당신도 이 방 열쇠를 갖고 있나요? 간밤에 이 방을 잠갔어요?"

"그래, 내가 잠갔어. 앞으로도 그냥 잠가둘 생각이야."

"그게 무슨 소리예요?"

"이 방을 포기했다는 소리야. 인형보고 가지라고 하지 뭐. 우리한테야 굳이 방이 두 개 필요한 건 아니잖아. 여기서도 가봉을 할 수 있으니까."

"하지만 저 방은 당신 개인사무실이잖아요."

"그야 그렇지만 이젠 필요 없어. 난 근사한 침실이 있잖아. 거기를 침실 겸 거실로 하지 뭐, 안 그래?"

"그럼, 정말 저 가봉실에 다시는 안 들어갈 거란 말이에요?"

시빌이 반신반의했다.

"그래, 바로 그거야."

"하지만─청소는 어떻게 하고요? 끔찍한 꼴이 될 텐데."

"될 테면 되라지, 뭐!" 앨리시아가 대꾸했다.

"그 방을 인형이 차지하고 들어앉는 바람에 곤경을 치르게 된다 한들 뭐 어때─자기 방이니까 자기가 알아서 하라고 그러지 뭐. 자기가 직접 방을 치우라고 놔두는 거야"

그러고 나서 그녀는 은밀히 덧붙였다.

"그 인형은 우리를 싫어해."

"그게 무슨 말이에요? 우리를 싫어하다니?"

"그렇다니까! 몰랐어? 그만한 건 알아야지. 그 인형 얼굴을 보았으면 그런 것쯤 눈치챘을 거 아냐"

"그래요." 시빌이 기억을 더듬으며 중얼거렸다.

"눈치챘었던 듯싶어요. 죽 그런 기분이었던 것 같고요. 저 인형은 우리를 싫어한다. 그래서 우리를 거기서 몰아내고 싶어한다고 말이에요"

"저 인형은 악귀라고." 앨리시아가 딱 잘라 말했다.

"어쨌든 이젠 만족하겠지."

그 이후로는 만사가 평온하게 흘러갔다. 앨리시아 쿰은 자기 가게에서 일하는 사람들에게 당분간 가봉실을 폐쇄하겠다고 했다. 청소해야 할 방이 너무 많다는 것이 이유였다.

하지만 그러한 핑계는 소용이 없었다. 그날 저녁, 그녀는 일하는 아가씨 한 사람이 다른 아가씨에게 속삭이고 있는 것을 들어야 했던 것이다.

"쿰 양 말이야, 정말 머리가 어떻게 된 것 같아. 평소에도 좀 이상하다고 생각하긴 했지만. 걸핏하면 물건을 잃어버리고 건망증이 심했으니까. 하지만 이건 도가 지나쳐, 안 그래? 아래층의 그 인형에 뭔가 비밀이 있는 것 같아."

"저런, 정말 정신이 돈 거라고 생각하는 건 아니겠지?"

다른 아가씨가 대꾸했다.

"우리를 칼로 어쩐다든지 그러는 건 설마 아니겠지?"

그들은 재잘대며 앨리시아의 곁을 지나쳤다.

앨리시아는 씨근덕거리며 의자에 꼿꼿이 등을 펴고 앉았다. 정신이 돌았다고! 그러다가 그녀는 문득 씁쓰레하게 중얼거렸다.

'그래, 만일 시빌이 없었다면 나 역시 내가 미친 거라고 생각했을 것이 틀림없어. 하지만 시빌하고 그로브스 부인도 나하고 마찬가지니까 안심해도 되겠지. 분명히 저 인형한테는 뭐가 있긴 있는 거야. 하지만 알 수 없는 것은 대

체 이 일이 언제 끝장이 나느냐는 거야.'

3주일 뒤, 시빌이 앨리시아에게 말했다.

"아무 때고 저 방에 들어가긴 해야 해요."

"그건 왜?"

"곰팡내가 날 지경일 텐데요. 여기 저기 좀이 슬었을 거고, 먼지를 쓸어내고 치운 다음에 다시 문을 잠그면 되잖겠어요."

"난 그냥 잠가놓고 들어가고 싶지 않아."

"아유, 저런! 당신은 나보다 더 미신적인 데가 있군요."

"그런 것 같아." 앨리시아가 대꾸했다.

"난 당신보다도 훨씬 더 쉽게 이번 일에 겁을 먹었으니까. 하기야 처음에는 —그 뭐라고 할까, 일이 묘해서 재미있다고 생각했지만 말이지. 아유, 나도 모르겠어. 어쨌든 난 겁이 나. 다시는 저 방에 들어가고 싶지 않아."

"하지만 난 들어가고 싶어요. 그리고 정말 들어갈 작정이고요."

"당신 문제점이 뭔지 알아?" 앨리시아가 말했다.

"당신은 너무 호기심이 많아. 그게 문제야."

"그래요, 호기심이 많다고 해두죠. 어쨌든 난 인형이 어떤 꼴을 해놓았나 한번 보고 싶어요."

"그래도 역시 그냥 놔두는 게 좋을 것 같아." 앨리시아가 말렸다.

"이제 우리도 그 방에서 나갔으니까 흡족했을 거 아냐? 흡족하게 그냥 놔두는 게 좋을 거라고."

말하다가 말고 그녀는 분통이 터지는 듯이 한숨을 내쉬었다.

"아휴, 대체 이게 다 무슨 얼빠진 이야기람!"

"그래요, 얼빠진 이야기라는 건 알아요. 하지만 얼빠진 이야기를 하지 않으려면—자, 빨리 열쇠나 주세요."

"알았어, 알았어."

"내가 그 인형을 내쫓을까 겁이 나는 거죠? 하지만 내 보기엔 그 인형은 문이나 창 같은 건 얼마든지 드나들 수 있을 것 같아요."

마침내 시빌은 문을 열고 안으로 들어섰다.

"어머나, 정말 이상하기도 해라!"

"뭐가 말이야?"

앨리시아가 어깨너머로 빠끔히 들여다보며 물었다.

"전혀 먼지가 낀 것 같지 않아요, 안 그래요? 그동안 내내 닫혀 있었는데도, 글쎄―."

"그래, 정말 묘한 일이군."

"저기 인형이 있네요."

인형은 소파 위에 있었다. 하지만 예전처럼 축 늘어진 채 누워 있지 않았다. 쿠션을 등에 대고 꼿꼿하게 앉아 있었던 것이다. 그런 인형에게서는 한 집의 여주인으로서 손님을 맞으려 기다리는 듯한 분위기가 풍겨 나왔다.

"아주 제 집처럼 편해 보이는군그래, 응?" 앨리시아가 말했다.

"맘대로 들어와서 미안하다고 말해야 할 것 같은 기분마저 든다니까."

"나갑시다." 시빌이 채근했다.

그녀는 방 밖으로 나가서 문을 당겨 닫고 다시 밖에서 잠갔다. 그러고 나서 두 여자는 서로를 바라보았다.

"제발 저 인형이 왜 이렇게 우릴 겁나게 하는지 그걸 좀 알았으면……."

앨리시아가 입을 열었다.

"세상에! 우리 아니더라도 겁먹지 않을 사람이 누가 있겠어요?"

"그게 아니라, 대체 무슨 일이냐는 거야. 따지고 보면 아무것도 아니잖아. 그냥 어떤 인형 하나가 방 안을 이리저리 다닌다는 것뿐이야. 내 생각엔 암만 해도 저 인형은 인형이 아닌 것 같아. 저건 요정이야."

"어머, 그거 참 그럴 듯한 생각이네요."

"그렇지. 하지만 정말 그렇다고는 생각지 않아. 저건 그냥―그냥 인형일 뿐 인걸."

"정말 저 인형이 어디서 난 건지 모르세요?"

"정말이야. 전혀 생각이 안 나. 자꾸 생각해 보지만, 그럴수록 저 인형을 내가 산 게 아니라는 것, 그리고 누가 나한테 준 것도 아니라는 것만 확실해져. 내 생각엔 저 인형은―그냥 어디서 불쑥 나타난 것 같아."

"어떠세요—인형이 혹시 이젠 가버리지 않을까요?"

"천만에! 뭣 하러 그러겠어? 자기가 바라는 것을 다 얻었는데 말이야."

하지만 인형은 바라는 것을 다 얻지 못한 모양이었다.

다음 날 시빌은 의상진열실로 들어가다가 갑자기 비명을 지르며 숨을 멈추었다. 이어 그녀는 황급히 위층을 향해 소리쳤다.

"쿰 양! 쿰 양! 이리로 좀 내려와 보세요!"

"무슨 일인데?"

자리에서 늦게 일어난 앨리시아 쿰이 오른쪽 다리의 류머티즘 때문에 조금 어기적거리며 조심스럽게 계단을 내려왔다.

"무슨 일인데 그래, 시빌?"

"봐요. 무슨 일이 일어났는지 좀 보세요!"

그들은 진열실 입구에 서서 안을 들여다보았다. 소파 위에—인형이 팔걸이에 팔을 걸친 채 앉아 있었던 것이다.

"방에서 나왔어요!" 시빌이 소리쳤다.

"저 방에서 나온 거예요! 그리고 이 방마저도 차지하려고 해요."

앨리시아 쿰은 문 옆에 털썩 주저앉았다.

"이제 결국은 이 가게를 몽땅 차지하려고 들겠군."

"그럴 거예요."

"비열하고 못된 악귀 같은 것!" 앨리시아가 인형에게 소리쳤다.

"대체 왜 우리한테 나타나서 이렇게 괴롭히는 거냐? 우린 너 같은 건 필요 없어!"

그때 그녀의 눈에—시빌의 눈에도 마찬가지였다, 인형의 몸이 조금 움직이는 것만 같이 보였다. 인형의 팔다리가 좀더 기운없이 축 늘어지는 듯했던 것이다. 길고 축 늘어진 팔이 소파의 팔걸이에 걸쳐져 있었고, 그 뒤로 반쯤 숨긴 얼굴은 마치 팔 아래로 이쪽을 훔쳐보는 듯한 얼굴이었다. 교활한—악의가 번뜩이는 표정이었다.

"정말 끔찍한 물건이야!" 앨리시아가 소리쳤다.

"이젠 견딜 수 없어. 더 이상 견딜 수 없어!"

그녀는 시빌이 놀라 멍하니 바라보고 있는 가운데 느닷없이 방으로 뛰어들어가더니 인형을 집어올렸다. 그러고는 창문으로 뛰어가 창을 열고 길거리로 인형을 내던졌다. 시빌에게서 비명 같기도 하고 공포로 반쯤 흐느끼는 듯한 소리가 터져 나왔다.

"오, 앨리시아! 그런 짓을 해서는 안 돼요! 정말이에요, 그래선 안 된다고요!"

"안 그러곤 배기지 못하겠던걸." 앨리시아가 대꾸했다.

"이젠 더 이상 못 참겠더라고."

시빌은 앨리시아 옆에 다가와 섰다. 저 아래 포장도로 위에 인형이 팔다리를 축 늘어뜨린 채 얼굴을 아래로 향하고 널부러져 있었다.

"당신은 인형을 죽인 거예요."

"얼빠진 소리 하지 마. 벨벳하고 실크니 뭐니 하는 조각 뭉치로 된 물건을 무슨 수로 죽인단 말이야! 저건 살아 있는 게 아니야."

"아뇨, 끔찍하지만 살아 있는 물건이에요."

그때 앨리시아가 숨을 멈추었다.

"아이고, 맙소사! 저 아이가—"

도로 위에 누더기 옷을 입은 한 소녀가 인형을 내려다보며 서 있었다. 소녀는 길거리를 이리저리 살폈다. 길에는 차야 좀 붐볐지만 아침 시간 치고는 이상할 만큼 사람들이 별로 없었다. 그것을 확인한 소녀는 만족한 양 허리를 구부리더니 인형을 집어들고 쏜살같이 길거리를 내달리기 시작했다.

"거기 서! 서!"

앨리시아가 소리쳤다. 그리고 시빌에게 홱 돌아섰다.

"저 아이가 인형을 가져가서는 안 돼! 그래선 안 돼! 저 인형은 위험해. 악마야. 가서 아이를 말려야 해."

하지만 그들이 가서 말리기 전에 소녀는 혼잡한 차 때문에 발걸음이 막히고 말았다. 바로 그때 택시 3대가 한쪽 방향에서 달려오고 반대쪽 방향에서는 상점에서 쓰는 트럭이 2대 달려왔던 것이다. 소녀는 졸지에 길 한가운데에서 고립무원의 지경에 갇히고 말았다.

시빌은 날쌔게 계단을 뛰어내려 갔다. 앨리시아 쿰이 그 뒤를 따랐다. 시빌은 앨리시아가 바싹 뒤를 쫓는 가운데 트럭과 자가용 사이를 누벼 길 한가운데로 들어설 수 있었다. 소녀가 차 사이를 뚫고 반대편 길로 나서기도 전이었다.

"그 인형을 가져가면 안 돼!" 앨리시아가 소리쳤다.

"이리 내."

소녀는 그녀를 바라보았다. 8살쯤 되어 보이는 앙상하게 마른 소녀로 약간 사팔뜨기였다. 그 얼굴에는 반항적인 적개심이 잔뜩 돌아 있었다.

"왜 아줌마한테 줘야 해요! 아줌마가 창밖으로 던졌잖아요. 내가 봤어요. 그렇게 창밖으로 내던진 건 인형을 갖고 싶지 않다는 뜻이잖아요. 그러니 이젠 내 거예요."

"내가 다른 인형을 사주마!" 앨리시아가 미친 듯이 소리쳤다.

"장난감 가게에 같이 가서―네가 가고 싶은 데 어느 가게고 가서 제일 좋은 인형을 사주마. 하지만 그건 돌려다오."

"싫어요!"

소녀가 외치며 벨벳 인형을 보호하려는 듯이 팔로 감쌌다.

"돌려줘야 해!" 시빌이 나섰다.

"네 것이 아니잖아."

그녀는 팔을 내밀어 소녀에게서 인형을 빼앗으려고 했다. 그러자 소녀는 몸을 홱 돌려 발을 구르며 마구 소리를 치기 시작했다.

"싫어요! 안 줘요! 이건 내 거예요. 난 인형이 좋단 말이에요. 아줌마는 인형을 사랑하지 않잖아요! 싫어한다고요. 싫어하지 않았으면 창문으로 내던지지도 않았을 것 아니에요! 난 이 인형을 사랑해요. 인형은 그걸 바란다고요! 사랑받기를 바란다고요!"

말을 마치자마자 소녀는 마치 뱀장어처럼 스르르 차 사이를 뚫고 건너편 길로 달려갔다. 그리고는 어느 골목길로 접어들더니 순식간에 자취를 감추었다. 두 여자가 차 사이를 피해 뒤쫓아 갈 것인가 어쩔 것인가 마음먹기도 전이었다.

"가버렸어." 앨리시아가 중얼거렸다.

"인형이 사랑받기를 원한다고 했어요." 시빌이 따라 중얼거렸다.

"그래—아마 인형이 지금껏 원한 것이 그건 지도 몰라. 사랑받는 것 말이야……."

혼잡한 런던 길 한복판에서 두 여자가 겁먹은 얼굴로 서로를 바라보고 서 있었다.

"하지만 무엇보다 명심하실 것은—절대 공표가 되어서는 안 된다는 점입니다."

마커스 하드맨이 14번째인가 다시 강조했다.

공표가 되어서는 안 된다—그는 지금까지 이야기를 하면서 틈만 나면 그 말을 되뇌고 되뇌었다. 하드맨 씨는 키가 작고 오동통한 몸집에 깔끔하게 손톱 손질을 했으며, 애소하는 듯한 테너의 고음을 지니고 있는 남자였다. 그는 나름대로 유명인사 축에 끼었으며, 우아한 사교 생활을 모토로 삼고 있었다.

그는 부자였지만 유난스러운 부자는 아니었고, 주로 사교적인 즐거움을 위해 열심히 돈을 썼다. 그의 취미는 수집이었다. 그에게는 수집가로서의 안목과 열정이 있었다. 낡은 레이스, 오래된 부채, 옛 시대의 보석 등등. 마커스 하드맨에게는 야한 물건이나 현대풍의 것들은 눈에 차지도 않았다.

포와로와 내가 숨넘어갈 듯이 급하다는 말에 도착해 보니 그 작은 사내는 안절부절못하며 조바심을 내고 있었다. 이런 상황 아래서 경찰을 부른다는 것은 그에게는 썩 내키지 않는 일이었다. 그렇다고 경찰을 안 부르자니 그의 수집품 가운데서도 주옥편에 해당하는 것을 눈 뻔히 뜨고 잃어야 하는 상황이었다. 그래서 결국은 중간 해결책으로 포와로를 떠올린 것이다.

"루비가 없어졌답니다, 므슈 포와로, 그리고 에메랄드 목걸이하고요. 메디치가(家)(15~16세기에 번영한 이탈리아 플로렌스의 명문가)의 캐서린이 소유했었던 것이라고들 하죠. 아아, 그 에메랄드 목걸이를!"

"그 물건들이 없어졌을 때의 상황을 설명해 주시겠소?"

포와로는 차분하게 대꾸했다.

"그야 해 드리고말고요. 어제 오후에 난 집에서 티파티를 열었습니다. 격식

없는 티파티로 손님은 6~7명 정도였습니다. 이번 계절에 한두 번 티파티를 열었는데, 나로서는 그다지 흡족하진 못했지만 어쨌든 퍽 즐거운 파티였지요. 음악도 훌륭했고—피아니스트 나코라와, 콘트랄토(여자 음성의 최저음)를 구사하는 캐서린 버드가 커다란 스튜디오에서 노래와 연주를 들려주었으니까요. 점심이 지난 지 얼마 안 되어서 나는 손님들에게 중세의 보석들을 수집해 놓은 소장품들을 구경시켜 주었습니다. 저기 있는 작은 벽금고 뒤에 보관해 두었던 것들이죠. 안에는 캐비닛처럼 생겼는데, 화려한 벨벳을 뒤에 깔아서 보석들을 돋보이게 해놓았답니다. 그런 뒤에는 모두들 저쪽 벽의 진열장 속에 있는 옛날 부채들을 구경했죠. 구경이 끝나자 이번에는 음악을 들으러 스튜디오로 몰려 갔습니다. 그런데 사람들이 모두 가고 나서야 금고가 털렸다는 것을 알았지 뭡니까! 문을 제대로 잘 잠그지 않은 모양입니다. 누군가가 그 틈을 타서 그 안에 있는 것을 집어간 겁니다. 그 루비는 말입니다, 므슈 포와로, 게다가 그 에메랄드 목걸이는 일생 걸려도 모으지 못할 것들입니다. 그것들을 되찾기 위해서는 아까울 게 없어요! 하지만 절대 사람들한테 알려서는 안 됩니다! 내 말을 알아주시겠죠, 므슈 포와로? 영광스러운 손님이시자 절친한 친구 아닙니까! 만일 이 일이 알려지면 대단한 스캔들이 될 겁니다!"

"당신들이 스튜디오로 갈 때 이 방을 마지막으로 떠난 사람은 누굽니까?"

"존스턴 씨입니다. 아마 아시겠죠? 남아프리카 출신의 백만장자죠. 파크 레인에 있는 애버트베리 저택을 얼마 전부터 빌려 살고 있답니다. 그러고 보니 그때 뒤에 좀 처져서 머뭇거렸었지요. 하지만 그럴 리가—예, 절대로 그 사람일 리는 없습니다!"

"오후에 이 방에 무슨 구실을 붙여서 다시 들어온 사람은 없었나요?"

"그 질문을 하실 걸로 짐작했습니다, 므슈 포와로. 세 사람이 들어왔었죠. 베라 로사코프 백작부인하고 버나드 파커 씨, 레이디 런콘 등이죠."

"그 사람들에 대해서 들려주시지요."

"로사코프 백작부인은 아주 매력적인 러시아 귀부인이죠. 구체제의 일원이 기도 하고요. 이 나라에는 얼마 전에 왔습니다. 나한테 작별인사를 하고 갔는데 여기 와보니 내 부채를 넣은 진열장을 황홀하게 들여다보고 있어서 깜짝 놀랐습니다. 사실 그때 일을 생각하면 할수록 미심쩍어요. 그렇지 않습니까?"

"정말 미심쩍군. 어쨌든 나머지 사람들에 대해서도 좀 들어봅시다."

"그러니까, 내가 레이디 런콘에게 보여주고 싶어하는 모형 상자를 가지러 파커가 그냥 여기에 들어왔습니다."

"그럼, 레이디 런콘은?"

"레이디 런콘은 아시겠지만 대단히 영향력 있는 중년 부인이죠. 여러 자선 위원회 활동에 시간을 바치고 있답니다. 그 부인이 여기 온 건 핸드백을 어딘가에 떨어뜨려서 그걸 가지러 온 거랍니다."

"비엥, 므슈, 그렇다면 혐의자는 넷인 셈이군. 러시아의 백작부인, 영국인 '그랑 담(노부인)', 남아프리카 출신의 백만장자, 그리고 버나드 파커 씨. 그런데 그 파커 씨란 누구죠?"

하드맨 씨는 그 질문에 적잖이 당황하는 듯싶었다.

"그는—저, 뭐냐—청년이죠. 내가 좀 아는 청년입니다."

"그거야 이미 알고 있는 일이지요." 포와로가 엄숙하게 대꾸했다.

"뭘 하는 사람이냔 말이오?"

"시내를 건들거리고 다니는 젊은이죠. 하지만 나쁜 패거리들하고는 어울리지 않았을 겁니다. 이런 표현이 어떨지 모르지만—."

"어떻게 해서 그 사람하고 친구가 되었는지 물어도 될까요?"

"그게 저—그 젊은이가 한두 번 내 부탁을 들어준 적이 있어서—."

"그래서요, 므슈." 포와로가 재촉했다.

하드맨은 실로 애처로운 얼굴을 하고 포와로를 바라보았다. 그리고 더 이상 말을 하고 싶지 않은 표정이 역력했다. 하지만 포와로가 가차없는 태도로 침묵을 지키자 그는 어렵사리 말을 이었다.

"아시겠지만, 므슈 포와로—내가 오래된 보석에 관심이 있다는 건 널리 알려진 사실 아닙니까. 그런데 사람들 중에는 가보를 팔려고 하는 사람들이 있기 마련입니다. 단, 공공연히 경매에 붙이거나 중개업자에게 팔 수 없는 물건들이 있기 마련이지요. 하지만 그걸 나에게 몰래 팔게 되면 일은 쉽게 풀립니다. 파커는 그런 거래를 할 때 세부적인 것을 처리해 주는 역할을 하지요. 양쪽 사이에 들어서서 중재를 하기 때문에 괜한 견해 차이로 서로 당황하는 일은 없게 된답니다. 우선 그런 물건이 생기면 파커는 나에게 알려옵니다. 로사코프 백작부인만 해도 러시아에서 가보인 보석을 몇 개 가져왔지요. 그 보석들을 팔고 싶어 초조해하고 있답니다. 버나드 파커가 이번 거래 역시 조정을 해주기로 되어 있고요."

"그렇군요."

포와로는 곰곰이 생각에 잠긴 음성으로 입을 열었다.

"그런데 당신은 그 사람을 절대적으로 신뢰하고 있습니까?"

"뭐 별달리 의심할 만한 이유도 없으니까요."

"하드맨 씨, 당신이라면 이 네 사람들 중 누굴 의심하겠소?"

"저런, 므슈 포와로, 그런 말이 세상에 어디 있습니까! 말씀드렸지만 그들은 모두 내 친구들입니다. 난 아무도 의심하지 않아요. 아니, 굳이 그런 표현을 원하신다면 그들 모두 다 의심하고 있다고나 할까."

"그렇지 않소. 당신은 분명히 그들 넷 중 한 사람을 의심하고 있소. 로사코프 백작부인은 아니지. 파커도 아니고. 그럼, 레이디 런콘, 아니면 존스턴 씨요?"

"날 궁지에 몰아넣으시는군요, 므슈 포와로. 난 절대 스캔들은 일으키고 싶지 않습니다. 레이디 런콘은 영국에서도 가장 유서 깊은 가문 출신입니다. 하지만 사실이라더군요. 괴롭기 한량없지만 사실이랍니다. 그녀의 숙모되는 레이디 캐롤라인이 아주 슬픈 병 때문에 시달리고 있다는 소문 말입니다. 그야 친구들은 모두 알고 있는 사실이죠. 그리고 그녀의 하녀도 티스푼이니 뭐니 하는 것들을 최대한으로 빨리 돌려주곤 했고요. 내가 하는 말뜻을 아시겠죠?"

"그러니까 레이디 런콘에게는 도벽광인 숙모가 있다 이 말씀이군요? 퍽 흥미로운 사실이야. 우선 금고를 좀 살펴봐도 되겠소?"

하드맨 씨가 고개를 끄덕이자 포와로는 금고문을 밀어 열고 안을 들여다보았다. 텅 빈 벨벳 진열대가 우리 눈을 아프게 쏘았다.

"지금도 문이 제대로 안 닫히는군."

포와로가 금고문을 잡고 이리저리 당겨보면서 중얼거렸다.

"이건 왜 이렇소? 아, 이런, 이게 뭐람! 장갑이 돌쩌귀에 끼었군. 남자 장갑인데."

그는 하드맨 씨에게 장갑을 내밀었다.

"내 것은 아닌데요." 하드맨 씨가 대꾸했다.

"이런, 뭐가 또 있어!"

포와로는 몸을 깊숙이 구부리고는 금고 바닥에서 뭔가 조그만 것을 집어올렸다. 그것은 검은 물결무늬가 새겨진 납작한 담뱃갑이었다.

"내 담뱃갑이로군요!" 하드맨 씨가 소리쳤다.

"당신 것이라고? 아니오, 므슈. 당신 이름 머리글자가 아닌걸."

포와로는 백금 담뱃갑에 필기체로 흘려 새긴 철자 두 개를 가리켰다. 두 철자를 짜맞추어 무늬를 도안화한 것이었다.

하드맨은 담뱃갑을 받아들었다.

"그렇군요! 내 것하고 아주 비슷한데 머리글자가 다르군요. 'P'자하고 'B'자입니다. 아니, 그럼―맙소사! 파커로군!"

"그런 것 같군요." 포와로가 대꾸했다.

"조심성 없는 젊은이로군. 저 장갑도 만일 그 청년 것이라면 말이오. 이렇게 되면 이중으로 단서가 생기는 셈이지, 안 그렇소?"

"버나드 파커라!" 하드맨은 넋을 놓고 중얼거렸다.

"그래도 안심이지 뭐야. 어쨌든, 므슈 포와로, 그 보석을 꼭 되찾아주십시오. 만일 필요하다고 생각하신다면―정말 그 친구가 범인이라고 확신하신다면 경찰의 손에 맡겨도 좋습니다."

그 집을 나서며 포와로가 입을 열었다.

"알겠나, 친구? 하드맨이라는 이 사람은 작위를 가진 사람들을 대하는 법이 따로 있고, 평범한 사람들을 대하는 법이 따로 있는 모양이야. 그런데 나야 아직 작위가 없는 몸이니 평범한 사람들 편이지. 그 때문인지 그 청년한테로 심히 동정이 간다네. 자네 보기엔 이번 일이 전반적으로 조금 이상하지 않은가? 하드맨은 레이디 런콘을 의심하고 있었고, 나는 백작부인과 존스턴을 의심하고 있었는데 느닷없이 생각지도 않던 파커가 범인이었다니 말이야."

"왜 그 두 사람을 의심한 거죠?"

"'파블레(그렇고말고)!' 러시아의 망명 귀족이나 남아프리카에서 온 백만장자처럼 행세하는 거야 누워 떡 먹기 아닌가. 아무 여자고 자기가 러시아의 백작부인이라고 하면 그뿐이야. 그리고 아무 남자라도 파크 레인에 집을 한 채 사고 자기가 남아프리카에서 온 백만장자라고 하면 그만이고 누가 뭐라고 들이댈 건가? 아 참, 베리 가(街)를 지나치고 있군그래. 그 부주의한 젊은 친구가 사는 곳이지. 그럼, 흔히들 하는 말대로 쇠뿔도 단김에 빼어 볼까?"

버나드 파커는 집에 있었다. 자주색과 오렌지색이 뒤섞인, 실로 요란한 실내복을 걸치고 쿠션에 몸을 묻고 있었다. 나는 그 남자만큼 첫눈에 정이 떨어지는 사람도 별로 만나본 적이 없었다. 그 하얀 피부색에 여자 같은 이목구비하며 잘난 척하는 코맹맹이 소리라니!

"안녕하시오, 므슈." 포와로는 퉁명스럽게 말을 건넸다.

"난 지금 하드맨 씨한테서 오는 길이랍니다. 어제 파티에서 누군가가 그 사람 보석을 훔쳤다고 해서요. 우선 한 가지만 물어보죠, 므슈. 이건 당신 장갑입니까?"

파커는 머리 회전이 별로 빠른 남자 같지 않았다. 그는 뭐가 뭔지 사태를 알아내려 하는 사람처럼 그 장갑을 멍하니 바라보았다.

"이걸 어디서 찾아내셨지요?" 마침내 그가 입을 열었다.

"이게 당신 장갑입니까, 므슈?"

파커는 이윽고 마음을 굳힌 것 같았다.

"아니, 아닙니다." 단호하게 잘라 말했다.

"그럼, 이 담뱃갑은—이건 당신 겁니까?"

"그것도 아닙니다. 난 항상 은제 담뱃갑을 지니고 다니니까요."

"그럼, 좋소, 므슈. 이 일을 경찰 손에 넘기는 수밖에 없군."

"아, 아니에요, 내가 당신 같으면 그런 짓은 하지 않겠습니다."

파커는 불안한 표정으로 소리쳤다.

"경찰이란 정말 짐승처럼 피도 눈물도 없는 족속 아닙니까. 잠깐 기다려 주십시오. 내가 가서 하드맨 씨를 만나보겠습니다. 이거 보세요—제발 잠시만 경찰은 부르지 마십시오."

하지만 포와로는 단호한 걸음으로 그곳을 나섰다.

"이만하면 뭔가 생각할 거리를 충분히 준 셈 아닌가, 안 그래?"

그는 킥킥대고 웃었다.

"내일이면 일이 어떻게 되었는지 알 수 있을 테지."

하지만 내일은커녕 그날 오후에 우리는 또다시 하드맨의 사건을 되살려야 할 운명이었다. 느닷없이 문이 홱 열리더니 누군가가 바람처럼 우리 둘만이 있는 곳으로 뛰어들어 왔다.

그녀가 들어오자 외양간에서 나는 듯한 냄새가 확 끼쳐왔다(영국의 6월 날씨만큼이나 서늘한 바람이 밀려들어 왔다고나 할까). 베라 로사코프 백작부인은 분명 보는 사람의 마음을 불안스럽게 하는 인물이었다.

"당신이 므슈 포와로인가요? 대체 무슨 짓을 저지른 거예요! 그 가엾은 젊은이를 의심하다니! 그런 불명예가 어디 있어요! 이건 스캔들이라고요. 난 그 청년을 알아요. 그 청년은 정말이지 양처럼 착한 사람이라고요. 뭘 훔치다니, 그럴 리가 없어요! 나를 위해서 뭐든지 애써주었는데, 그래 내가 그 젊은이가 희생양이 되어서 가엾은 꼴을 당하는 걸 눈뜨고 뻔히 보고 있을 사람 같아요?"

"우선 말씀해 주시지요, 마담—이건 그 사람담뱃갑입니까?"

포와로가 검은 물결무늬 케이스를 내밀었다.

백작부인은 입을 다물고 잠시 그것을 살펴보았다.

"그래요, 그 사람 거예요. 내가 잘 알고 있죠. 이게 어쨌단 말이죠? 그 방에서 발견됐나요? 하지만 우리는 모두 그 방에 있었어요. 그때 떨어뜨렸을 테지요. 그저 당신들 경찰이란 홍위병(중국 문화대혁명 때의 군대)보다 더 지독스럽다니까!"

"그리고 이건 그 사람 장갑입니까?"

"그거야 내가 어떻게 알겠어요? 장갑이란 제각기 비슷한 모양인데. 어쨌든 내 말을 가로막으려 들지 마세요. 그 젊은이는 무죄방면 되어야 해요. 혐의를 깨끗이 씻어줘야 한다고요. 당신이 해주도록 하세요. 내 보석을 몽땅 팔아서라도 사례를 할 테니까."

"마담—."

"그럼, 승낙한 거죠? 아니, 아니, 괜한 입씨름은 마세요. 가엾은 젊은이 같으니! 나한테 눈물이 글썽해 가지고 찾아왔더군요. 그래서 '내가 구해 주마'고 했어요. '내가 그 남자를 찾아가 보겠어. 누군지는 몰라도 그 괴물 같은 물귀신한테 말이야! 이 베라한테 맡겨두라고' 그랬다고요. 자, 이제 얘기가 됐으니 난 가겠어요."

그녀는 방에 들어왔을 때와 마찬가지로 온다간다 말없이 홱 나가버렸다. 그 뒤에 그녀가 남기고 간 이국적인 향수 냄새가 코를 찔렀다.

"대단한 여자로군요!" 내가 탄식처럼 중얼거렸다.

"게다가 그 모피하고!"

"그래, 진짜 모피더군. 몰락한 백작부인이 진짜 모피를 가질 수 있을까? 아니, 농담일세, 헤이스팅스. 그래, 저 여자는 진짜 러시아 사람이야. 어쨌건 버나드라는 그 젊은이가 저 백작부인한테 하소연을 하러 갔었단 말씀이지!"

"담뱃갑은 그 사람 것이 맞는군요. 그런데 장갑 역시 그 사람 것일자—."

포와로는 싱긋 웃으며 주머니에서 장갑 한쪽을 꺼내어 먼저 꺼낸 장갑 옆에 놓았다. 그 두 장갑이 한 짝이라는 것은 한눈에 알 수 있었다.

"나머지 한 쪽은 어디서 찾으셨습니까, 포와로?"

"베리 가에 있는 파커네 집 탁자 위에 지팡이하고 같이 던져져 있더구먼. 므슈 파커라—정말 칠칠치 못한 청년이야. 아, 그건 그렇고, 모나미, 또 해야 할 일이 있어. 형식을 제대로 갖추기 위해서 파크 레인을 다녀와야겠네."

두말할 필요도 없이 나는 포와로의 뒤를 따랐다. 존스턴은 외출 중이었지만 우리는 그의 개인비서를 만나보았다. 그래서 존스턴이 남아프리카에서 온 지 얼마 안 됐다는 사실을 확인할 수 있었다. 아울러 영국엔 전혀 와본 적이 없었다는 것이었다.

"그분은 희귀한 돌에 관심이 많지 않습니까?"

포와로가 용감히 운을 떼어보았다.

"금광에 관심이 있다고 해야 더 옳겠죠."

비서는 웃음을 터뜨리며 대꾸했다.

비서와 만난 뒤 돌아오는 길에 포와로는 뭔가 곰곰이 생각에 잠긴 모습이었다. 그런데 그날 저녁, 나는 포와로가 러시아어 문법을 열심히 공부하고 있는 것을 보고 너무나 놀랐다.

"아니, 웬일이십니까, 포와로! 그 백작부인하고 러시아어로 대화하기 위해서 러시아어를 배우시는 겁니까?"

"그 여자가 내 영어를 들으려고 하지 않으니 어쩔 수 없잖나, 친구!"

"하지만, 포와로, 러시아에서 태생이 좋은 계급은 모두들 불어를 하잖습니까?"

"저런, 역시 자네는 내 정보통이야, 헤이스팅스! 그럼, 이 복잡한 러시아 철자를 배우려고 끙끙거리지 않아도 되겠구먼!"

그는 연극조로 과장되게 러시아 문법책을 내던졌다. 하지만 나는 뭔가 미심쩍었다. 그의 눈 속에 내가 예전부터 잘 아는 어떤 표정이 번뜩였기 때문이다. 그것은 틀림없이 에르큘 포와로가 흡족한 생각을 하고 있다는 징조였다.

나는 아는 척하고 슬쩍 떠보았다.

"아마 당신은 그 여자가 러시아 여자가 아닐 것이라고 의심하고 있는 모양이군요? 그래서 그 여자를 시험해 볼 생각이죠?"

"아냐, 그렇지 않네. 그 여자는 진짜 러시아 여자야."

"그럼 왜―"

"정말 이번 사건에서 활약을 하고 싶다면 말이야, 헤이스팅스, 우선 이 《러시아어 초보단계》를 읽어보게. 귀중한 도움이 될 테니까."

그는 웃음을 터뜨리고는 그 이상 아무 말도 하지 않았다. 나는 바닥에 떨어진 책을 집어들고는 호기심에 넘쳐 열심히 읽어보았으나 포와로가 한 말이 무슨 뜻인지 전혀 종잡을 수가 없었다.

다음 날 아침이 되어도 별다른 소식은 전해지지 않았다. 하지만 내 친구 포와로는 그다지 걱정하지 않는 모양이었다. 아침식사 중에 그는 오전 중 일찍 하드맨을 찾아가겠다고 입을 뗐다. 우리가 찾아가자 그 나이 지긋하고 부유한 사교계 인사는 집에 있었다. 어제보다는 조금 침착함을 되찾은 모습이었다.

"므슈 포와로, 무슨 소식이라도?"

그는 서둘러 물었다.

포와로는 그에게 얇은 종이를 건네주었다.

"거기 적힌 이름이 보석을 가져간 사람 이름이오, 므슈. 그럼, 이제 이 일을 경찰의 손에 넘길까요? 아니면 경찰을 끌어들이지 않고 조용히 보석을 찾아올까요?"

하드맨은 뚫어지게 그 종이를 내려다보더니 이윽고 간신히 입을 열었다.

"정말 놀랍군요. 이 일로 스캔들을 일으켜선 분명 안 되겠습니다. 난 당신에게 전권을 위임하겠습니다. 당신이 입을 다물어줄 것으로 확신합니다만—"

그곳에서 나오자 포와로는 택시를 부르더니 칼턴 호텔로 가자고 했다. 호텔에 닿자 그는 로사코프 백작부인의 방으로 안내해 달라고 부탁했다. 곧이어 우리는 백작부인의 방으로 들어갈 수 있었다.

그녀는 양손을 앞으로 죽 내밀며 우리를 맞으러 나왔다. 천박할 만큼 야한 디자인의 네글리제를 휘감고 있는 모습이었다.

"므슈 포와로! 그래, 성공했나요? 그 가엾은 젊은이의 혐의를 풀어주었나요?"

"'마담 라 콩테스(백작부인)', 당신 친구인 파커 씨는 무죄이니 체포될 위험은 전혀 없습니다."

"저런, 정말 똑똑한 분이시군요! 훌륭해요. 그리고 또 엔간히도 빨리 조사를 끝내셨군요."

"하지만 난 하드맨 씨에게 오늘 당장 잃어버린 보석을 돌려주겠다고 약속했습니다."

"그래서요?"

"그래서 말인데요, 마담, 지금 즉시 지체 말고 그 보석들을 내 손에 쥐어주셨으면 대단히 감사하겠습니다. 재촉해서 안됐지만 택시를 기다리게 하고 있는 터라. 만일 필요할 경우에는 런던경시청에 가야 할 때를 대비해서 말입니다. 그런데 마담, 아실지 모르겠습니다만 우리 벨기에인들은 절약을 생활방침으로 하는 사람들이라서요."

백작부인은 담배에 불을 붙였다. 그러고는 꼼짝 않고 앉아 고리 연기만 훌

훌 날리면서 포와로를 뚫어지게 바라볼 뿐이었다. 이윽고 그녀는 웃음을 터뜨리고는 자리에서 일어났다. 화장대 앞으로 걸어간 그녀는 서랍을 열고는 검은 비단 핸드백을 꺼내 포와로 앞으로 툭 내던졌다. 입을 여는 그녀의 음성은 조금도 감정이 흔들리지 않은 가벼운 음성이었다.

"우리 러시아인들은 그 반대로 낭비를 생활방침으로 하지요. 그러기 위해서는 유감스럽게도 돈이 있어야 하고요. 안을 살펴볼 필요는 없어요. 고스란히 거기 있으니까."

포와로는 자리에서 일어났다.

"당신의 빠른 머리 회전과 민첩한 행동에 경하 드리지 않을 수 없군요."

"오호, 하지만 당신이 택시를 대기시켜 놓았다니 딴 도리 있겠어요?"

"너무나 친절하십니다, 마담. 런던에는 오래 계실 작정입니까?"

"그러지 못할 듯싶군요, 당신 덕분에."

"정중히 사과드립니다."

"어디 다른 곳에서 다시 한 번 만나게 되겠지요."

"앙망하는 바입니다."

"하지만 난 사양하겠어요!"

백작부인은 드높게 웃음을 터뜨리며 대꾸했다.

"당신한테 찬사로 갚아야겠군요. 이 세상에는 내가 두려워하는 사람이 몇 사람 있답니다. 자, 안녕히, 므슈 포와로."

"안녕히 계십시오, 마담 라 콩테스. 아, 이런, 깜박 잊었군요! 당신 담뱃갑을 돌려 드리겠습니다."

그는 정중히 절을 하며 금고에서 찾아낸 검은 물결무늬 담뱃갑을 그녀에게 건네주었다. 백작부인은 표정 하나 바꾸지 않고 그것을 받아들었다. 그러고는 눈썹을 찡긋 올리며 중얼거렸다.

"오호, 그렇군요!"

"정말 대단한 여자야!"

포와로는 계단을 내려가며 흥분하여 목청을 높였다.

"정말 대단한 여자야. 입씨름 한번 없어—부인하거나 허세부리는 말 한번 없었다니까! 그 여자는 한눈에 벌써 사태를 정확히 꿰뚫은 걸세. 단언하지만, 헤이스팅스—그처럼 깨끗하게 패배를 받아들이는 여자라면, 그 무심한 미소 말이야! 분명히 그 여자는 대단한 일을 해낼 걸세! 위험한 여자야. 쇠 힘줄 같은 신경에다—." 그는 하마터면 넘어질 뻔했다.

　"흥분을 가라앉히고 앞을 똑바로 보고 걸어가셔야 할 것 같습니다." 내가 말했다.

　"그런데 언제 백작부인을 처음 의심하시게 되었습니까?"

　"담뱃갑 때문이었다네, 모나미. 뭐 이중 단서라고나 해둘까? 때문에 외려 나는 불안했다네. 버나드 파커가 두 가지 물건 중 하나를 떨어뜨리는 것이야 있을 수 있어. 하지만 한꺼번에 둘을 떨어뜨린다는 것은 좀처럼 있을 수 없는 일이지. 세상에 그렇게 칠칠치 못한 사람이 어디 있겠나? 그러니까 누군가가 파커를 옭아매려고 그것들을 거기다 두었다면 하나로 충분했을 거야. 담뱃갑이든지 장갑이든지 말이야. 두 가지 다는 필요 없었다고. 그것을 깨닫자 나는 그 둘 중 하나는 틀림없이 파커의 것이 아니라는 결론에 도달했지. 처음엔 그 담뱃갑이 그의 것이고 장갑은 다른 사람 것이라고 생각했었지. 하지만 파크 레인에서 나머지 한쪽 장갑을 발견하게 되자 나는 실은 그 반대라는 것을 알 수 있었어. 그렇다면 그 담뱃갑은 누구 것일까? 우선 레이디 런콘의 것이 아닌 것은 확실해. 머리글자가 틀리니까. 존스턴 씨는 어떤가? 그 사람이 가명을 쓴 거라면 그럴 수도 있지. 하지만 그의 비서를 만나본 결과 그 사람한테서는 의심할 여지가 없다는 것이 확실해졌어. 존스턴 씨의 과거 경력에는 의심스러운 점이 조금도 없었으니까. 그럼, 백작부인은 어떨까? 그녀는 러시아에서 보석을 가져온 것으로 되어 있었어. 그래서 훔친 보석 장신구에서 알을 꺼내야 했겠지. 그렇다 해도 그 알을 알아볼 수 있는 사람은 없었을 거야. 게다가 그녀에게는 그날 홀에서 파커의 장갑 한 쪽을 집어 금고에 던져 넣는 것보다 쉬운 일이 어디 있었겠나. 물론 그녀는 자기 담뱃갑까지 던져 넣을 생각은 추호도 없었을 테지."

　"하지만 그 담뱃갑이 그 여자 것이라면 왜 'BP'라는 머리글자가 있습니까?

백작부인의 머리글자는 'VR'일 텐데."

포와로는 온화한 미소를 머금었다.

"그렇다네, 모나미. 하지만 러시아어 철자법에서는 B는 V, P는 R을 나타낸다네."

"저런, 그런 것까지야 내가 어떻게 짐작이라도 했겠습니까? 난 러시아어를 모르는데요."

"그건 나도 마찬가지네, 헤이스팅스. 그래서 그 문법책을 샀던 게고 자네한 테도 살펴보라고 하지 않던가." 그러고 나서 그는 한숨을 내쉬었다.

"정말 대단한 여자야. 이건 예감이네만―아주 분명한 예감이야. 그녀를 꼭 다시 만날 것 같거든. 어디가 될 것이냐, 그게 문제지."

성역(聖域)

목사 부인은 팔에 한 아름 국화를 안고 목사관 모퉁이를 돌았다. 비옥한 정원 흙이 그녀의 투박한 가죽구두에 한 움큼 붙어 있었고 코에도 흙이 조금 붙어 있었지만, 그녀는 그 사실을 전혀 깨닫지 못하고 있었다.

그런데 목사관 문이 녹슬어 돌쩌귀에서 반쯤 벗겨져 있었기 때문에 여는 데에 조금 애를 먹었다. 그때 확 부는 바람에 그녀가 쓴 찌그러진 펠트 모자가 더욱 푹 주저앉아 버렸다.

"귀찮아!" 번치가 소리쳤다.

낙천적인 성격의 부모 덕분에 다이애나라는 세례명을 받았지만 하면 부인은 어린아이 적부터 번치(꽃다발이라는 뜻)라는 별명으로 불리게 되었다. 그 이유가 무엇인지는 다소 알쏭달쏭하긴 했지만 어쨌든 그 뒤 번치라는 별명은 그녀를 꼭 붙어다녔다.

이윽고 그녀는 국화를 가슴에 꼭 안은 채 목사관 문을 들어서서 교회 안뜰로 들어가 교회 문 앞으로 다가갔다.

11월의 대기는 따스하고 축축했다. 푸른 하늘에는 구름이 점점 떠 있었다. 하지만 교회 안은 어둡고 추웠다. 예배시간 외에는 난방을 하지 않기 때문이었다.

"어휴, 추워!" 번치는 부르르 떨며 소리쳤다.

"빨리 끝내야겠어. 얼어 죽고 싶지는 않으니까."

그녀는 오랜 훈련을 통해 터득한 민첩한 동작으로 꽃병, 물, 꽃받침대 등을 가져왔다.

"백합이 있었으면 좋으련만—." 번치는 속으로 중얼거렸다.

"이 볼품없는 국화는 이제 진력이 난다니까."

그러고는 민첩한 손놀림으로 국화 꽃송이들을 받침대에 꽂았다.

그녀의 꽃꽂이에는 독창적이라거나 예술적인 구석이라고는 전혀 없었다. 번치 하면 자신이 독창적이거나 예술적인 인간이 아니었기 때문이었다. 하지만 그녀의 꽃꽂이는 친근하고 보기에 즐거운 그런 꽃꽂이였다.

이윽고 꽃꽂이를 마치자 번치는 수반을 조심스럽게 들고 강단의 계단을 올라가 단상 앞으로 걸어갔다. 그리고 있는데 마침 태양이 하늘에서 고개를 내밀었다.

햇살은 제단 쪽으로 난, 푸른색과 붉은색을 주로 써서 만든 조금 요란한 스테인드글라스를 뚫고 환히 빛났다.

그 스테인드글라스는 빅토리아 여왕시대에 한 부유한 신자가 기증한 것이었다. 그 화려한 빛의 요술은 숨이 막힐 듯한 장관이었다.

"마치 보석 같구나." 번치는 속으로 중얼거렸다.

그때 문득 그녀는 걸음을 멈추었다. 설교단으로 오르는 계단 위에 뭔가 검은 것이 웅크리고 있었던 것이다.

그녀는 조심스럽게 수반을 내려놓고 올라가 허리를 구부려 들여다보았다.

한 남자가 허리를 꺾고 엎드려 있었다. 번치는 옆에 무릎을 꿇고 앉아 천천히, 그리고 조심스럽게 그를 젖혔다. 그러고는 재빨리 맥을 짚어보았다. 맥박은 너무도 약하고 불규칙적이었다. 게다가 납빛처럼 푸르뎅뎅하니 창백한 그 얼굴을 보니 모든 사정이 짐작이 갔다.

그 남자가 지금 사경을 헤매고 있다는 것은 의심할 여지도 없었다.

남자는 45세가량 되어보였는데 초라한 검은 양복을 입고 있었다. 그녀는 맥박을 짚으려 들어 올린 손을 내리고 다른 쪽 손을 바라보았다. 남자는 그 손을 가슴에 대고 꽉 쥐고 있었다. 좀더 자세히 들여다보니 그의 손가락은 커다란 종잇장이나 손수건처럼 보이는 것을 필사적으로 움켜쥔 채 가슴에 꼭 붙어 있었다. 꼭 쥔 손 주위로는 갈색 액체 같은 것이 여기저기 말라붙어 있었는데, 번치는 그것이 피가 마른 자국일 것이라고 짐작했다.

그녀는 미간을 찡그린 채 뒤로 물러나 앉았다. 그때 지금까지 닫혀 있었던 남자의 눈이 번쩍 열리더니 번치의 얼굴에 가서 꽂혔다. 그 눈빛은 몽롱하게 초점을 맞추지 못하는 눈빛이 아니었다. 오히려 생생하게 살아 있었고 지적인 눈빛이었다.

이윽고 그의 입술이 달싹였다. 번치는 그가 무어라고 했는지—무슨 문장인지, 아니면 단어인지 새겨들으려고 허리를 깊이 구부렸다.

그의 입에서는 단 한마디가 흘러나왔을 뿐이었다.

"성역—."

그 말을 토해 내는 그의 얼굴에 희미하게 미소가 스치는 듯싶었다. 말을 잘 못 들은 것이 아니었다.

잠시 뒤 그가 다시 그 말을 되풀이했던 것이다.

"성역……."

그러고 나서 남자는 가냘프고 길게 한숨을 내쉬고는 다시금 눈을 질끈 감았다. 번치는 또 그의 맥박을 짚어보았다. 아직 뛰고는 있었지만 훨씬 약해지고 또 불규칙적이었다.

그녀는 마음을 결정하고 자리에서 일어났다.

"움직이지 마세요. 아니, 꼼짝도 마세요. 도움을 청하러 갈 테니까."

사내가 다시 눈을 떴다. 하지만 이번에는 제단 쪽 창을 통해 들어오는 화려한 색채의 햇살에 관심이 있는 모양이었다. 그가 뭐라고 중얼거렸지만 번치는 알아들을 수가 없었다. 그런데 그것이 자기 남편의 이름인 것만 같은 생각이 들어 그녀는 화들짝 놀랐다.

"줄리언이라고 했나요? 줄리언을 찾으러 여기 오신 건가요?"

하지만 남자는 아무 대꾸도 하지 않았다. 눈을 감고 누워 있는 그의 숨결이 더욱 느려지고 약해지는 것이 느껴져 왔다.

번치는 몸을 돌려 재빨리 교회를 나섰다. 시계를 내려다 본 그녀는 흡족하여 고개를 주억거렸다. 그리피스 선생이 아직 진료실에 있을 시간이다. 병원은 교회에서 몇 분 안 걸리는 곳에 있었다. 병원에 도착한 그녀는 노크도 벨도 울리지 않고 곧장 대기실을 가로질러 의사의 진료실로 들어갔다.

"빨리 가주셔야겠어요. 교회 안에서 어떤 남자가 죽어가고 있어요."

그로부터 몇 분 뒤—그리피스 의사 선생은 남자를 대충 진찰해 보고 나서 무릎을 폈다.

"이 사람을 목사관으로 옮길 수 있겠소? 거기서 진찰해야 더 옳게 해보겠는데. 그렇다고 별 소용이 있을 것 같지도 않지만."

"물론이죠. 내가 가서 준비해 놓겠어요. 하퍼하고 존스를 보내면 되겠죠? 선생님을 도와서 같이 들어야 하니까."

"고맙소. 그럼, 목사관에서 구급차를 부르기로 하지. 하지만 구급차가 올 때쯤이면……." 그는 채 말을 맺지 못했다.

번치가 입을 열었다.

"내출혈인가요?"

그리피스는 고개를 끄덕였다.

"대체 저 사람이 어떻게 여길 왔지?"

"아마 밤새 여기 있었던 모양이에요." 번치가 추측해 보았다.

"하퍼는 아침에 일하러 나가면서 교회 문을 열고 가긴 하지만 안으로 들어가지는 않지요."

약 5분 뒤 그리피스 의사 선생은 수화기를 내려놓고 아침식사를 하는 방으로 들어섰다. 그곳에서는 부상당한 남자가 소파에 담요를 덮고 누워 있었다.

번치는 물단지를 옮기고 의사가 진찰한 뒤의 뒤처리를 했다.

"이젠 됐소." 그리피스가 말했다.

"구급차를 수배해 놓았고, 경찰에도 연락을 했지."

자리에서 일어난 그는 누운 채 눈을 감고 있는 환자를 내려다보며 이맛전을 찌푸렸다. 그의 왼쪽 손은 긴장한 듯이 신경질적으로 옆구리를 쥐었다 놓았다 하고 있었다.

"이 사람은 총에 맞았소. 아주 가까운 거리에서 말이오. 총에 맞자 이 사람은 손수건을 말아서 상처에다 쑤셔 넣은 거요. 출혈을 막기 위해서 말이지."

"그러고 나서도 여기까지 걸어올 수 있었을까요?"

"오, 그야 있을법한 일이라오. 치명적인 부상을 입은 사람이라도 일어나서 마치 아무 일도 없었던 것처럼 거리를 걸어갈 수 있다는 건 널리 알려진 사실이오. 그러다가 5분이나 10분 뒤에 갑자기 푹 고꾸라지는 거지. 그러니 이 사람도 꼭 교회 안에서 총상을 입었다고 볼 수는 없소. 그런데 왜 이 사람이 목사관으로 가질 않고 교회로 갔는지 알 수 없구먼."

"아, 나는 알아요." 번치가 대꾸했다.

"저 사람이 그랬어요. '성역'이라고—."

의사는 그녀를 멍하니 바라보았다.

"성역이라고?"

"어머, 줄리언이 오는군요."

번치는 홀에서 남편의 발걸음 소리를 듣고 고개를 돌렸다.

"줄리언! 이리로 와보세요."

줄리언 하먼 목사가 방 안에 들어섰다. 그는 학자풍의 좀 멍한 태도여서, 실제 나이보다 더 나이가 많아 보였다.

"아니, 이런!"

줄리언 하먼은 조금 놀란 얼굴로 치료 기구들이며 소파 위에 축 늘어져 있는 남자를 바라보았다.

번치는 그녀의 버릇대로 간략하게 말을 아껴서 설명했다.

"저 사람이 교회 안에서 죽어가고 있었어요. 총을 맞았거든요. 줄리언, 저 사람을 아세요? 당신 이름을 얘기한 것 같거든요."

목사는 소파로 다가와서 죽어가는 남자를 내려다보았다.

"가엾기도 해라—." 그는 고개를 내저었다.

"아니, 난 모르는 사람이야. 한 번도 본 적도 없고."

그때 죽어가던 남자의 눈이 번쩍 뜨였다. 그는 의사와 줄리언 하먼, 그리고 그의 아내를 차례로 건너다보았다—이어 그의 눈길은 번치의 얼굴을 뚫어질 듯이 바라보았다.

그리피스는 얼른 한 걸음 앞으로 나섰다.

"말을 할 수 있으면 해보시오." 그는 급박히 속삭였다.

하지만 남자는 번치에게 눈을 못 박은 채 꺼져가는 소리로 중얼거릴 뿐이었다.

"제발—제발—."

그리고 나서 그는 몸을 살며시 떨고는 죽어갔다……

레이스 경사는 연필을 핥고서 수첩을 넘겼다.

"그러니까 이게 말씀해 주실 수 있는 것 전부란 말씀이죠, 하면 부인?"

"예, 그게 전부예요." 번치가 대꾸했다.

"그리고 이건 그 사람 코트 주머니에서 나온 것들이에요."

탁자 위 헤이스 경사의 팔꿈치 옆에는 지갑과 'WS'라는 머리글자가 새겨진 찌그러진 낡은 시계, 그리고 런던 왕복 기차표 중 돌아가는 기차표 하나가 있었다. 그것뿐이었다.

"그 사람 이름은 알아냈나요?" 번치가 물었다.

"이클레스 부부가 역으로 전화했더군요. 그 사람은 이클레스 부인의 오빠인 것 같습니다. 샌본이라고 합니다. 건강이 아주 나빠서 때때로 신경쇠약을 일으켰답니다. 그리고 최근에는 건강이 더 악화되었고요. 그저께 집 밖으로 나갔는데 돌아오지 않았답니다. 리볼버 권총을 가지고 나갔다는군요."

"그리고 나서 이리로 와서는 그 총으로 자살을 했단 말이지요? 왜요, 왜?"

번치가 물었다.

"그야, 뭐 자기 처지에 절망을 느꼈을 수도 있고……."

번치는 그의 말을 잘랐다.

"내 말은 그런 뜻이 아니에요. 내 말은 왜 하필이면 여기서 죽었느냐는 것이에요."

헤이스 경사는 그에 대답할 말을 몰랐으므로 애매모호한 태도로 딴소리만 했다.

"여기 도착한 것은 5시 10분 버스편이라더군요."

"그래요? 그런데 왜 여길?" 번치가 다시 물었다.

"그건 저도 모릅니다, 하면 부인." 헤이스 경사가 실토했다.

"설명할 근거가 아무것도 없어서요. 하지만 머리가 혼란스러운 사람이라면—."

번치가 그를 대신하여 말을 끝맺어 주었다.

"그런 사람들은 어디서든 자살할 수 있다는 말이지요? 하지만 그래도 일부러 이런 작은 촌구석까지 버스를 타고 올 필요가 있었을까요? 여기엔 아는 사람도 없었잖아요. 그렇죠?"

"지금 확인한 바로는 그렇습니다."

헤이스 경사가 대답했다. 그는 사뭇 죄송하다는 듯이 기침을 하고는 자리에서 일어났다.

"이클레스 부부가 이리로 나와서 당신을 만나보고 싶어할지도 모르겠습니다, 마담. 괜찮으시다면 만나보시죠."

"괜찮고말고요." 번치가 선선히 대꾸했다.

"그거야 당연한 일이죠. 하지만 그 사람들한테 꼭 들려줄 이야기가 없어 유감이군요."

"이만 가봐야겠습니다." 헤이스 경사가 말했다.

"난 고맙기만 할 뿐이에요."

번치는 그와 함께 현관으로 나가며 말했다.

"살인사건이 아니라서 말이에요."

그때 차가 한 대 목사관 앞에 섰다.

헤이스 경사가 보더니 말했다.

"이클레스 부부가 부인하고 이야기를 하러 온 것 같군요."

번치는 조금 뒤의 만남이 견디기 어려운 시련이 될 것 같은 느낌이 들어 정신을 가다듬었다.

"필요할 때는 언제라도 줄리언을 불러서 도움을 청할 수 있잖아."

그녀는 속으로 중얼거렸다.

"사람이 괴로울 때는 목사가 무척 도움이 되거든."

이클레스 부부가 어떤 사람들일 거라고 딱히 상상한 바는 없지만, 두 사람과 인사를 나누면서 그녀는 속으로 놀라움을 금치 못했다.

이클레스 씨는 뚱뚱하고 혈색 좋은 남자로서, 지금 같은 상황이 아니라면 꽤나 유쾌하고 재미나는 사람일 것 같았다. 이클레스 부인은 그 반대로 조금 천박한 데가 있는 여자였다. 입은 조그맣고 심술궂은데다가 뾰족이 오므리고 있었다. 그리고 그 음성은 가늘고 새된 음성이었다.

"하면 부인, 당신도 짐작하실 테지만 이번 일은 우리한테는 끔찍한 충격이었답니다."

이클레스 부인이 먼저 말했다.

"그럼요, 알고말고요. 정말 그러셨을 테지요. 좀 앉으세요. 저, 좀 이른 듯하기는 하지만 차라도—."

이클레스 씨가 통통한 손을 내저었다.

"아니, 아무것도 내오지 마십시오. 정말 친절하시군요. 우리는 그저……좀 알고 싶어서요……그 가엾은 윌리엄이 무슨 말을 남겼는지 그런 것 말입니다."

"오빠는 외국에서 오래 있다가 온 참이었어요."

이클레스 부인이 말을 채갔다.

"내 생각엔 외국에서 말 못할 경험을 한 것 같아요. 집에 돌아온 뒤로는 말수도 없고 의기소침해 있었으니까요. 자기는 이 세상을 살아가기가 힘들고, 또 앞날에도 아무런 희망이 없다고 입버릇처럼 말했답니다. 가엾은 빌, 노상 우울해하더니—."

번치는 아무 말도 없이 두 사람을 바라보고만 있었다. 이윽고 이클레스 부인이 다시 입을 열었다.

"오빠는 남편의 리볼버 권총을 훔쳐갔어요. 우리도 모르는 새에 말입니다. 그런 다음에 버스로 이리로 온 것 같아요. 오빠 생각에는 그 편이 마음 편했을 거예요. 우리 집에서 그런 짓을 하고 싶지는 않았을 테니까요."

"가엾은 양반 같으니라고—."

이클레스 씨가 한숨을 쉬었다.

"지금 와서 왈가왈부하면 뭘 하누."

다시 잠깐 침묵이 흐르고 이클레스 씨가 말했다.

"무슨 전갈을 남기지는 않았습니까? 유언 같은 거라도 없었습니까?"

그의 반질반질한—돼지를 닮은 듯한 눈이 번치를 뚫어지게 바라보았다. 이클레스 부인 역시 그녀의 대답을 기다리는 양 몸을 앞으로 쑥 뺐다.

"아뇨." 번치는 조용히 대꾸했다.

"그분은 죽어가면서 교회 안으로 들어온 거예요. 성역을 찾아……."

이클레스 부인이 당황한 음성으로 물었다

"성역이라뇨? 난 도무지……."

이클레스 씨가 나서서 설명했다.

"성스러운 곳이란 말이오, 여보." 초조한 음성이었다.

"목사님 부인 말씀은 그거야. 자살은 죄 아닌가? 그래서 죄를 보상하려고 성역에 들어온 것 같아."

"그리고 그분은 돌아가시기 직전에 무슨 말인가를 하려고 했어요."

번치가 말했다.

"'제발'이라고 하시더니 그만이더군요."

그 말에 이클레스 부인은 눈가에 손수건을 갖다대며 훌쩍였다.

"오오, 맙소사! 정말 뜻밖이에요!"

"그만, 그만, 팸." 그녀의 남편이 달랬다.

"이제 그만합시다. 이렇게 해봐야 소용없는 일이오 가엾은 윌리 같으니. 하지만 그래도 이젠 평화롭게 잠들지 않았소? 감사합니다, 하면 부인. 부인 시간을 방해하지나 않았는지 모르겠군요. 사모(<기독교> 목사의 부인)는 바쁘신 분 아닙니까."

그들은 번치와 악수를 나누었다. 그리고 막 떠나려던 차에 이클레스 부인이 홱 돌아섰다.

"참, 한 가지 잊은 것이 있군요. 오빠 코트가 여기 있을 테지요?"

"코트라고요?" 번치는 이마를 찌푸렸다.

"오빠 물건을 되도록 모두 갖고 있고 싶어서요. 감상 같은 거죠."

이클레스 부인이 설명하듯이 대꾸했다.

"그분 주머니에 시계하고 지갑, 그리고 열차표가 있더군요. 그것들은 헤이스 경사한테 넘겨주었답니다."

"그럼, 됐군요." 이클레스 씨가 말했다.

"그 사람이 우리한테 줄 테지. 그 지갑 안에 편지 같은 것도 있을 테고"

"지갑 안에는 1파운드짜리 지폐뿐이더군요. 그밖에는 아무것도 없었어요."

"편지 같은 것도 말입니까? 아무것도 없었나요?"

번치는 고개를 내저었다.

"어쨌든 다시 감사드립니다, 하면 부인. 그런데 그 양반이 입고 있었던 코트는—아마, 경사가 그것도 갖고 갔을 테지요?"

번치는 기억해 내려 애쓰며 이마를 찌푸렸다.

"아니, 아닐 거예요. 가만있자……의사 선생님하고 내가 상처를 보려고 코트를 벗겼는데."

그녀는 방 안을 둘러보았다.

"수건하고 대야랑 2층으로 가져간 모양이군요."

"저, 그럼, 하면 부인, 귀찮으시지 않으면……우린 그 양반 코트를 꼭 가져가고 싶거든요. 그 양반이 마지막으로 입은 거라—아내는 그 물건에 감상적인 애착이 가나 봅니다."

"그럼요, 갖다 드리고말고요. 그럼, 우선 세탁을 해다 드릴까요? 그게 좀—얼룩이 졌거든요."

"아니, 아닙니다! 상관없습니다."

번치는 다시 이마를 찌푸렸다.

"그게 어디 있더라……잠깐만 기다리세요."

2층으로 올라간 그녀는 한참 뒤에야 돌아왔다. 돌아온 그녀는 숨가쁘게 말했다.

"늦어서 죄송하군요. 집안일을 봐주는 아주머니가 다른 옷하고 같이 세탁소에 보내려고 챙겨둔 모양이에요. 그래서 찾느라 시간이 걸렸답니다. 자, 여기 있습니다. 갈색 종이로 싸 드리지요."

그녀는 그들이 마다하는 것을 뿌리치고 갈색 종이에 옷을 싸주었다.

이클레스 부부는 다시 한 번 머리를 조아리고 인사를 한 다음 목사관을 나섰다.

번치는 천천히 집 안으로 들어가 홀을 가로질러 서재로 들어갔다. 줄리언 하면 목사가 고개를 들고 그녀를 보더니 이마를 폈다. 그는 예배시간에 할 설교 내용을 구상하고 있었는데, 퀴로스 2세(BC 600~529, 페르시아 제국 건설자이자 초대 왕) 통치하의 페르시아와 유대 땅 간의 정치적 관계에 흥미를 가진 나머지 설교가 그쪽으로 새는 것 같아 우려하고 있던 차였다.

"무슨 일이오, 여보?"

그는 기대에 찬 즐거운 음성으로 물었다.

"줄리언, 성역이라는 게 정확히 어떤 뜻이에요?"

줄리언 하면은 정신을 딴 데로 돌릴 기회가 생겨 즐거운 듯이 설교지를 옆으로 밀어놓았다.

"그게 우선—로마와 그리스 사원에서 성역이란 신의 조각상을 모셔놓는 방을 뜻했지. 제단을 뜻하는 라틴어 '아라'는 보호구역이라는 뜻도 되었고"

그는 박식한 학자답게 줄줄이 외웠다.

"서기 399년에는 마침내 기독교 교회의 성역이 뚜렷하게 그 권리를 인정받았다오. 영국에서 성역의 권리가 처음 논의된 것은 서기 600년에 에델버트가 제정한 법전에서인데……."

그는 한참 동안이나 설명을 계속해 나갔다. 하지만 종종 그렇듯이 아내가 자신의 유창한 설명에 시큰둥한 반응을 보이는 것을 보고 실망했다.

"여보, 정말 훌륭해요." 번치가 말했다.

그녀는 허리를 구부리고 그의 콧잔등에 키스했다. 줄리언은 뭔가 영리한 재주를 부리고 나서 칭찬을 받는 개와 같은 심정이었다.

"이클레스 부부가 왔다갔어요."

목사는 미간을 좁혔다.

"이클레스 부부라고? 난 기억에 없는 것 같은데."

"당신은 모를 거예요. 교회에서 쓰러진 사람의 누이하고 그 남편이거든요."

"저런! 그럼, 나를 부르지 그랬소?"

"그럴 필요가 없었어요. 위로할 만큼 애통해하지는 않았으니까요. 지금 생각하니 좀 이상하더군요."

그녀는 살짝 미간을 찌푸렸다.

"내가 내일 오븐 안에다 찜통 요리를 해넣을 테니 당신이 데워 드실 수 있겠어요, 줄리언? 세일에 가러 런던에 가야겠거든요."

"세일('항해'로 오해함)이라고?" 줄리언은 그녀를 멍하니 바라보았다.

"요트나 보트로 떠나는 것 말이오?"

번치는 웃음을 터뜨렸다.

"그게 아니라 '버로스 앤드 포트 맨' 상점에서 특별히 백색 천제품 대매출이 있대요. 시트며 테이블보며 수건, 유리 닦개 같은 것들 말이에요. 우리 유리 닦개는 다 닳아빠져서 도저히 못 쓰겠어요. 그리고—."

그녀는 생각에 잠긴 채 덧붙였다.

"런던에 가서 제인 아주머니도 좀 만나야 할 것 같아요."

상냥한 노부인 제인 마플 양은 그녀의 조카가 쓰는 아파트에 편히 여장을 푼 채 벌써 2주일간이나 대도시 런던의 즐거움을 만끽하고 있었다.

"레이먼드는 정말 친절하기도 하지." 그녀가 중얼거렸다.

"그 애하고 조카며느리인 조안이 2주일간 미국으로 볼일이 있어 가야 한다면서 나보고 군이 올라와서 편히 있으라는 거지 뭐냐. 그건 그렇고, 번치, 이젠 네 걱정거리를 들어볼까?"

번치는 마플 양이 특히 좋아하는 대녀(代女)였다. 노부인이 깊은 애정을 갖고 바라보고 있는 가운데 번치는 그녀가 갖고 있는 것 중에서 제일 나은 펠트 모자를 머리 뒤로 쓱 넘기며 이야기를 시작했다.

번치의 말은 간결하면서도 명확했다.

이윽고 그녀가 설명을 끝내자 마플 양은 연신 고개를 끄덕였다.

"알겠다. 그래, 알겠어."

"그래서 아주머니를 뵙고 싶었던 거예요. 아시다시피 전 그다지 똑똑하질 못해서—."

"아니야, 넌 똑똑하단다, 얘야."

"그렇지 않아요. 줄리언만큼은 똑똑하지 못해요."

"물론 줄리언이야 대단한 머리를 가졌지."

"바로 그거예요." 번치가 말했다.

"줄리언은 머리를 가졌지만 그 반면 나한테는 센스가 있어요."

"아주 상식적인 센스가 있지. 물론 똑똑하고 말이야."

"하지만 이 일은 어떻게 해야 좋을지 모르겠어요. 줄리언한테는 물어볼 수가 없고—그게 저, 줄리언은 너무 고지식한 사람이라……."

마플 양은 그녀가 말하는 바를 정확히 알아들었다.

"무슨 말인지 알겠다, 얘야. 하지만 우리 여자들은 다르지. 넌 지금 사건의 경위만을 얘기했지만 이젠 네가 무엇을 생각하고 있는지 우선 듣고 싶구나."

"뭔가 굉장히 잘못되었다는 느낌이에요." 번치가 대꾸했다.

"교회에서 죽어가던 남자는 성역이라는 곳이 어떤 건지 잘 알고 있었어요. 그 사람이 말한 성역은 줄리언이 말한 바로 그 성역이에요. 그 사람 역시 책을 많이 읽고 높은 교육을 받은 것이 분명해 보였으니까요. 그러니 만일 그 사람이 총으로 자살한 거라면, 총을 쏘고 나서 일부러 그 몸을 끌고 교회 안으로 들어가 '성역'이라는 말을 토해 낼 리가 없지요. 성역이라는 말은 누가 자기를 쫓아올 때 교회 안으로 들어가면 안전하다는 뜻이니까요. 쫓아오던 사람도 그 안에서는 어쩌지 못해요. 한때는 법률조차 그 안에 있는 사람을 어쩌지 못했다고 하잖아요."

그녀는 그렇지 않느냐는 얼굴로 마플 양을 바라보았다. 마플 양이 고개를 끄덕이자 번치는 말을 계속했다.

"하지만 그 이클레스 부부는 달랐어요. 그 사람들은 무식하고 거칠어서 그 말뜻을 몰랐을 거라고요. 그리고 또 한 가지 이상한 것이 있어요. 시계—죽은 사람이 갖고 있었던 시계 말인데요. 뒷면에 'WS'라는 머리글자가 있더군요. 하지만 내가 뚜껑을 여니까 그 안에 아주 작은 글자로 '아버지가 월터에게'라고 적혀 있었고, 날짜도 새겨져 있었어요. 분명히 월터라고 적혀 있었어요. 그런데 이클레스 부부는 계속 그 사람 이름을 윌리엄이나 빌(윌리엄의 애칭)이라고 불렀거든요."

마플 양이 입을 열려는데 번치가 재빨리 계속했다.

"아, 그야 저도 사람들이 언제나 세례명으로 불리지 않는다는 것쯤은 알아요. 그러니까 윌리엄이라는 세례명을 받고도 '포키'니 '홍당무'니 하는 별명으로 불린다면 이해를 해요. 하지만 월터라는 이름이 버젓이 있는데 누이가 그 사람을 윌리엄이니 빌이니 하고 부르는 법은 없잖겠어요?"

"그러니까 네 말은 그 여자가 죽은 사람의 누이가 아니라는 뜻이냐?"

"예, 틀림없이 아니라고 봐요. 그 부부는 둘 다 기분 나쁜 사람이었어요. 그 사람들은 그가 남긴 물건을 가지고 가려고, 그리고 죽기 전에 말한 것이 없나 알아보려고 목사관에 온 거예요. 그런데 제가 남긴 말이 아무것도 없다고 하자 그 사람들 얼굴에 떠오른 표정을 똑똑히 봤어요. 그 안심하는 표정을 말이에요. 그래서 제 생각인데, 그를 쏜 것은 다름 아니라 이클레스 부부 같아요."

번치는 엄숙하게 말을 맺었다.

"살인이란 말이냐?"

"예, 살인이에요. 그래서 아주머니한테 달려온 거고요."

번치의 말은 사정을 모르는 사람한테는 얼토당토않은 것으로 들릴 수도 있었다. 하지만 마플 양이 살인사건을 취급하는 데에 있어서 명망이 드높다는 사실을 아는 사람은 아는 것이다.

"그 사람은 죽기 직전에 '제발'이라는 말을 했어요."

번치가 다시 입을 열었다.

"그 사람은 제가 자기를 위해 뭔가 해주길 바랐던 거예요. 그런데 유감스럽게도 전 뭘 어떻게 해줘야 할지 전혀 모르겠어요."

마플 양은 잠시 생각에 잠기더니 번치가 이미 전에 생각했었던 의문을 꼭 집어내 물었다.

"그런데 대체 왜 그 사람이 하필 네가 있는 교회에 간 거지?"

"아주머니 말씀은―만일 죽으려는 사람이 성역을 원했다면 근처에 있는 아무 교회나 들어갔을 것이란 말씀이죠? 굳이 하루에 네 번밖에 운행하지 않는 버스를 잡아타고 우리 마을처럼 한적한 곳까지 와야 할 필요가 없었다는 말씀이죠?"

"그 사람이 그리로 간 건 분명히 무슨 목적이 있어서였을 게야."

마플 양이 곰곰이 생각에 잠겨 말했다.

"분명히 누군가를 만나보러 간 거라고. 치핑 클레그혼은 큰 고장이 아니잖니, 번치. 넌 그 사람이 누구를 만나러 갔는지 짐작 가는 데가 있겠지?"

번치는 자기 마을에 사는 사람들을 머릿속으로 죽 떠올려보고는 자신 없다는 듯이 고개를 내저었다.

"어떻게 보면 아무라도 가능성이 있을 듯싶어요."

"누구 특정한 이름을 말한 적은 없니?"

"줄리언이라는 말을 했어요. 아니, 줄리언이라고 말한 것 같았어요. 하지만 줄리아라고 했는지도 모르죠. 그런데 제가 아는 한 치핑 클레그혼에 줄리아라는 사람은 하나도 없었어요."

그녀는 눈망울을 굴리며 그 장면을 다시 떠올려보았다.

남자는 설교단 계단에 누워 있었고, 그 위로 창문을 통해 들어온 햇살이 붉고 푸른 보석 빛깔처럼 쏟아지고 있는 장면을—.

"'주얼!'" 번치가 갑자기 소리쳤다.

"그 사람이 말한 게 그거인지도 몰라요. 제단 쪽으로 쏟아져 들어오는 햇살이 마치 보석 같았거든요."

"'주얼'이라—."

마플 양은 다시 곰곰이 생각에 잠겨 중얼거렸다.

"이제 말씀드리죠. 무엇보다 중요한 단서를 말이에요."

번치가 힘주어 말했다.

"그게 바로 제가 오늘 여기까지 온 이유이기도 하지요. 다시 말씀드리지만 이클레스 부부는 그 사람 코트에 무척 신경을 쓰더군요. 의사가 그 사람을 진찰할 때 코트를 우리가 벗겼었지요. 낡고 초라한 코트였는데—그 부부가 구태여 그 코트를 가져가려고 기를 쓸 이유가 없을 텐데. 그 사람들은 감상적인 기분입네 어쩌네 했지만 그건 다 헛소리예요.

어쨌든 전 그 코트를 가지러 계단을 올라가는 중에 그 사람이 손으로 뭔가를 집어드는 시늉을 했었던 것이 생각났죠. 마치 코트를 만지작거리는 듯한 모습이었어요. 그것이 생각나자 저는 코트를 집어들고 주의깊게 살펴보았어요. 그랬더니 한구석에 솔기를 다른 곳하고는 다른 실로 꿰맨 곳이 있더군요. 그래서 그곳의 실을 풀고 헤쳐 보았더니 안에 작은 종이쪽지가 들어 있는 거예요. 전 그것을 빼내고 다시 그곳을 다른 솔기와 어울리는 실로 기웠답니다. 아주 조심스럽게 했기 때문에 이클레스 부부는 내가 한 짓을 모를 거예요. 아니, 모를 거라고 생각은 하지만 확신은 못하겠어요. 그런 다음에 코트를 가지고 내려가서 늦은 이유를 적당히 둘러댔죠."

"종이쪽지라고?" 마플 양이 물었다.

번치는 핸드백을 열었다.

"이건 줄리언에게도 보여주지 않았어요. 왜냐하면 그랬다간 이클레스 부부한테 전해 줘야 한다고 고집을 피웠을 테니까요."

"휴대품 보관소 표로군." 마플 양은 그것을 내려다보았다.

"패딩턴 역으로 되어 있어."

"그 사람은 주머니에 패딩턴 역으로 돌아가는 열차표도 갖고 있었어요."

일순간 두 여자의 눈이 쨍그랑하고 맞부딪쳤다.

"이건 행동에 나서야 할 일인걸." 마플 양이 단호하게 말했다.

"하지만 어디까지나 신중하고 조심스러워야 해. 그런데 번치, 오늘 런던에 오면서 미행을 당하는 것 같은 눈치는 채지 못했니?"

"미행이라고요!" 번치는 놀라 소리쳤다.

"아주머니께서는 설마―"

"그럼, 충분히 있을 수 있다고 생각한다. 무슨 일이건 가능성이 충분히 있다고 생각될 때는 그저 조심하는 것이 최고란다."

그녀는 말을 마치고 기운차게 자리에서 일어났다.

"번치, 너는 분명히 런던에 세일하는 상점에 가봐야겠다고 하고 나섰지? 그렇다면 우리가 해야 할 일은 우선 세일에 가는 거야. 하지만 나서기 전에 한두 가지 일을 정리하고 나가야겠다."

마플 양은 혼잣말처럼 중얼거렸다.

"지금은 비버 모피 칼라가 달린 얼룩무늬 트위드 재킷은 필요 없겠지."

그로부터 한 시간 30분쯤 뒤―두 여자는 조금 낡고 초라한 옷차림을 하고 양손에는 어렵게 쟁취한 가정용 린넨 제품들을 담은 보따리를 가득 안고는 '애플 보'라고 하는 작고 호젓한 여관 식당에 앉아 있었다. 그곳에서 그들은 스테이크와 콩팥 푸딩으로 기운을 차린 뒤 사과 타르트(과일이 든 파이)와 커스터드를 들었다.

"그 얼굴 수건은 정말 전쟁 이전에나 볼 수 있었던 훌륭한 품질이더구나."

마플 양은 흥분으로 숨차 하며 입을 열었다.

"게다가 'J'라는 머리글자까지 있으니. 레이먼드 안사람 이름이 조안이니 얼마나 다행스러운 일이냐! 난 그 수건들을 필요할 때까지 간직해 둬야겠다. 그러면 내가 생각보다 일찍 죽을 경우에 조안이 유용하게 쓸 수 있을 테지."

"그 유리 닦는 헝겊은 사실 별로 필요 없는 건데 그랬어요."

번치가 대꾸했다.

"그런데 하도 싼 바람에 그만—그야 그 적갈색 머리 여자가 저한테서 채간 것들만큼 싸지는 않았지만."

그때 입술 화장을 육감적으로 한 매력적인 젊은 여자가 하나가 애플 보에 들어섰다. 그녀는 잠시 식당 안을 휘휘 둘러보더니 그들이 앉아 있는 테이블로 달려왔다. 그러고 나서는 마플 양의 팔꿈치 아래에 봉투 하나를 내려놓았다.

"여기 있습니다, 마플 양." 활발한 음성이었다.

"저런, 정말 고마워, 글래디스." 마플 양이 인사를 했다.

"뭐라고 고맙다고 해야 할지. 정말 친절하구나."

"뭘요, 언제라도 기꺼이 도와드리죠." 글래디스가 선선히 대꾸했다.

"어니는 입버릇처럼 그런답니다. '당신이 일해 주었다는 그 마플 양 말이야, 그분한테서 배운 것은 버릴 게 없어.' 하고요. 마플 양 일이라면 언제든지 기꺼이 도와드릴 거예요."

"정말 좋은 아가씨지 뭐야."

마플 양은 글래디스가 자리를 뜨자 번치를 향해 말했다.

"언제나 기꺼이 친절하게 도와주거든."

그녀는 봉투 안을 들여다보고는 그것을 번치에게 건네주었다.

"정말 조심해라, 번치. 그런데 멜체스터에는 그 친절한 젊은 경감이 아직도 있니?"

"글쎄, 모르겠어요. 있었으면 좋겠지만—." 번치가 대답했다.

마플 양의 음성이 신중해졌다.

"만일 그 사람이 없을 경우에는 경찰서장한테 연락하면 되겠지. 그 사람이라면 나를 기억할 게야."

"기억하고말고요. 아주머니를 잊는 사람이 어디 있겠어요? 아주머니는 너무나 독특하신 분인걸요."

그리고 나서 그녀는 자리에서 일어났다.

패딩턴 역에 도착한 번치는 물품보관 사무실로 들어가 보관증을 내밀었다. 잠시 뒤 그녀에게 낡은 옷가방 하나가 전해졌고, 그녀는 그 가방을 들고 플랫폼으로 나섰다.

집으로 돌아가는 도중에는 별일이 없었다. 기차가 치핑 클레그혼에 가까워오자 번치는 자리에서 일어나 그 낡은 옷가방을 집어들었다. 그리고 막 그녀가 객차에서 내리려는 순간 한 남자가 플랫폼을 달려오더니 그녀의 손에서 옷가방을 낚아채고는 냅다 도망가기 시작했다.

"잡아요!" 번치가 목이 터져라 소리쳤다.

"저 남자를 잡아요! 내 옷가방을 채갔어요!"

검표원은 이런 촌구석의 역에서 일하는 검표원이 흔히 그렇듯이 조금 굼뜬 사람이었다. 그가, "이봐, 그런 짓을 하면—" 하고 입을 여는 순간 가슴에 일격을 맞고 옆으로 쓰러지고 말았다.

옷가방을 든 사내는 번개처럼 역에서 뛰쳐나갔다. 그러고는 곧장 기다리고 있던 차로 달려갔다. 그가 가방을 던져 넣고는 막 차에 오르려는 순간 그의 어깨 위를 누군가의 손이 탁 내려쳤다.

이어 애블 경관의 음성이 울려 퍼졌다.

"뭐하는 짓이야?"

번치가 마구 숨을 헐떡거리며 역에서 달려나왔다.

"이 사람이 내 옷가방을 채갔어요!"

"말도 안 되는 소리입니다." 사내가 대꾸했다.

"이 여자분이 무슨 소리를 하는지 모르겠군요. 이건 내 옷가방입니다. 방금 열차에서 들고 내렸단 말입니다."

"그럼, 어디 분명하게 진상을 밝히기로 하지." 애블 경관이 대꾸했다.

경관은 여유있게 시치미를 뗀 눈초리로 번치를 바라보았다. 그 장면을 본 사람이라면 그 누구도 애블 경관이 비번일 때 하면 부인과 함께 장미 덩굴에 비료가 좋은지 골분(骨粉)이 좋은지 그 장단점을 논하며 시간을 보내곤 했다는 사실을 짐작도 하지 못했을 것이다.

"마담, 당신은 이게 당신 옷가방이라는 말씀이시죠?"

애블 경관이 우선 물었다.

"예, 그래요. 분명히 내 것이에요."

"그리고 당신은?"

"이 옷가방은 분명히 내 것이오."

사내는 키가 크고 까무잡잡한 얼굴에 옷을 잘 차려입고 낮게 울리는 음성에 자만심에 찬 구석이 보였다.

그때 차 안에서 한 여자의 음성이 들렸다.

"그야 당신 옷가방이잖아요, 에드윈. 저 여자분이 무슨 말을 하고 계신지 모르겠군요."

"이건 좀 명확히 밝혀야겠군요." 애블 경관이 다시 말했다.

"이게 만일 부인 옷가방이라면 그 안에 뭐가 있는지 말씀해 주시겠습니까?"

"옷이지요." 번치가 말했다.

"비버 모피 칼라가 달린 긴 얼룩무늬 코트에 울 점퍼 둘, 그리고 신발 한 켤레가 들어 있어요."

"그럼 됐습니다."

애블 경관이 대꾸하고는 이번에는 남자 쪽으로 돌아섰다.

"나는 연극 의상담당입니다." 까무잡잡한 사내는 뽐내는 듯이 말했다.

"이 옷가방에는 내가 이 지방 아마추어 극단에서 무대에 올리는 연극에 쓸 장비들이 들어 있습니다."

"좋습니다." 애블 경관이 말했다.

"그럼, 안을 들여다보면 되겠군요, 안 그렇습니까? 경찰서로 가든지, 아니면 두 분이 급하실 경우엔 저 역으로 가지고 가서 거기서 펴보기로 하지요."

"난 그 편이 좋겠습니다." 남자가 대답했다.

"내 이름은 모스, 에드윈 모스입니다."

경관은 옷가방을 들고 역으로 향했다.

"수하물 사무실로 가져가는 중일세." 그는 검표원에게 한마디 던졌다.

이윽고 수하물 사무실 카운터 위에 가방을 올려놓은 경관은 고리를 밀었다. 가방은 잠겨 있지 않았다.

번치와 에드윈 모스는 경관의 양옆에 서서 적개심에 불타는 눈초리로 서로를 바라보고 있었다.

"아하!" 애블은 뚜껑을 열며 저도 모르게 소리쳤다.

가방 안에는 초라한 긴 트위드 코트—비버 모피 칼라가 달린 코트가 얌전하게 개켜져 있었다. 그리고 울 점퍼 둘, 장화 한 켤레가 있었다.

"부인이 말씀하신 대로군요." 애블 경관이 번치에게 말했다.

그 순간 에드윈 모스의 연기를 흠잡을 사람은 아무도 없었을 것이다. 그의 낙담과 자책의 표정은 실로 볼만했다.

"이거 정말 죄송합니다. 진심으로 사과드립니다. 정말 믿어주십시오, 부인. 송구스러워서 몸 둘 바를 모르겠습니다. 무슨 낯으로—제 행동을 용서받을 수 있을지, 정말 송구스럽습니다."

그러고 나서 그는 시계를 내려다보았다.

"이런! 서둘러야겠군요. 아마 내 옷가방은 열차에 실려 간 모양입니다."

그는 다시 한 번 모자를 들어 올린 뒤 번치를 향해 마음을 녹일 듯한 음성으로 말했다.

"부디 용서해 주십시오."

말을 마치자 그는 번개처럼 사무실을 나섰다.

"저 사람 그냥 내빼게 놔둘 건가요?"

번치는 애블 경관에게 은밀히 속삭였다.

애블 경관은 소처럼 눈을 꿈쩍해 보였다.

"멀리 못 갈 겁니다, 부인. 다시 말해서—제 말뜻은 아시겠죠? 가는 데까지 감시가 따를 거라는 얘기죠."

"아, 예." 번치는 안심했다.

"그 노부인께서 전화를 하셨더군요." 애블 경관이 말했다.

"몇 년 전에 여기 오셨던 그 노부인 말씀입니다. 대단히 똑똑한 노부인이죠, 안 그렇습니까? 하지만 오늘 밤에는 사기꾼들이 너무 많아서 말이에요. 내일 아침쯤에 경감님이나 경사님이 이 일로 부인을 찾아간다 해도 놀랄 일은 아닐 겁니다."

찾아온 사람은 경감이었다. 마플 양이 친절한 젊은이라며 기억해 낸 크래독 경감은 오랜 친구처럼 번치에게 따스한 미소를 던지며 인사를 건넸다.

"치핑 클레그혼에 다시 범죄가 생겼군요." 명랑한 음성이었다.

"부인은 그 방면에 대해서는 센스가 대단하시죠. 안 그렇습니까, 하면 부인?"

"차라리 그 센스가 모자랐으면 좋겠어요." 번치가 대꾸했다.

"나한테 질문만 하러 오셨나요? 아니면, 그 대가로 정보를 곁들여 얘기해 주러 오셨나요?"

"우선 몇 가지 말씀드리죠." 경감이 대답했다.

"제일 먼저—이클레스 부부가 경찰의 감시를 받게 된 것은 벌써 한참 됐다는 겁니다. 그 사람들이 영국에서 일어난 몇 건의 도난 사건과 연관되어 있다는 근거가 있었으니까요. 그리고 또 한 가지는—이클레스 부인한테 얼마 전에 외국에서 돌아온 샌본이라는 오빠가 있는 것은 사실이지만, 어제 부인이 교회에서 발견한 그 죽어가던 남자는 분명히 샌본이 아니라는 겁니다."

"나도 그런 줄 알고 있었어요. 우선 그 사람은 월터라는 이름이었으니까요. 윌리엄이 아니라—."

경위는 고개를 끄덕였다.

"그 사람 이름은 월터 세인트존이었습니다. 그리고 그는 48시간 전에 캐링턴 감옥에서 탈출한 몸입니다."

"그래—."

번치는 속으로 가만히 중얼거렸다. '그 사람은 법망을 피해 쫓기다가 성역으로 들어온 거야.' 그러고는 경감을 향해 물었다.

"그 사람 죄가 뭔데요?"

"그 얘기를 하자면 오래전으로 거슬러 올라가야 합니다. 좀 복잡한 이야기죠. 몇 년 전에 뮤직홀에서 한창 날리던 댄서가 있었죠. 아마 부인은 들어보신 적이 없을 겁니다만, 그 여자는 아라비안나이트에 나오는 '보물 동굴 속의 알라딘'이라는 춤을 단골로 추었지요. 그 춤을 출 때면 그녀는 온몸에 모조 다이아몬드만 걸칠 뿐 그밖에는 아무것도 입지 않았다고 합니다.

그 여자는 댄서로서는 그다지 뛰어나지 않았어도─아마 꽤 매력적이었던 모양입니다. 그래서인지 어떤 아시아 왕 한 사람이 그녀에게 푹 빠져 버렸다는 겁니다. 그 왕은 그녀에게 선물을 갖다 주었는데 그중에서도 에메랄드 목걸이는 굉장했더랍니다."

"라자(인도의 왕)가 가지고 있다는 그 역사적인 보석 말인가요?"

번치는 흥분하여 말했다.

크래독 경감은 헛기침을 했다.

"그게 아니라 좀더 현대에 와서 만들어진 물건이지요, 하면 부인. 어쨌든 그 두 남녀의 연애행각은 별로 오래 가지 못했습니다. 그 아시아 왕이 또 어떤 여배우한테 눈을 주었기 때문에 끝장이 난 거죠. 그런데 그 여배우란 여자는 이것저것 요구가 많았죠.

그 뒤 조베이다는─그 댄서의 예명입니다만, 에메랄드 목걸이를 애지중지 간직했는데, 그만 그 목걸이를 도난당했더랍니다. 극장의 분장실에서 없어졌다지요. 그래서 관계자들은 혹시 그녀 자신이 그 도난 사건을 꾸민 게 아닌가 하는 의심을 한동안 했답니다. 선전 효과를 노리고 그런 짓을 하는 경우들이 흔히 있으니까요. 아니, 그보다 더 불순한 동기에서 그런 일을 하는 경우도 많지요.

어쨌든 그 목걸이는 찾지 못했지만, 조사과정에서 경찰이 관심을 쏟게 된 남자가 바로 이 월터 세인트존이랍니다. 그 사람은 고등교육도 받고 몰락하긴 했지만 좋은 집안 출신이라고 합니다. 어떤 수상쩍은 회사의 보석세공사로 일하고 있었는데, 그 회사는 도난당한 보석을 매입하는 곳으로 의심받고 있는 회사였지요.

그리고 그 문제의 목걸이도 그의 손을 거쳐서 어디론가 흘러갔다는 증거가 있답니다. 하지만 그는 다른 보석 도난 사건과 연루되어 재판을 받아 형을 선고받고 감옥으로 갔지요. 그런데 형기도 얼마 남지 않았는데 탈옥했으니 사람들이 좀 놀란 것도 무리는 아닙니다."

"그런데 왜 하필 이곳으로 왔을까요?" 번치가 물었다.

"우리도 그걸 꼭 알고 싶답니다, 번치 부인. 그의 행적을 조사해 보면 그는 먼저 런던으로 간 듯싶습니다. 예전의 사업 친구들을 찾아가지는 않고 대신 제이콥스 부인이라는 나이 먹은 여자를 찾아갔었다고 하는데, 그 여자는 전에 연극 의상담당으로 일했다지요. 그 여자는 월터가 무슨 일로 자기를 찾아왔는지 얘기하진 않았지만, 그 집에 세 들어 사는 다른 사람들 얘기로는 그는 손에 옷가방을 하나 들고 집을 나섰다는 겁니다."

"그랬군요. 그리고 그걸 패딩턴 역의 보관소에 맡겨놓고 이리로 내려온 거군요."

크래독 경감이 그 뒤를 이었다.

"그때쯤 해서 이클레스 부부와 에드윈 모스라고 하는 그 남자가 월터의 행적을 알아내고 그를 쫓고 있었지요. 그들은 그 옷가방을 빼앗으려고 했습니다. 그런데 그가 버스를 타는 것을 보자 빠른 차로 그를 앞질러가서 월터가 버스를 내린 곳에서 그를 기다리고 있었던 것이 분명합니다."

"그렇게 해서 살해된 거로군요?"

"예, 총을 맞았지요. 총은 이클레스 부부의 리볼버 권총이었습니다만 총을 쏜 사람은 아무래도 모스 같습니다. 자, 하면 부인, 이제 우리가 알고 싶은 건 월터 세인트존이 진짜 패딩턴 역에 맡긴 옷가방이 어디에 있느냐는 겁니다."

번치는 싱긋 웃었다.

"지금쯤 제인 아주머니의 손에 가 있을 거예요. 아니, 마플 양 말이에요. 이번 일은 아주머니가 꾸민 거예요. 제인 아주머니는 예전에 자기 집에서 일했었던 하녀 글래디스를 시켜서 자기 옷 몇 가지를 챙겨 패딩턴 역의 보관소로 보냈지요. 그런 다음에 나하고 보관증을 바꾼 거랍니다. 난 그 하녀가 갖다 맡긴 가방을 찾아 그걸 들고 기차에서 내려온 거지요. 제인 아주머니는 누군가가 그 가방을 빼앗으려고 할 것이 틀림없다고 생각했거든요"

이번에는 크래독 경감이 싱긋 웃었다.

"저한테 전화했을 때도 그렇게 말씀하셨지요. 그런데 전 지금 런던으로 가서 그분을 만날 예정인데, 같이 가시겠습니까, 하먼 부인?"

"글—쎄요." 번치는 생각에 잠겼다.

"글쎄요, 어쨌든 잘됐군요. 간밤에 치통이 생기는 바람에 런던에 가서 치과의사를 만나야 할 것 같거든요. 그래야겠죠?"

"그럼요." 크래독 경감이 대꾸했다.

마플 양은 크래독 경감의 얼굴, 그리고 호기심에 넘친 번치 하먼의 얼굴을 차례로 건너다보았다. 탁자 위에는 옷가방이 놓여 있었다.

"그야 아직 열지는 않았답니다. 공적인 입회인이 오기 전까지야 그런 일을 할 수는 없잖겠어요? 더구나—."

그녀는 빅토리아 여왕시대를 연상시키는 은근하고도 짓궂은 미소를 띠며 말했다.

"이 가방은 잠겨 있거든요"

"뭐가 안에 들어 있는지 추측해 보시겠습니까, 마플 양?" 경감이 말했다.

"내 생각에는 말이죠—조베이다 양의 무대의상이 들어 있을 것 같아요. 끌을 가져다주시겠어요, 경감님?"

끌 덕분에 가방은 쉽게 열렸다. 뚜껑이 열려지는 순간 두 여자는 자그맣게 탄성을 질렀다. 창으로 쏟아져 들어오는 햇살이 가방 안에 든 물건을 환히 비추었기 때문이다. 그것은 붉은색, 푸른색, 녹색, 오렌지색 등으로 휘황하게 번쩍이는 값비싼 보석 같았다.

"알라딘의 동굴이로군." 마플 양이 입을 열었다.

"그 여자가 춤출 때 입었던 가짜 보석 말이에요."

"저런!" 크래독 경감이 탄식했다.

"그렇다 해도 이걸 얻으려고 한 남자가 살해되었단 말입니까?"

"그 여자는 똑똑한 여자였을 거예요." 마플 양이 생각에 잠겨 중얼거렸다.

"이미 죽었지요, 경감님?"

"예, 3년 전에 죽었답니다."

"그 여자는 값진 에메랄드 목걸이를 갖고 있었지요."

마플 양은 계속 생각에 잠긴 음성으로 중얼거렸다.

"필경 그 여자는 보석을 세팅에서 빼내어 자기 무대의상 여기저기에 붙였을 거예요. 거기다 달면 누구라도 그냥 모조품으로 물들인 보석이라고 생각할 테니까. 그런 다음에 그녀는 진짜 목걸이와 똑같은 모조품을 하나 만들었는데, 그때 도둑맞았다는 목걸이는 당연히 그 가짜 목걸이였지요. 그 물건이 장물 시장에 나오지 않은 것도 당연해요. 훔쳐간 사람이 그것이 모조 보석인 줄 금방 알아냈을 테니까요."

"여기 봉투가 하나 있네요."

번치가 반짝이는 모조보석을 헤치며 말했다.

크래독 경감은 그녀에게서 봉투를 받아들고 서류 같아 보이는 종이 두 장을 꺼냈다. 그러고는 소리 내어 읽었다.

"월터 에드먼드 세인트존과 메리 모스의 결혼 증명서. 메리 모스는 조베이다의 진짜 이름이었지요."

"그럼, 두 사람은 결혼한 사이로군요." 마플 양이 말했다.

"그랬군."

"그리고 또 한 장은 뭐예요." 번치가 물었다.

"그들 사이의 딸 주얼의 출생신고서입니다."

"주얼이라고요?" 번치가 소리쳤다.

"오오, 이런, 그래! 주얼! 질이야! 바로 그거야. 이제야 그 사람이 왜 치핑 클레그혼으로 왔는지를 알겠어요. 그 사람이 말하려던 게 바로 그거였어요. 주얼 말이에요. 먼디 노부부 말이에요. 래버넘 별장에 사는 부부. 그 두 사람은 누군가에게서 조그만 소녀를 맡아 기르고 있는데, 그 애한테 푹 빠져 있지요. 꼭 자기 친손녀같이 사랑하고 있어요. 그래요, 이제 기억이나요. 그 애 이름이 주얼이었어요. 두 부부는 질이라고 부르지만—.

먼디 부인은 1주일 전에 뇌일혈을 일으켰어요. 그리고 먼디 씨는 폐렴으로 심하게 앓고 있고요. 진료소로 가야 한다더군요. 그래서 내가 질이 어디 가서 살 좋은 집이 없을까 하고 열심히 수소문하고 다녔었죠. 그 애를 고아원 같은 데에 보내고 싶지 않았거든요.

그런데 그 애 아버지가 감옥에서 그 소식을 듣고는 어떻게 탈출해서 낡은 옷장에서 이 옷가방을 꺼내왔나 봐요. 옷가방은 그 아니면 그의 아내인 메리 모스가 옷장 안에 두었을 테지요. 어쨌든 이 보석이 그 아이의 어머니 것이었다면 이제는 그 아이를 위해서 써도 되잖을까 해요."

"나도 그렇게 생각합니다, 하먼 부인. 그 보석이 정말 이 안에 있는 거라면."

"아, 그야 있고 말고요."

마플 양이 명랑한 음성으로 대꾸했다……

"저런, 고맙게도 돌아왔군그래, 여보!"

줄리언 하먼은 애정 어린 태도로 아내를 맞더니 곧이어 안심했다는 듯이 한숨을 내쉬었다.

"버튼 부인이야 당신이 집에 없을 때면 언제나 최선을 다해서 날 돌봐주지. 하지만 점심때 아주 괴상한 생선 완자를 주더란 말이야. 난 그 여자 마음을 상하게 하고 싶지 않아서 티글래시 파일저한테 던져주었지. 하지만 그 녀석 역시 입에도 안 대는 거야. 그래서 그만 창밖으로 내던지고 말았어."

"티글래시 파일저—."

번치가 목사관에서 기르는 고양이를 가볍게 쓰다듬자 고양이는 가르릉거리며 그녀의 무릎에 털을 비벼댔다.

"이 녀석은 물고기를 아주 까다롭게 골라먹어요. 그래서 내가 가끔 네 뱃속은 황금 뱃속이냐고 호통칠 때가 있다고요."

"그래, 치아는 어떻게 되었소? 의사한테 보였소?"

"예, 별로 아프진 않았어요. 그러고 나서 제인 아주머니한테 갔었죠……."

"저런, 그 아주머니 말이지." 줄리언이 대꾸했다.

"어디 편찮으시지나 않았으면 좋겠소"

"조금도 편찮지 않으세요." 번치가 싱긋 웃었다.

다음 날 아침, 번치는 새로 꺾은 국화를 들고 교회로 갔다. 강단 쪽 창으로 다시 햇살이 비쳐들고 있었다. 번치는 강단으로 향하는 계단 위에서 그 보석 같은 햇살을 받고 서 있었다. 그러고는 가만히 중얼거렸다.

"당신 딸은 잘 있게 될 거예요. 내가 틀림없이 보살펴 줄 테니까. 약속해요."

교회 안을 청소한 그녀는 긴 의자 사이에 꿇어앉아 잠시 기도를 드렸다. 그러고 나서는 이틀 동안 집을 비우느라 밀린 일을 하기 위해 목사관으로 향했다.

<끝>

여기 소개하는 단편집 《죽음의 사냥개(The Hound of Death and Other Stories, 1933)》는 애거서 크리스티(Agatha Christie, 영국, 1890~1976)의 18번째 추리소설이며 5번째 단편집이다.

원래 《죽음의 사냥개》에는 다음과 같은 12편의 단편이 실려 있었다.

① 죽음의 사냥개(The Hound of Death)
② 붉은 신호등(The Red Signal)
③ 네 번째 남자(The Fourth Man)
④ 집시(The Gipsy)
⑤ 등불(The Lamp)
⑥ 유언장의 행방(Wireless)
⑦ 검찰 측의 증인(The Witness for the Prosecution)
⑧ 청자의 비밀(The Mystery of the Blue Jar)
⑨ 아서 카마이클 경의 기묘한 사건(The Strange Case of Sir Arthur Carmichael)
⑩ 날개가 부르는 소리(The Call of Wings)
⑪ 마지막 심령술 모임(The Last Seance)
⑫ SOS(SOS)

이 중에서 ①④⑤⑨ 4편을 여기에 실었고, ②③⑥⑦⑧⑫는 11번째 단편집 《검찰 측의 증인(The Witness for the Prosecution, 1948)》에 실려 있으며, ⑩⑪은 9번째 단편집 《리가타 미스터리(The Regatta Mystery, 1939)》에 실려 있다.

그리고 이 책에 실려 있는 단편 중 '목련꽃'과 '개 다음에……'는 19번째 단편집 《The Golden Ball and Other Stories(1971)》에 실려 있는 것이나, 사실은 이 두 작품은 크리스티 여사의 '메리 웨스트마코트'라는 다른 이름으로 발표된 일반 소설이다. 또한 '이중 범죄', '말벌 둥지', '의상 디자이너의 인형', '이

중 단서', '성역'은 15번째 단편집 《이중 범죄(Double Sin, 1961)》에 실렸던 것이다.

참고로 《이중 범죄》에 실려 있는 8개의 단편을 소개하면 다음과 같다.

① 이중 범죄(Double Sin)

② 말벌 둥지(Wasp's Nest)

③ 황태자의 보석 도둑(The Theft of the Royal Ruby)

④ 의상 디자이너의 인형(The Dressmaker's Doll)

⑤ 그린쇼의 아방궁(Greenshaw's Folly)

⑥ 이중 단서(The Double Clue)

⑦ 마지막 심령술 모임(The Last Seance)

⑧ 성역(Sanctuary)

이 중에서 ③⑤는 14번째 단편집 《크리스마스 푸딩의 모험(The Adventure of the Christmas Pudding, 1960)》에 실려 있고('황태자의 보석 도둑'은 '크리스마스 푸딩의 모험'과 같은 작품이다), ⑦은 《리가타 미스터리》에 실려 있다.